겨울왕국

옮 긴 이
성 세 희
성균관대학교 아동학과를 졸업하고, 성균관대학교 번역테솔대학원을 졸업했다. 현재 번역에이전시 엔터스코리아에서 전문 번역가로 활동하고 있다.
옮긴 책으로는《디즈니 알라딘 무비 아트북》,《디즈니 겨울왕국2 아트북》,《디즈니 라이온 킹 아트북》외 다수가 있다.

Conceal, Don't Feel

겨울왕국

또 하나의 이야기

젠 캘로니타 지음 | 성세희 옮김

라곰

겨울왕국을 사랑하는 나의 공범자들,

조니 쿡과 크리스텐 마리오에게.

_ J.C.

Chapter 1

엘사

"아렌델의 엘사 공주님 나오십니다!"

부모님의 그림자에 가려져 있던 엘사가 모습을 드러냈다. 마을 광장에서 기다리고 있던 백성들이 왕가의 깃발을 흔들고 꽃을 던지며 환호했다.

이제 열여덟 살이 된 엘사는 세상에 드러나지 않는 삶을 원했지만, 자신의 소임을 저버릴 수는 없었다.

"반가워요, 엘사 공주님!"

사람들이 소리쳤다. 엘사와 그녀의 부모님은 높은 연단 위에 서 있었다.

"저기 봐! 아렌델의 공주님이야. 아름답지? 가서 네 선물을 드리고 오렴."

어린 소녀는 엘사가 가장 좋아하는 보라색 헤더(낮은 산이나 황야에서 나는 보라색, 흰색, 분홍색의 야생화-옮긴이) 한 다발을 들고 있었다. 그런데 그 소녀는 엘사에게 꽃다발을 건네려고 할 때마다 군중들에게 떠밀려 점점 연단에서 멀어지고 있었다.

엘사는 어머니를 쳐다보았고 왕비는 고개를 살짝 끄덕였다. 엘사는 옅은 담청색 드레스의 끝단을 잡고, 연단의 계단을 내려갔다. 엘사의 눈동자는 어머니를 닮았지만, 언제나 목 뒤로 땋아 내리는 은색 머리칼 덕분에 아버지를 더 많이 닮아 보였다.

"꽃이 정말 예쁘구나."

엘사는 어린 소녀의 꽃다발을 상냥하게 받고는 군중에게 연설을 하기 위해 연단 위로 다시 올라왔다.

"악셀 루덴버그 씨의 왕실 가족 조각상을 공개하는 자리에 여러분 모두를 초대하게 되어 기쁘게 생각합니다. 자, 이제 루덴버그 씨를 소개하겠습니다."

엘사가 한 걸음 옆으로 비켜서며 노년의 신사를 앞으로 인도했다.

"감사합니다, 공주님."

루덴버그 씨는 흰 수염이 무릎에 닿을 만큼 허리를 숙여 엘사에게 인사하고는 군중들을 향해 섰다.

"조각상을 만들도록 허락해주신 아그나르 폐하, 이두나 왕비님, 그리고 어여쁜 엘사 공주님께 감사드립니다. 성문 안에 자리 잡은 이 조각상이 아렌델 궁전을 방문하는 모든 사람들을 반갑게 맞이하기를 바랍니다."

그가 눈짓하자, 조수가 분수 한가운데 있는 조각상에서 천을 걷어냈다.

"여러분께 아렌델 왕가를 소개합니다!"

사람들이 커다란 함성과 함께 박수를 보냈다.

완성된 조각상을 보는 것은 왕과 왕비, 그리고 엘사도 처음이었다. 엘사는 열한 살 무렵에 루덴버그 씨가 자신을 의자에 앉히고 스케치했던 것을 기억하기는 했지만, 조각상 공개 행사에서 연설을 해야 한다는 이야기를 들을 때까지는 루덴버그 씨가 계속 조각상을 만들고 있었다는 사실조차 잊고 있었다.

"정말 아름다워요."

엘사가 루덴버그 씨에게 말했다. 진심이었다.

청동 조각상을 보고 있자니 마치 멈춰 있는 시간을 보는 것 같았다. 작은 왕관에 아름다운 드레스를 입은 왕비. 왕관과 예복을 갖추고 늠름하게 서 있는 젊은 왕. 열여덟보다 훨씬 어린 모습으로 두 사람 사이에 서 있는 그들의 외동딸이자 아렌델의 공주 엘사.

열한 살의 엘사는 외동딸로서 외로운 시간을 보내야 했다. 물론 부모님은 집사들이나 신하들의 아이들을 엘사의 놀이친구로 찾아주었지만, 형제자매가 있는 것과 똑같을 수는 없었다. 하지만 엘사는 절대 부모님에게 부담을 주지 않았다. 엘사의 어머니는 엘사를 낳은 후 더 이상 아이를 가질 수 없었기 때문이다.

"근사한 조각상이죠, 어머니?"

엘사가 물었다. 엘사는 말없이 곁에 서서 거의 들리지 않게 깊은 한숨을 내쉬는 어머니를 바라보았다. 엘사를 바라보는 어머니의 눈동자가 슬퍼 보였다.

이렇게 기분 좋은 순간에 엘사의 부모님은 살짝 우울해 보였다. 엘사는 무엇이 부모님을 슬프게 만들었는지 궁금했지만, 그 생각을 입 밖으로 꺼내지는 않았다.

"루덴버그 씨를 위한 만찬을 준비했으니, 우린 궁전으로 돌아가서 손님들을 맞을 준비를 하자."

아버지가 말했다.

"네, 아버지."

"악셀 루덴버그와 그의 멋진 작품을 위하여!"

왕이 대연회장 만찬 테이블 위로 잔을 높이 들며 말했다.

"악셀을 위하여!"

모두가 외치며 건배했다.

왕은 가장 신뢰하는 친구인 피터센 경도 초대했다. 루덴버그의 가족 역시 아렌델의 오랜 무역 상대국인 위즐튼에서부터 배를 타고 참석했다. 그들과 함께 온 위즐튼 공작이 엘사 옆자리에 앉았다.

"또한 아렌델과 위즐튼을 위하여!"

공작이 말했다. 그는 정말 작은 키에 말이 많은 사람이었다.

"아렌델과 위즐튼을 위하여!"

모두가 따라 외쳤다. 엘사는 어머니와 건배를 들었다.

"함께 식사할 기회가 드디어 오다니, 정말 좋군요."

식사가 끝나고 디저트가 준비되는 동안, 공작이 엘사의 어머니에게 말했다.

"드디어 공주를 만나게 되어 얼마나 기쁜지 모릅니다. 수많은 공식 행사에 공주가 오랫동안 참석하지 않았으니까요."

엘사는 공작의 미소에 정중한 미소로 화답했을 뿐, 아무 말도 하지 않았다.

"엘사가 공부하느라 굉장히 바빴거든요."

어머니가 공작에게 말한 후 루덴버그 씨에게 시선을 옮겼다.

"하지만 가족의 조각상을 공개하는 순간은 놓치게 할 수 없었죠. 오늘 저녁의 목적은 결국 가족이니까요."

엘사가 위즐튼 공작을 만난 것은 이번이 처음이었다. 하지만 당연히 블레이크스톤 공작이 더 마음에 들었다. 궁전에 들어올 때마다 언제나 주머니 가득 초콜릿을 담아 와서, 저녁 식사 중에 지루한 대화가 오갈 때마다 공주에게 몰래 주곤 했으니까.

어머니가 늘 알려주셨던 것처럼, 엘사는 자신의 때가 오면 왕좌를 이어받을 준비가 되어 있어야 했다. 최근에는 가정교사와 함께 필기체와 과학 그리고 정치외교술을 배우는 한편, 아버지와 함께 회의에도 참석했다. 이제 나이가 들어, 연회에 참석할 일도 늘었다. 덕분에 삶이 덜 외로워지긴 했지만, 여전히 속마음을 털어놓을 또래의 누군가가 필요했다.

"그럼요, 그럼요!"

공작은 말할 때마다 몸을 너무 많이 움직이는 바람에 그의 가발이 계속 머리 뒤로 펄럭거렸다.

"좋은 말씀이네요."

피터센 경이 대화에 끼어들었다.

엘사가 그를 향해 미소를 지었다. 피터센 경은 아버지와 매우 가까운 사이로, 단순한 신하가 아니라 가족이었다. 엘사는 언제나 피터센 경을 삼촌처럼 생각했다.

공작이 말했다.

"엘사 공주님, 피오르드에 대해서도 많이 배웠겠지요."

엘사가 고개를 끄덕였다.

"아, 위즐튼에서 첫 피오르드를 발견하신 분이 저의 할아버지였어요. 그 덕분에……."

피터센 경이 끼어들 때까지, 공작은 계속해서 떠들었다.

"훌륭하십니다, 각하! 하지만 이 대화는 잠시 뒤로 미룰까요? 디저트가 나오는 것 같으니까."

그는 공작이 끼어들기 전에 고개를 돌리고 덧붙였다.

"루덴버그 씨, 아직 배가 부르지 않았으면 좋겠네요!"

그 순간, 시종이 문을 열고 들어와 과일과 달콤한 디저트가 담긴 접시들을 테이블 위에 내려놓았다.

아버지는 루덴버그 씨의 아내와 대화 중이었다. 피터센 경은 조각가와 다음 작품에 대해 이야기를 나누고 있었다. 대화 상대라고는 공작과 어머니, 그리고 엘사만이 남았다.

"정말 사랑스러운 따님을 두셨소. 훌륭한 여왕이 되실 거요."

"고맙습니다."

어머니가 말했다.

"부모님께서 저를 바르게 가르쳐주신 덕분이지요."

어머니에게 미소를 건네며 엘사가 말했다.

공작이 관심 있게 엘사를 쳐다보았다.

"다만 공주님이 유일한 후계자라는 것이 안타까울 뿐이죠. 서던아일스의 왕에게는 왕위를 이을 아들이 열세 명이나 있는데."

열 받은 엘사는 테이블 위에 놓인 자신의 잔을 움켜쥐었다. 이상하게도 잔이 얼음처럼 차가웠다.

"공작, 나는 절대……."

"운명은 제게 오직 한 아이만을 허락했죠. 엘사는 앞으로 잘 해낼 겁니다."

어머니가 엘사의 말을 가로막았다.

"우리 왕국에 필요한 것은 단 한 명의 강한 지도자죠."

엘사가 단호한 목소리로 말했다.

공작이 눈살을 찌푸렸다.

"그렇죠, 하지만 왕위를 이어받지 못할 일이라도 생긴다면……."

"우리는 아렌델을 미래로 이끌 만반의 준비가 되어 있습니다, 공작."

어머니가 미소를 지으며 말했다. 공작이 머리를 긁는 바람에 가발이 살짝 삐뚤어졌다. 그는 안경 너머로 왕비와 엘사를 차례로 바라보았다.

"몇 년 후면 왕위를 이을 텐데. 물망에 오른 배우자라도 있소? 다른 나라와 혼례로 맺어지는 것이 유리할 텐데."

엘사는 무릎 위에 올려놓은 냅킨을 노려보았다. 두 뺨이 달아올랐다.

"엘사가 배우자를 찾을 시간은 충분합니다. 지금은 우리 왕국에 대한 의무에 집중하기를 바랄 뿐이지요."

어머니가 말했다.

"저를 걱정해주시니 감사합니다, 각하."

엘사가 말했다.

"배우자를 찾게 되면, 제일 먼저 알려드릴게요."

비꼬는 말이었지만, 공작은 엘사의 대답이 마음에 드는 듯했다. 어머니가 나무라는 눈빛으로 엘사를 보았다.

마침내 공작이 돌아가고 루덴버그 씨도 가족들과 함께 작별인사를 건넸다. 왕과 왕비 그리고 엘사도 각자의 공간으로 발길을 옮기기 시작했다.

"잘했어. 대화도 아주 훌륭했고, 공작에게 강한 인상도 심어주었고."

어머니가 말했다.

"제 지식에 놀라는 눈치였어요."

엘사가 말했다. 저녁 내내 왕국의 무게를 짊어지고 있었던 것처럼, 엘사의 어깨가 경직되어 있었다. 두통이 밀려오기 시작하면서, 엘사는 조용한 방으로 너무나 돌아가고 싶었다.

"네가 아주 자랑스럽구나."

아버지가 처음으로 말했다. 아버지는 어머니에게 미소를 지으며, 어머니의 팔을 잡았다.

엘사는 부모님이 함께 있는 모습을 보는 것이 좋았다. 두 사람은 여전히 매우 사랑하는 것 같았다.

"언젠가 넌 매우 훌륭한 여왕이 될 거다, 엘사."

아버지가 말했다.

"감사해요, 아버지."

엘사는 생각 없이 대답했다. 여왕이 되는 것은 너무나 먼 일이었으므로.

Chapter 2

엘사

"백성들이 월요일마다 네 어머니와 내게 와서 왕국에 대한 걱정거리들을 자유롭게 이야기한단다. 네가 피터센 경과 함께 백성들을 만나 그들의 어려움을 연민과 배려의 마음으로 들어 보렴. 우리가 돌아오면 그들의 고충을 전달해주겠다고 약속하고. 자, 화요일에는…… 엘사? 듣고 있니?"

"네, 아버지."

엘사는 그렇게 대답했지만, 사실 마음은 다른 곳에 있었다.

어린 시절부터 엘사는 이곳 서재의 책들에 둘러싸여 있으면, 마음이 다른 곳으로 흘러가 버리곤 했다. 어두운 서재는 바닥부터 천장까지 책들이 빼곡하게 채워져 있었고, 아버지의 책상 위에는 여러 권의 책들이 펼쳐져 있었다. 그런데 그날 아버지가 보고 있던 책은 그들의 언어로 적힌 것이 아니라 기호들과 요정들의 그림이 가득한 책이었다. 엘사는 너무나도 궁금했지만, 물어보지 않았다.

며칠 후에 부모님은 이주일에 걸친 외교 여행을 떠나기로 되어 있었다. 엘사가 기억하기로는 부모님이 이렇게 길게 자리를 비웠던 적이 없었기에 한편으로 긴장되었다.

엘사의 아버지가 두 손을 무릎 위에 포개놓고, 옅은 미소를 지었다.

“무슨 일이지, 엘사?”

“아무것도 아니에요.”

엘사가 거짓으로 답했다. 머릿속에 있는 모든 생각들을 몇 단어로 표현하는 건 불가능했으니까.

“아닌 게 아닌 것 같은데.”

그는 등을 뒤로 젖히고 엘사를 자세히 바라보았다.

“무슨 표정인지 알지. 뭔가 생각하고 있구나. 네 어머니가 말하길, 나도 딴생각을 할 때면 너처럼 먼 산을 바라보는 표정이 된다더구나. 얘야, 내 딸. 넌 나를 아주 많이 닮았어.”

“정말이요?”

엘사는 아버지를 닮은 것이 자랑스러웠다. 엘사는 어머니를 사랑했지만, 종종 어머니가 무슨 생각을 하는지 알 수가 없었다. 엘사의 방에 들어오면 어머니는 가끔 생각의 끈을 놓치기도 하고, 무슨 말을 하다가 갑작스레 멈추기도 했다. 엘사가 절대 설명할 수 없는 슬픔이 어머니를 늘 따라다녔다.

마치 그날처럼.

오랫동안 어머니는 두 달에 한 번씩 하루 종일 사라지곤 했다. 아버지도 어머니도 어머니가 어딜 가는지 설명해준 적이 없었다. 한번은 엘사가 용기를 내어 어머니를 따라가고 싶다고 말했다. 어머니는 놀랐다가, 걱정했다가, 미안해했다.

"너를 데려가고 싶지만, 이건 나 혼자서 해야만 하는 일이란다."

눈물이 가득한 눈으로 엘사의 뺨을 어루만지는 어머니를 보며, 엘사는 더욱 혼란스러워졌다. 하지만 아버지와 함께 있을 때는 그렇지 않았다.

"중요한 게 아니에요, 아버지. 정말로요."

"뭔가가 마음속에 있구나, 엘사. 무슨 일이니?"

부모님이 가지 않으셨으면 좋겠다는 말이 바보처럼 느껴졌다. 부모님이 떠나시면 자신이 왕국의 얼굴이 된다는 것이 부담스럽게만 느껴졌다. 오래지 않아 부모님은 돌아오실 것이고, 모든 것이 예전으로 돌아가겠지만 말이다.

“엘사?”

“꼭 가셔야 해요?”

엘사가 물었다.

“넌 잘할 거다, 엘사.”

아버지가 힘주어 말했다.

그때 문을 두드리는 소리가 들렸다.

“폐하?”

카이가 들어왔다. 그는 엘사가 태어나기 전부터 궁전에서 일해온 사람으로 왕과 왕비의 침실과 바로 붙어 있는 공간에서 지낼 정도로 왕과 왕비의 생활에서 중요한 부분을 차지했다. 그가 말했다.

“위즐튼 공작이 왔습니다.”

“곧 회의실로 간다고 전해주게.”

아버지가 말했다.

“예, 폐하.”

카이는 엘사에게 미소를 건네고는 사라졌다. 아버지는 엘사를 바라보았다.

“할 말이 남은 얼굴이구나.”

짧은 시간에 나누기엔 너무 많은 이야기였다.

“백성들과 만날 때 무엇을 대접하면 좋을지 고민했어요.”

엘사가 둘러댔다.

아버지가 미소를 지었다.

"아주 멋진 생각이구나. 나는 네가 만든 크룸카케(노르웨이의 전통 와플 쿠키-옮긴이)가 맛있었던데."

"제가 만든 크룸카케요?"

엘사는 아버지를 위해 크룸카케를 구웠던 기억이 나지 않았다.

"올리나가 만든 걸 제가 만든 걸로 기억하시는 거 같은데요. 어쨌든 그걸 구우라고 할게요."

올리나는 궁전의 부엌을 책임지는 사람이었다. 어린 시절 엘사는 몰래 부엌으로 숨어 들어가서 올리나 곁에 앉아 있곤 했다. 오래전 일이라서 엘사는 쿠키를 구웠던 것도 기억나지 않았다.

아버지가 미간을 찡그렸다.

"그래. 어쨌든, 맛이 좋았어. 올리나가 백성들을 위해 크룸카케를 준비하면 되겠구나. 그리고 떠나기 전에, 네게 줄 것이 있다. 나를 따라오렴."

엘사는 아버지를 따라 부모님의 침실로 들어갔다. 아버지가 한쪽 벽면을 가득 채운 책장으로 다가가 책 한 권을 밀었다. 그러자 벽 전체가 마치 출입문처럼 열리면서, 작고 어두운 방이 드러났다. 아버지는 엘사에게 안으로 들어오라고 하지 않았다.

잠시 후, 아버지가 커다란 녹색 나무 상자를 들고 나타났다. 아렌델의 국화인 금색 크로커스가 그려져 있고 윗면은 아름다운 아치 형태였다.

"지니고 있거라."

그는 엘사 앞의 테이블 위에 상자를 내려놓았다. 엘사는 둥근 윗면에 금색으로 새겨진 문양을 손가락으로 만져보았다. 아버지가 각료들과 회의를 할 때마다 가지고 다니는 비밀상자와 똑같은 상자였다. 온갖 문서와 서신과 칙령이 담겨 있는 상자. 엘사는 절대로 손대면 안 되었던 상자.

"열어봐도 되나요?"

엘사의 손이 걸쇠 주변에서 머뭇거렸다. 아버지가 고개를 끄덕였다. 상자는 비어 있었다. 상자 안은 진한 초록색 벨벳으로 덧대어 있었다.

"너의 제국을 위한 상자란다."

엘사는 놀란 표정으로 고개를 들었다.

"몇 년 후면 네가 왕위를 이어받을 테니, 이제는 너도 네 상자를 가져야 한다고 생각했어."

"아버지, 정말 아름다워요. 하지만 지금은 필요없어요."

"그래. 하지만 미리 준비해두어야지. 카이와 참모들은 이 비

밀상자에 담긴 것들이 오롯이 너만의 것이라는 사실을 알고 있지. 무엇을 넣든 오직 너만 볼 수 있단다, 엘사. 이제 이 상자는 네 방에 보관하도록 하거라."

엘사는 손가락으로 초록색 벨벳을 쓰다듬었다.

"감사합니다, 아버지."

아버지는 엘사의 머리 위에 손을 얹었다.

"언젠가 네 삶은 네가 감히 상상할 수도 없는 모습들로 바뀌게 될 거야."

그가 머뭇거렸다.

"그때 내가 너를 도와주지 못하더라도……."

"아버지……."

"그날이 오면, 이 상자의 도움을 받겠다고 약속해다오."

상자의 도움을 받는다고? 이건 그냥 상자일 뿐인데? 그럼에도 대대로 왕과 여왕들이 사용했던 것과 똑같은 비밀상자를 받았다는 것은 커다란 의미를 지니고 있었다.

"약속할게요."

엘사가 말했다. 아버지는 엘사의 이마에 입을 맞추었다.

"안전한 곳에 두렴."

"그럴게요."

엘사가 약속했다.

엘사는 비밀상자를 안고 부모님 방을 나와 자신의 방으로 걸어갔다. 열린 창문을 통해 산들바람이 불어 들어왔다. 엘사는 가까운 창가에 기대어 궁전 너머의 세상을 바라보았다. 사람들로 가득한 마을에는 활기가 넘쳤다. 더위를 식히려고 옷을 입은 채로 분수에 뛰어든 아이들이 보였다. 한 어머니가 분수에서 아들을 끌고 나와 야단을 쳤다. 야단을 맞으면서도 아이는 즐거워 보였다.

엘사는 이 순간 함께 차를 마실 어머니가 있었다면 얼마나 좋을까 생각했다. 그렇게 따스한 여름날 오후, 궁전에 홀로 앉아 있는 것은 정말 서글픈 일이었다. 이렇게 아름다운 날, 어머니는 어디에 가신 걸까? 왜 엘사가 동행하지 못하게 했을까?

"엘사 공주님? 물이라도 가져다드릴까요? 오늘 참 덥네요!"

게르다가 물었다. 카이와 마찬가지로, 게르다도 엘사가 태어나기 전부터 이곳에 있던 사람이었다. 마침 게르다는 쟁반 위에 차가운 물이 담긴 유리잔들을 받쳐 들고 있었다. 아마도 엘사의 아버지와 공작에게 가져가는 중일 거라고 엘사는 생각했다.

"고마워요, 게르다. 난 괜찮아요."

엘사가 말했다. 게르다는 서둘러 발길을 옮겼다.

엘사는 다시 상자를 끌어안고 걸었다. 어머니가 돌아올 때까지 시간을 보낼 뭔가를 찾아야 했다. 안뜰을 산책할 수도 있었다. 어쩌면 잠깐 책을 읽을 수도 있었다. 엘사는 자신의 방문을 열고 어린 시절부터 썼던 책상으로 다가가 비밀상자를 내려놓고 잠시 바라보았다. 그 초록색 상자는 왠지 어울리지 않았다.

어쩌면 그 신성한 상자는 밖에 두면 안 되는 건지도 모른다. 엘사에겐 이 상자에 보관해야 할 중요한 서류나 서신이 없었다. 엘사는 아직 여왕이 아니었으니까. 엘사는 앞으로도 오랫동안 그 상자가 필요할 일이 없기를 바랐다. 엘사는 갓난아기였을 때 어머니가 만들어준 퀼트로 상자를 싸서 자신의 혼수함 안쪽에 넣고는 혼수함의 뚜껑을 닫았다. 잠시 후, 침대 옆의 탁자에서 책을 집어 든 엘사는 그 비밀상자에 대해 깡그리 잊어버렸다.

Chapter 3

엘사

문을 두드리는 소리에 엘사가 깜짝 놀라 일어섰다. 늦은 오후의 태양이 벽을 따라 조용히 그림자를 만들어내고 있었다. 책을 읽다가 잠든 것이 분명했다. 게르다가 방으로 얼굴을 들이밀었다.

"어머나, 엘사 공주님!"

게르다가 깜짝 놀라며 말했다.

"죄송해요. 부모님을 모시러 가는 길에 공주님께 저녁 식사 시간이라고 알려드리려던 건데."

"괜찮아요. 일어났어요."

엘사가 기지개를 켜며 말했다. 부모님이 저녁 식사를 함께

하신다는 건, 아버지가 위즐튼 공작과의 만남을 끝냈고, 어머니도 돌아오셨다는 뜻이었다.

"내가 두 분을 모셔올게요."

게르다는 엘사의 침대로 다가가 이불보를 매만지고 베개들을 정리했다.

"감사해요, 공주님!"

엘사의 방 아래엔 부모님의 침실이, 그 아래엔 저녁 식사를 하는 대연회장이 있었다. 게르다가 방을 정리하는 동안, 엘사는 계단을 내려가다가 부모님의 말다툼 소리에 걸음을 멈추었다. 엘사의 부모님은 싸운 적이 전혀 없었기 때문에 너무 놀란 엘사는 그만 두 사람의 대화를 엿듣고 말았다.

"분명히 할 수 있는 일이 있을 거예요! 계속 이렇게 지낼 수는 없잖아요."

어머니의 목소리였다.

"이두나, 몇 번이나 말했잖소. 선택의 여지가 없다고. 기다리는 수밖에."

엘사의 아버지가 좌절한 듯 말했다.

"난 지쳤다고요! 이렇게 살아온 세월이 길어도 너무 길었어요!"

"원래 마법이란 것에는 정해진 시간이 없지. 우리한테 미리 말해줬잖아."

마법? 마법은 어린애의 상상 같은 것이었다. 동화에나 나오는. 대체 왜 엘사의 부모는 존재하지도 않는 것에 대해 이야기를 하고 있는 것일까?

"그땐 너무 필사적이었으니까. 생각 같은 건 하지도 않았죠. 아이들의 운명을 바꿔보려고 노력했어야 했는데. 어쩌면 파비 할아범에게 다시 가서……."

"아니! 우린 거기 가면 안 돼. 당신이 마을로 가는 것도 너무 위험해지고 있다고. 당신이 어디로 가는지 누구에게 들키기라도 하면 어쩌려고 그래? 그 애가 여기 오면 어떻게 되는지 알고는 있는 거요?"

대체 누구에 대한 이야기일까? 엘사는 전혀 이해되지 않았다.

"난 언제나 조심하고 있어요. 그리고 계속 갈 거고. 우린 이미 너무나 많은 것을 잃었으니까."

엘사의 어머니가 저항하듯 말했다.

"그 방법밖에 없었지. 그건 당신과 내가 잘 알잖아. 마법은 곧 풀릴 거요."

"10년이 지났는데도 아직 사라지지 않았잖아요! 우리에게, 특히 엘사에게 부당해요."

엘사는 정신이 번쩍 들었다. 나와 무슨 관련이 있는 것일까?

"엘사는 괜찮아."

"그렇지 않아요, 아그나르. 그 앤 외로워하고 있어요."

'맞아요! 전 외로워요.'

엘사는 크게 소리치고 싶었다. 하지만 그것이 부모님의 언쟁과 무슨 관련이 있는지 엘사는 이해되지 않았다.

"더 많은 사람들에게 엘사를 소개시킬 거요. 위즐튼 공작이 엘사와 어울릴 만한 왕자에 대해 말해주더군. 무엇보다 중요한 건 엘사가 안전하다는 사실이야. 두 아이 모두. 우리가 원했던 게 바로 이것 아니었나?"

"엘사도 자신이 무엇을 할 수 있는지 알아야 해요, 아그나르."

"때가 되면 엘사도 알게 되겠지. 그 애에게 아무 낌새도 없었잖……."

"여기 계셨군요, 공주님!"

게르다가 엘사 뒤에 나타나자 엘사가 놀라 펄쩍 뛰었다.

"어디로 사라지셨나 했네요. 올리나가 저녁 식사 준비를 마쳤대요. 부모님께는 말씀드리셨어요?"

"어……."

엘사의 부모님이 복도로 나와 엘사와 게르다를 바라보자, 엘사의 두 뺨이 벌겋게 달아올랐다. 어머니는 엘사의 이마에 입을 맞추었다.

"여기 얼마나 서 있었던 거니?"

어머니가 물었다.

"제가 문을 열려는데 게르다가 온 거예요."

엘사가 둘러댔다.

어머니의 얼굴이 편안해졌다. 그녀는 엘사와 팔짱을 끼고 계단을 향해 걷기 시작했다.

"내가 없는 동안 뭘 했는지 듣고 싶구나."

"별거 없었어요."

엘사의 부모님은 식사를 하러 가며 일상적인 대화를 나누었지만, 엘사는 대화에 집중할 수 없었다.

엘사는 궁금해서 견딜 수가 없었다. '그 애'가 누굴까?

Chapter 4

안나

침대는 따뜻하고 포근했으며, 계속 두드려대던 노크 소리도 멀어지는 것 같았다. 안나는 입가의 침을 닦고 다시 꿈에 빠져들려 했다.

"안나?"

그녀의 이름이 바람에 실려 오는 속삭임처럼 들려왔다. 짜증스러운 노크가 이어졌다.

안나는 침에 젖은 머리카락 한 가닥을 입에서 빼내고는 침대에 일어나 앉았다.

"깨워서 미안한데……."

"아니, 아니, 아니, 아니에요."

안나는 여전히 감긴 눈으로 하품을 했다.

"벌써 몇 시간 전에 깨어난 걸요."

평상시라면 안나가 이미 깨어 있을 시간이었다. 언제나 부모님을 돕기 위해 동이 트기 전에 일어났으니까. 부모님이 하는 토말리의 빵가게는 매일 많은 빵과 쿠키들을 구워냈다. 하지만 지난밤 안나는 잠도 설치고 꿈도 수없이 꾸었다. 꿈에서 누군가를 계속 불러댔지만 그게 누구였는지는 기억나지 않았다. 그저 그 사람이 그리울 뿐.

"이제 준비해야지. 오늘 아침에 프레야가 오시잖니."

"그럼요."

대답과 함께 안나의 두 눈이 다시 감기기 시작했다.

'잠깐. 뭐라고?'

안나가 두 눈을 번쩍 떴다.

"프레야가 오시는 날이야!"

안나는 침대에서 펄쩍 뛰어내려서 맨발로 바닥을 가로질렀다. 오늘은 거울을 보는 것도 귀찮지 않았다. 지난밤에 빗지 않고 잠들었던 기다란 빨간 머리는 음…… 새둥지 같았다.

'빗은 어디에 있지?'

언제나처럼 책상 위에 있어야 할 빗이 보이지 않았다. 안나는 전날 아침에 창가에서 머리를 빗었던 것이 기억났다. 아렌델이 가장 잘 보이는 곳이 창가니까.

아렌델을 보고 있으면 언젠가 아렌델에서 살게 되면 무엇을 하고 싶은지 꿈을 꾸게 된다. 자신의 빵가게를 열 테고, 당연히 사람들은 안나의 쿠키를 사기 위해 밤낮으로 줄을 서겠지. 새로운 사람들을 만나고 친구들을 사귀고……. 생각만으로도 너무나 즐거워서 빗을 들고 노래를 부르며 방 안을 빙빙 돌다가…… 아! 빗을 어디에 던져두었는지 기억이 났다. 안나는 무릎을 꿇고 침대 밑을 살펴보았다. 빗을 찾아 머리를 빗으며, 안나는 방 안을 서성거렸다.

손으로 칠한 장식장에도 안나의 책상과 침대, 그리고 분홍색 퀼트와 같은 로즈말링(가구, 식기 등에 새겨진 노르웨이 고유의 꽃무늬-옮긴이) 무늬가 있었다. 안나와 안나의 어머니가 함께 칠한 것들이었다. 안나가 책을 읽을 때마다 앉는 흔들의자는 안나의 아버지가 만들어주었다. 하지만 안나는 열두 번째 생일에 아버지가 나무를 깎아 만들어준 아렌델 궁전이 가장 좋았다. 안나의 분홍색 방에는 빨간색과 녹색으로 수가 놓인 감청색 앞치마가 걸려 있었다. 안나는 어머니가 새로 만들어준 앞치마를, 프레야를 만날 날을 위해 아껴두었다. 그날이 바로 오늘이었다!

빵가게 일로 너무 바빴음에도 안나의 어머니는 가장 친한 친구인 프레야가 놀러올 때는 언제나 시간을 비워두었다. 어릴 적부터 친구였던 두 사람은 함께 시간을 보내고 싶어 했다. 프레야는 보통 두 달에 한 번씩 하몽으로 찾아와 하루 종일 안나와 안나의 어머니와 함께 빵과 쿠키를 굽고 이야기를 나눴다. 안나는 프레야가 들려주는 아렌델의 이야기를 사랑했고, 아렌델에서 재봉사로 일하는 프레야가 가져다주는 선물들을 사랑했다. 도자기 인형에, 혀에서 얼음처럼 녹아내리는 다크 초콜릿 그리고 2년 동안 안나의 옷장에 걸려 있는 초록색 실크 드레스. 그렇게 좋은 드레스를 입을 일이 안나에게는 없었다. 대부분 밀가루와 버터 얼룩을 뒤집어쓰고 지내니까.

안나는 흰색 셔츠 위에 초록색 스웨터를 입고, 앞치마를 두른 다음, 머리를 빗어 단단하게 묶었다. 다시 문을 두드리는 소리가 들렸다.

"안나!"

"나가요!"

창문 밖으로 벌써 해가 떠오르고 있었다. 절대 늦는 법이 없는 프레야에 비해, 안나는 아무리 노력해도 몇 분씩 늦곤 했다.

안나는 바닥에서 신발을 집어 드는 동시에 문을 향해 뛰면서 신발을 신으려다가 하마터면 문밖에서 기다리고 있던 아버지 요한을 넘어뜨릴 뻔했다.

"아빠!"

안나가 요한을 끌어안았다.

"죄송해요!"

"괜찮아."

통통한 체형에, 딸보다 키가 족히 30센티미터는 작은 요한에게서는 늘 씹고 있는 민트 잎사귀 냄새가 났다(그는 늘 속이 좋지 않았기 때문이다). 안나가 기억하는 요한은 언제나 대머리였지만, 그게 그에게는 가장 잘 어울리는 모습이었다.

"프레야가 온다고 미리 말씀해주셔야죠."

"안나, 어젯밤에도 두 번이나 말했고, 지난주에도 매일 말해주었잖니."

"맞아요!"

안나는 확실히 기억나지 않았지만, 그렇게 대답했다. 엊그제 안나는 원더링 오큰의 거래소와 사우나에 아버지가 만든 쌍둥이의 생일 케이크를 배달했고(안나는 쌍둥이가 케이크를 각각 하나씩 받아야 한다고 주장했었다), 의회 회의에 쓰일 크룸카케를 가져다주었으며, 안나의 인기 많은 눈사람 쿠키를 만들 반죽도 해두었다. 눈사람 쿠키는 여름에도 아이들에게 인기가 좋았다.

프레야도 눈사람 쿠키를 좋아해서 집으로 돌아갈 때마다 한 상자씩 가져갔다. 안나는 프레야에게 줄 눈사람 쿠키가 남아 있는지 궁금했다.

"어서 엄마를 도와드려야겠어요."

안나가 아버지에게 말하고는 서둘러 계단을 내려갔다. 아늑한 거실과 작은 부엌을 지나, 집과 빵가게를 연결하는 문을 열었다. 작은 키에 갈색 머리의 여인이 벌써 나무 테이블에서 밀가루와 달걀을 섞고 있었다. 그녀는 안나를 쳐다보며 미소를 지었다.

"네가 내려올 시간이었구나."

안나의 어머니는 안나의 뺨에 입을 맞추고 몇 가닥 내려온 머리칼을 안나의 오른쪽 귀 뒤로 넘겨주고는, 안나의 앞치마를 바르게 펴주었다. 그녀는 프레야 앞에서 안나가 단정해 보이기를 바랐다.

"그러니까요, 죄송해요."

안나가 대답하고는 카운터 위에 진열된 빵과 쿠키를 확인했다. 안나의 예상대로 눈사람 쿠키용 쟁반이 비어 있었다.

"게다가 제 쿠키가 다 떨어졌어요. 프레야가 좋아하는데."

"엄마가 쿠키 반죽을 섞는 중이야."

어머니의 갈색 눈동자가 피곤해 보였다. 어머니는 빵가게에서 오랜 시간 일하는 것을 점점 더 힘들어했다. 안나는 최선을 다해 빵가게 일을 도우려고 했지만, 부모님은 방학 중에도 공부에 집중해야 한다고 강조했다. 아버지는 늘 이렇게 말했다.

"돈은 있다가도 없지만, 머릿속의 지식은 어느 누구도 가져가지 못해."

그래서 안나의 하루도 부모님의 하루 못지않게 길었다. 일찍 일어나 빵을 굽고, 집안일을 하고, 학교에 가고, 집에서 공부를 하고, 빵가게에서 일을 돕고, 침대에 쓰러졌다가 다음 날 다시 똑같이 반복하는 일상. 친구를 사귈 시간은 남아 있지 않았다. 그래서 안나가 프레야의 방문을 기다리는 것이었다. 프레야를 만나는 것은 하몽 너머의 세상을 짧게나마 경험하는 것과 같았으니까.

"오늘 프레야와 같이 만들면 돼."

안나의 어머니가 말했다.

"좋은 생각이에요!"

안나는 손가락으로 반죽을 슬쩍 찍은 다음 혀로 핥아먹었다. 그러자 어머니가 숟가락으로 안나를 두드렸다.

"죄송해요! 근데 요리사는 음식 맛을 봐야 한다면서요."

"그렇지. 넌 나를 긴장시키는구나, 우리 곰돌이."

안나는 어머니의 뺨에 입을 맞추었다.

"좋은 뜻인 거죠? 저 없이 살 수 있어요, 어머니?"

안나의 어머니가 반죽하던 손을 멈추고 안나를 바라보았다.

얼굴에서 미소가 사라졌다. 그녀는 안나의 뺨에 손을 가져다 댔다.

"아니, 못 살지. 하지만 그날이 올 거야, 분명히."

안나는 아무 말도 하지 않았다. 안나가 열여덟 살이 되면 하몽을 떠나 아렌델로 가려는 계획을 어머니에게 말하지 않았던 이유가 바로 이것이었다. 안나는 하몽과 하몽 사람들을 사랑했지만, 왕가 사람들이 사는 곳도 너무나 궁금했다.

"차가 넉넉한지 좀 봐줄래?"

어머니가 말했다. 안나는 찬장을 확인했다.

"차가 하나도 없네요."

"그럼 얼른 사올래?"

안나의 어머니가 설탕 한 숟갈을 반죽 그릇에 넣었다.

"난 프레야가 도착하자마자 함께 차를 마시는 게 좋더라. 먼 길을 오는 거니까. 더 필요한 게 있을까?"

프레야는 동이 트기 전에 아렌델에서 출발하기 때문에 아침 식사를 하지 못하고 하몽에 도착하곤 했다.

"어머니, 프레야가 달걀을 좋아할까요?"

"좋은 생각이네."

안나는 어머니의 말이 끝나기도 전에 신발을 벗고 부츠를 신었다. 그러고는 문에 걸려 있던 보라색 망토를 집었다.

"금방 올게요."

"안나, 넌 금방 온 적이 없는데."

안나의 어머니가 웃으며 말했다.

"두고 보세요, 이번에는 바로 올 테니까."

안나는 문을 열고 나가 현관 계단 옆에 있던 양동이를 들고 길을 나섰다. 먼저 상점에 가서 차를 사고, 그다음 농장에 들러 달걀을 가져올 것이다. 하늘은 먼 바다와 같은 푸른 빛깔이었고, 공기는 따뜻하면서도 습하지 않았다. 안나는 산에 자리 잡은 하몽은 아렌델처럼 덥지 않다는 이야기를 번번이 들었다. 안나는 산비탈을 슬쩍 보고는 멀리 아렌델을 찾아보았다. 저 아래에 사는 사람들은 이 시간에 무엇을 하고 있을까. 누군가의 말소리에 안나는 걸음을 잠시 멈추었다.

"원하는 게 뭐야, 스벤?"

어머니는 안나를 마당발이라고 불렀다. 아빠는 안나를 하몽의 가이드라고 했다. 안나는 사람들과 이야기하는 것을 정말 좋아했다. 하지만 저 목소리는 이 작은 마을에서 안나가 들어보지 못한 목소리였다. 아렌델을 내려다보는 산비탈에 나 있는 몇 개의 골목에 다닥다닥 모여 있는 집들. 하몽은 각각의 집들이 서로 다른 밝은 색으로 칠해져 있는 작은 마을이었다. 빵 가게는 오렌지색이었다. 안나는 모든 집에 사는 사람들을 알고

있었다. 저건 하몽 사람의 목소리가 아니었다.

"간식 좀 줘!"

조금 전보다 훨씬 굵은, 또 다른 목소리였다.

안나가 상점의 모퉁이를 돌아가 보니, 자신과 비슷한 나이의 청년이 서 있었다. 그는 큰 얼음 덩어리들을 실은 마차를 끄는 커다란 순록과 함께 있었다. 안나는 학교에서 많은 아이들을 만났지만, 이 청년은 본 적이 없었다. 그는 산 정상에 살고 있는 오큰의 아이들 같지도 않았다. 청년은 덥수룩한 금발에 짙은 청색 셔츠의 소매를 걷어 올리고, 짙은 색의 바지에 베이지색 부츠를 신고 있었다. 가장 중요한 것은 이 청년이 순록과 이야기를 하는 것 같다는 것이었다.

"암호가 뭐더라?"

그가 순록에게 물었다. 주변 사람들은 상점으로 채소 상자들을 옮기느라 분주했다. 안나는 청년이 아무도 보지 않는 틈에 당근 몇 개를 슬쩍 훔치는 모습을 보았다. 그는 당근 한 개를 순록 위로 높이 들었다.

"주세요!"

그가 낮은 목소리로 말했다. 안나는 순록이 주둥이 위에서 흔들리던 당근을 베어 무는 모습을 지켜보았다.

청년이 들고 있던 당근을 치웠다.

"나눠 먹어야지!"

청년이 당근을 한 입 먹고는 남은 당근을 둘로 나눠, 반쪽을 순록에게 주었다. 이상하면서도 흥미로웠다. 청년은 순록에게 말을 걸고, 또 순록 대신 말을 하고 있었기 때문이다. 안나가 웃음을 터뜨렸다. 깜짝 놀라 고개를 돌린 청년이 안나를 발견했다.

안나는 재빨리 숨을 들이마셨다. 인사를 해야 하나? 도망쳐야 하나? 비록 당근을 훔치기는 했지만, 안나에게는 자기 또래를 만날 기회였다. 인사를 건네야 했다. 안나는 가까이 다가갔다.

그 순간 발굽이 자갈 바닥에 닿는 소리가 나더니 짐마차가 안나 앞에 급하게 멈춰섰다. 곧이어 사람들이 채소들을 내려 상점 안으로 들고 갔다. 어머니에게 금방 돌아간다고 약속해놓고 안나는 또 꾸물거리고 있었다. 그래도 상점으로 들어가는 길에 인사를 건넬 수는 있겠지. 하지만 짐마차가 빠져나간 자리에 그는 없었다.

'나와 만날 인연이 있는 사람은 아니었나 보네.'

안나는 한숨을 내쉬었지만, 지체할 시간이 없었다. 상점으로 달려 들어가 차를 사서 가방에 챙겨 넣고는 양동이를 들고 골목길을 뛰어 내려갔다. 계단을 쓸고 있는 구두 수선공의 아내 아가드 부인이 보였다.

"안녕하세요, 아가드 부인!"

안나가 소리쳤다.

"안녕, 안나! 어제 빵 고맙다."

안나는 서둘러 닭장이 있는 농장으로 향했다. 안나는 그물망을 열고 들어가 갓 낳은 달걀들을 집어 들었다.

안나는 적어도 열두 개는 되는 달걀을 양동이에 담고는 집으로 향했다. 거리에서 꽃을 실은 손수레를 끌고 있는 노인을 만났다.

"안녕, 안나!"

"안녕하세요, 얼링! 꽃들이 정말 아름답게 피었네요. 제가 좋아하는 꽃도 있어요?"

얼링이 금색 크로커스 두 송이를 꺼냈다. 노란 꽃송이가 태양처럼 밝았다. 안나는 향긋한 꽃향기를 들이마셨다.

"감사합니다! 나중에 갓 구운 빵을 드시러 오세요. 아침나절이면 첫 번째 빵이 나올 거예요."

"고맙구나, 안나! 나중에 들르마!"

안나는 서둘러 집으로 향했다.

"엄마! 달걀이랑 차 사왔어요. 프레야는 아직 안 왔어요?"

문을 열고 들어서며 안나가 말했다. 안나가 문을 닫으려는 순간, 마차 한 대가 집 앞에 멈춰섰다. 프레야가 도착한 것이다.

Chapter 5

안나

안나와 안나의 어머니는 서둘러 손님을 맞았다. 언제나 그랬듯이, 함께 마차를 타고 온 두 명의 남자들은 프레야가 안나 가족을 만나는 동안 그녀를 기다렸다. 같이 다닐 남편이나 딸이 없기 때문에 믿을 만한 마부들과 함께 여행하는 것이 안전하게 느껴진다고, 언젠가 프레야가 말했었다.

첫 번째 마부가 짙은 색 망토를 입은 여인이 마차에서 내리는 것을 도와주었다. 그녀는 재빨리 빵가게로 들어와 문을 닫은 후, 망토를 벗었다.

"토말리!"

프레야는 애정 어린 목소리와 함께 친구를 안았다.

갓난아기였던 안나를 입양했을 때 처음 보여주려고 부른 사람이 프레야였다고, 안나의 어머니가 이야기했었다. 안나의 어머니와 프레야는 워낙 긴 시간을 함께 보냈기 때문에, 안나는 프레야를 이모처럼 여겼다. 프레야가 없는 삶은 상상할 수도 없었다.

프레야와 토말리의 포옹이 마침내 끝나고, 프레야는 애정이 담긴 따뜻한 표정으로 안나를 바라보았다.

"안나."

프레야가 부드러운 목소리로 안나를 부르며 두 팔을 벌렸다. 프레야에게는 언제나 보라색 헤더 같은 달콤한 냄새가 났다. 안나는 프레야의 품으로 달려가 프레야를 꽉 안았다. 안나는 포옹을 좋아했다. 어쩔 수가 없었다.

"오셔서 너무너무 좋아요!"

프레야가 한 걸음 물러서서는 안나의 어깨를 잡고 안나를 자세히 바라보았다.

"키가 좀 컸니? 토말리, 안나가 더 큰 거지? 분명히 더 컸어!"

"안 컸는데요."

안나가 말하자 모두들 함께 웃었다.

"두 달 전에도 똑같은 키였어요. 제 생각에는요."

"더 커 보이는걸."

프레야가 말했다. 그녀가 망토를 문에 걸어두고 모자를 벗자, 그녀의 아름다운 짙은 갈색 머리칼이 드러났다. 프레야는 노란색과 파란색 테두리를 두른 짙은 초록색 바탕에 빨간 꽃들을 수놓은 드레스를 입고 있었다. 안나는 그 드레스를 프레야가 직접 만들었는지 궁금했다. 프레야는 재봉사라서 항상 안나에게 새 드레스를 가져다주었다.

“어쩌면 네가 나이가 들고 있는 건가.”

“저 이제 열다섯이에요.”

“그거였어. 이제 숙녀가 되어가는구나.”

그녀는 토말리를 바라보았다.

“안나를 정말 잘 키웠어.”

토말리는 프레야의 손을 잡았다. 두 사람은 애정 어린 시선으로 서로를 바라보았다.

“영광이었죠. 안나는 가장 경이로운 선물이었으니까요.”

“엄마.”

안나가 눈을 굴렸다. 안나는 엄마가 저렇게 감상적이 되는 것을 싫어했다. 프레야와 엄마는 만나기만 하면 꼭 눈물을 흘리곤 했다.

“미안, 미안.”

토말리가 테이블을 준비하느라 분주해졌다.

"안나가 아침을 만들어드리고 싶어 했어요."

"엄마의 아침도 만들어드리고 싶어요."

안나가 어머니에게 말했다.

"두 분이 식사할 겨를도 없이 바쁘시거든요."

안나가 프레야에게 말했다. 안나가 팬을 데우고 달걀을 깨서 간단한 스크램블을 만드는 동안, 프레야는 토말리와 함께 테이블에 앉았다.

"장사는 어때? 잘되지?"

프레야가 물었다.

"아주 재미있어요. 안나가 만든 특별상품 덕분에 매출도 늘고 주문도 많아졌어요."

"개인 교습은 어떠니, 안나?"

프레야가 물었다.

"괜찮아요."

팬 위의 달걀을 뒤적거리면서, 안나는 한숨을 내쉬었다.

"학교를 다닐 때가 더 좋긴 해요. 제가 사람 만나는 걸 좋아하잖아요."

프레야와 토말리가 살짝 미소를 주고받았다.

"음, 그럴 수도 있겠네. 하지만 공부는 중요하단다. 특히 역사와 과학."

하지만 안나는 자신의 공부에 대해 얘기하기보다는 프레야의 일상에 대해 듣고 싶었다.

"산 아래에서는 어떻게 지내고 있는지 말해주세요. 아렌델은 어때요? 궁전에 있을 때 왕과 왕비님을 직접 본 적은 있어요? 혹은 공주님이라도?"

프레야의 얼굴이 굳어지자, 안나는 당황했다. 토말리가 안나의 손을 토닥거렸다.

"이모는 긴 시간을 여행하셨잖니. 궁금한 것들은 나중으로 미루면 어떨까 싶네. 우리 아침 먹고 쿠키를 굽자. 어때?"

안나는 고개를 끄덕였다. 잠시 후, 모두들 밀가루를 뒤집어썼다.

"안나, 밀가루를 이렇게 많이 써야 하니?"

얼굴 주변으로 날리는 밀가루를 손으로 저으며 안나의 어머니가 물었다.

"전 쿠키들이 들러붙는 게 싫어요, 엄마. 아시면서."

안나는 나무 테이블 위에 밀가루를 더 뿌리며 말했다.

빵가게는 넓지도, 밝지도 않았다. 창문들이 처마 바로 아래, 높이 달려 있었다. 안나가 계량을 하기 위해서는 눈을 찡그리며 가늘게 떠야 했다. 스푼들과 냄비들이 벽에 걸려 있고 나무 테이블이 한가운데 놓인 이곳이 안나와 안나의 어머니가 빵과 시나몬 롤, 그리고 쿠키들을 굽는 공간이었다. 빵가게에 있는 대부분의 제품들은 아름다운 주철 오븐에서 구워냈다. 안나가 끊임없이 그 오븐에 발이 걸리거나 그 위로 넘어지는 바람에 작은 화상 자국들이 안나의 팔에 남아 있었다. 빵을 오븐에 넣거나 꺼낼 때 생긴 화상 자국들도 있었다. 안나가 한 번 더 밀가루를 채에 치자, 프레야가 재채기를 했다.

"죄송해요!"

"괜찮아."

안나의 이모가 손수건을 꺼내며 말했다. 안나는 그 손수건에 아렌델의 문장이 수놓인 것을 보았다. 안나는 커다란 반죽을 테이블 위에 올려놓고, 밀가루를 한 주먹 쥐었다.

"전 밀가루가 떨어지는 모습이 정말 좋아요. 눈처럼 보여서."

프레야의 푸른 눈동자가 흐려졌다.

"눈을 좋아하니?"

안나는 반죽 위에 밀가루를 바르고, 밀대로 밀었다.

"좋아하죠! 여기 산에는 눈이 정말 많이 내려요. 전 눈 속에서 노는 것도 좋아하고, 멋진 눈사람을 만드는 것도 좋아해요."

"네가 만든 쿠키들 중에 이 쿠키가 제일 좋아."

테이블 위에 놓인 눈사람 쿠키 틀을 사랑스럽게 바라보며 안나의 이모가 말했다.

"눈사람 쿠키는 언제부터 만들었지? 작년?"

"네. 이 눈사람을 잘 아는 듯한 느낌이 들어요. 진짜 아는 건 아닌데, 전에 본 적이 있거든요."

"그래?"

프레야가 말했다. 안나의 마음속에 있는 그 눈사람은 아랫부분이 아주 크고, 중간은 좀 작고, 맨 위에는 타원형 머리가 있었다. 그리고 나뭇가지로 만든 두 팔과 당근으로 만든 코에 석탄 세 개를 단추처럼 달고 있었다. 아주 행복하고 친절해 보였다.

"꿈에서 보거든요. 제가 계속 그렸더니, 결국 아빠가 쿠키 틀로 만들어주셨죠. 이제는 쿠키가 엄청 많이 팔려서 아빠가 쿠키 틀을 엄청 많이 만들어주셔야 했어요. 어제는 쿠키가 모두 동이 났다니까요. 사람들이 여름에도 눈사람을 좋아하리라고 누가 알았겠어요?"

안나의 이모가 미소를 지었다.

"네 엄마 말이 맞았어. 넌 정말 훌륭한 제빵사야."

"이 반죽도 안나가 개발한 거예요."

안나의 어머니가 자랑스럽게 말했다.

"그랬어?"

"이것저것 시도해보는 걸 좋아하거든요."

"그렇구나."

프레야는 안나가 테이블 위에 있던 눈사람 반죽을 칼로 조심스럽게 떼어내 오븐용 팬으로 옮기는 모습을 바라보았다. 안나가 고개를 들었다.

"사람들이 스파이스 케이크에 대해 뭐라고 했어요?"

"정말 대단했지!"

프레야가 다시 미소를 지으며 말했다.

"네 아버…… 내 남편이 자기에게도 따로 하나 가져다 달라고 부탁했단다."

프레야는 늘 그렇게 말을 더듬었다. 안나도 똑같았다. 짧은 시간 안에 할 말이 너무 많았으니까. 안나는 초콜릿을 녹이는 냄비처럼, 말이 보글보글 넘쳤다.

"케이크 위에 얹었던, 설탕에 졸인 오렌지도 좋아하시던가요?"

"그럼! 그런 건 처음 본다고 하더구나."

안나가 어깨를 으쓱거렸다.

"전 조리법에 저만의 비결을 더하는 게 좋아요. 전 독특해지고 싶거든요."

"알지. 내 남편이 너를 만나면 좋아할 거야. 너와 나는 흥이 많은 성격인데, 그분은……."

프레야는 중간에 한숨을 내쉬었다.

"안타깝게도 온 세상의 짐을 어깨에 짊어지고 있지. 내 딸도 그렇고."

딸 이야기를 한 적은 많지만, 데려온 적은 없었다. 안나가 알기로는, 프레야의 딸은 아주 똑똑하고 신중한 듯했다. 안나는 그녀와 만나서 조금 바꿔주고 싶다고 생각했다.

부엌 시계가 울리자 안나가 고개를 들었다. 첫 번째 쿠키 반죽이 완성될 참이었다. 그러면 바로 다음 반죽을 넣어야 했다. 그 뒤로 네 종류의 빵, 크룸카케, 두 가지의 스파이스 케이크를 구워야 했다.

"너무 걱정 마시라고 전해주세요. 순리대로 될 거니까요."

안나의 어머니가 말했다.

"알지. 그분도 알고 있어, 토말리. 하지만 가끔은 미래가 너무 멀리 있는 것같이 느껴져."

프레야가 말했다.

"그럼 현재에 집중하세요. 지금 저와 진짜 재미있는 일을 하고 계시니까."

안나가 말하자 안나의 이모가 웃었다.

"네 말이 맞아. 우린 정말로 많은 축복을 받았지."

안나는 쿠키를 오븐에서 꺼내 식혔다. 옅은 황금빛이 도는 노란색. 안나가 좋아하는 쿠키 색이었다. 안나가 쿠키를 꺼내는 타이밍은 언제나 완벽했다.

"참 하마터면 잊어버릴 뻔……."

프레야는 자신이 가져온 광주리를 뒤져서 포장지를 벗겼다. 그 안에는 안나가 원하던 것이 들어 있었다. 안나가 지금껏 본 것 중 가장 진하고 두꺼운 초콜릿 덩어리들이었다. 안나는 하나를 집어 들어 코에 가져다 댔다. 정말 멋진 냄새가 났다.

"감사합니다! 마지막 한 개는 다음에 오실 때까지 간직하고 있을 거예요."

"그러렴. 다른 왕국에서 만든 초콜릿을 가져다줄 수도 있어. 몇 주 동안 남편과 함께 여행을 가거든."

"여행이요?"

또 다른 쿠키 한 판을 오븐에 넣던 안나의 눈이 휘둥그레졌다.

"어디 가시는데요? 뭘 타고 가세요? 따님도 데리고 가시는 거예요? 따님도 여행을 좋아하나요? 뭘 입고 가실 거예요?"

프레야가 다시 웃기 시작했다.

"질문이 정말 많구나!"

안나의 어머니가 고개를 절레절레 흔들었다.

"우리만 가고, 딸은 집에 남아 있을 거야……. 도와주는 분들과 함께."

프레야는 적절한 단어를 찾느라 고심했다.

"긴 여행이라, 집에 남아 집안일을 돌볼 사람이 있어야 할 것 같아서. 너보다 세 살이 많으니, 실제로는 어른이지."

안나는 달걀흰자와 가루 설탕을 섞어 아이싱을 만들기 시작했다.

"전 여행을 해본 적이 없어요. 이 산을 떠난 적도 없다니까요."

"그렇구나."

프레야가 친절하게 말했다. 그러고는 안나의 어머니를 바라보며 말했다.

"아렌델에 올 수 있다면 정말 좋을 텐데."

안나가 들고 있던 스푼이 요란한 소리를 내며 아이싱이 담긴 그릇에 떨어졌다.

"가도 돼요? 제가 쿠키를 가져갈게요. 따님이 어떤 쿠키를 좋아하나요? 눈사람 쿠키? 남편분은 스파이스 케이크를 좋아하신다고 했고……."

"안나, 진정해."

안나의 어머니가 끼어들었다. 프레야는 잠시 아무 말 없이 생각에 잠겼다.

"아렌델에 올 수 있는 방법을 찾는다면, 나와 함께 지낼래?"

프레야의 목소리가 갈라졌다.

"당연하죠!"

안나는 너무 기쁜 나머지 소리를 질렀다. 안나의 어머니가 슬픈 표정으로 프레야에게 미소를 지었다.

"안나는 항상 아렌델에 가보고 싶어 했어요. 가능할까요?"

"물어봐야지."

프레야가 안나의 어머니에게 말했다. 그러고는 안나를 바라보았다.

"이 정도면 충분히 기다렸어."

두 사람의 대화는 마치 암호 같았다. 그냥 왕국에 한번 가보는 것뿐인데. 안나는 얼른 쿠키에 아이싱을 얹고 대화에 집중하고 싶었다. 안나는 스푼에 있는 아이싱을 첫 번째 쿠키 위에 떨구고는 쿠키 옆면까지 아이싱이 퍼지면서 눈사람 전체를 하얗게 덮는지 확인했다. 안나는 아이싱을 내려놓고 입을 열었다.

"전 아렌델에 있는 프레야 이모 댁에 너무너무 가고 싶어요."

안나가 말했다. 부모님을 속상하게 만들고 싶지는 않았지만, 하몽에 남는 것은 안나가 꿈꾸는 미래가 아니었다.

"가도 돼요? 제발요, 어머니."

안나의 어머니는 한숨을 내쉬며 프레야를 바라보았다.

"빵가게가 너무나 바빠서 너를 오랫동안 보낼 수는 없어."

안나의 어머니가 잠시 말을 멈추었다가 이었다.

"하지만 아버지와 상의해볼게. 장담할 수는 없지만. 넌 언젠가 아렌델에서 지내게 될 아이니까."

"따님을 늘 만나보고 싶었어요."

안나가 프레야에게 말했다.

"머지않아 만나게 될 거야."

프레야가 말했다.

아렌델. 안나가 아주 오랫동안 멀리서 바라봐왔던 왕국. 곧 궁전 꼭대기의 탑들보다 더 많은 것들을 볼 수 있겠지. 그것도 궁전을 잘 아는 프레야와 함께.

프레야는 미소를 지으며 안나의 손을 잡았다.

"여행에서 돌아오면, 너를 아렌델에 데려갈 방법을 찾아보마."

Chapter 6
엘사

'지루해서 죽을지도 몰라.'

물론 엘사는 이런 말을 절대 입 밖으로 내뱉지 않는다. 하지만 초상화들이 걸려 있는 방 안에서 커다란 벨벳 의자에 앉아 천장을 바라보고 있으려니, 그 생각밖에 나지 않았다. 부모님이 떠나신 지 고작 일주일이 지났을 뿐인데, 벌써부터 두 분의 부재가 무겁게 느껴졌다. 앞으로 3일치 공부도 모두 끝내놓았고, 아버지 대신 회의들에도 참석했고, 매일 안뜰을 걸어 다녔고, 올리나와 함께 부엌에도 놀러 갔었다. 엘사에게 실제 친구처럼 제일 가까운 사람은 궁전의 요리사인 올리나였다.

"공주님은 친구들이 필요해요. 남자 친구라면 더 좋고요."

그날 아침에 올리나가 말했다. 엘사는 올리나와 함께 달걀 요리를 먹으며 부엌에 앉아 있었다.

"위즐튼 공작처럼 말하네."

"공주님 혼자 지내는 시간이 너무 많잖아요."

"하지만……."

"아버지의 뒤를 이어 좋은 왕이 되려면 안과 밖을 알아야 하는데, 공주님은 너무 머릿속에만 갇혀 있다고요. 백성들을 이해할 유일한 방법은 그들에 대해 아는 거예요. 사람들과의 만남을 즐기세요. 그들의 이야기도 들어보시고요. 그 과정에서 공주님이 좋아하는 것도 찾을 수 있을 거예요."

올리나의 말이 옳았다. 엘사가 좋아하는 것이 무엇이었던가? 엘사에게는 친구들이 필요했다. 취미가 필요했고, 뭔가 할 일도 필요했다.

"세상에!"

커다란 상자를 들고 문을 통과하는 카이를 보고 올리나가 말했다. 여러 개의 두루마리들과 모자들이 상자 밖으로 떨어지고 있었다. 올리나가 얼른 달려가서 카이를 도와 상자를 바닥에 내려놓았다.

"감사합니다. 생각보다 무거워서요. 안녕하세요, 공주님."

카이가 말했다.

"안녕."

엘사가 고개를 끄덕였다.

"다락방은 어떻게 되어가요?"

올리나가 물었다.

"상자 여러 개를 치웠더니 이제 다시 바닥이 보입니다."

"왕과 왕비님이 사용하실 만한 물건들은 버리지 않았겠죠?"

올리나가 두 손을 허리춤에 얹고 카이에게 물었다.

"그럼요. 낡은 모자들이랑 망가진 물건들만 버리고 있어요."

카이는 뿔이 하나 떨어진 바이킹 모자와 금이 생긴 푸른색 꽃병을 들어 보였다.

"이건 좋아하실 것 같아서."

올리나의 두 눈이 반짝거렸다.

"어머나! 아주 잘 쓰겠네."

"내일 다시 다락방에 올라가보고 뭔가 특별한 것이 있으면 가져다드리죠. 가보겠습니다, 엘사 공주님."

"잘 가요."

카이는 상자를 들고 밖으로 나갔다. 엘사는 다락방에 물건들이 있는 줄은 전혀 몰랐었다. 다락방에 가본 적도 없었다. 오후 내내 시간이 있으니, 자신의 침실 바로 위에 어떤 물건들이 있는지 살짝 봐도 별문제는 없겠지.

올리나에게 인사한 후, 엘사는 자신의 방에 들러 랜턴을 가져왔다. 부모님이 돌아오실 때까지 모두들 오랫동안 미뤄두었던 허드렛일들을 해치우려는 것 같았다. 복도에서 청동 장식품들을 닦던 사람과 엘사가 여덟 살 때 그려진 가족 초상화의 먼지를 털어내던 사람을 지나친 엘사는 마침내 다락방으로 연결된 계단을 오르기 시작했다. 계단을 올라갈수록 공기가 점점 뜨거워졌다.

엘사는 랜턴으로 어둡고 비좁은 공간을 비춰보았다. 조금 전에 카이가 다녀가긴 했지만, 다락방은 마치 몇백 년 동안 아무도 와보지 않은 것처럼, 퀴퀴한 냄새를 풍겼다. 먼지가 잔뜩 쌓인 바닥 위에 카이가 상자를 끌고 내려간 자국이 있었다. 한쪽 구석에는 가구가 쌓여 있고, 다른 쪽에는 썰매가 걸려 있었다. 비좁은 공간들 사이에 칠이 벗겨지고 장식이 깨진 대형 트렁크들이 잔뜩 놓여 있었다. 엘사는 제일 가까이에 있는 트렁크로 다가갔다. 트렁크는 잠겨 있었다. 그 옆의 트렁크 속에는 퀼트뿐이었다. 세 번째 트렁크에는 얼음도끼들, 털장갑들, 눈부츠들처럼 시시한 물건들이 가득 들어 있었다. 카이가 왜 이곳을 몽땅 비우려고 하는지 알 것 같았다.

엘사의 아버지는 어릴 때부터 이 궁전에서 살았다. 아버지의 어린 시절 물건들이 실수로 버려지는 것은 보고 싶지 않았다. 결국 이건 그들의 역사였고 엘사는 그 역사를 보호해야 했다. 엘사는 트렁크들 옆의 어두운 구석을 랜턴으로 비춰보았다. 깨진 액자에 담긴 빛바랜 왕국의 지도가 있었다. 엘사의 아버지가 좋아했던 지도였겠지. 엘사는 가까이 다가가, 지도를 랜턴 가까이 들어 올렸다. 그 순간 지도 뒤에 가려져 있던 트렁크가 엘사 눈에 들어왔다. 다른 트렁크들과는 달라 보이는 트렁크였다. 흰색으로 칠해진 트렁크 앞면에는 밝은 색으로 꽃들이 그려져 있었다. 엘사는 그 트렁크가 익숙한 이유를 바로 알아차렸다. 자신의 혼수함과 똑같았기 때문이다.

어머니의 혼수함이었을까? 엘사는 트렁크 위의 두꺼운 먼지를 쓸어내렸다. 트렁크에 그려진 문양들은 엘사의 것과 똑같았지만, 두꺼운 먼지 밑에서는 E라는 글자 대신, 다른 글자가 느껴졌다. 엘사는 글자가 또렷하게 보일 때까지 먼지를 털어냈다. A였다.

A? 엘사의 어머니는 이두나였다. 아버지의 이름이 아그나르였지만, 분명 아버지의 트렁크는 아니었다. A는 누구였을까?

엘사는 트렁크의 주인이 누구일지 생각했다. 머릿속에서 이름이 생각날 듯하면서도 떠오르지 않았다. A…… A…… A……. 이름은 머릿속에 갇혀서 나오지 않았다.

대신, 엘사는 자신이 엿들었던 부모님의 언쟁을 다시 떠올렸다. 분명이 '그 애'라고 했었다. 엘사의 어머니는 그 사람을 만나겠다고 했지만 아버지는 그 사람을 만나러 가는 것이 얼마나 위험한지 계속해서 강조했었다. 엘사는 이제 궁금해졌다. '그 애'와 'A'가 같은 사람일 수도 있을까?

"엘사 공주님!"

깜짝 놀란 엘사가 뒤로 물러났다. 엘사는 지도를 재빨리 원래 자리에 가져다 두고, 계단을 내려갔다. 뭔가 소란스러웠다. 사람들이 우는 소리, 엘사를 부르는 소리가 들려왔다.

"여기 있어요."

엘사가 대답했다. 궁전의 참모들이 모두 모여 있었다. 게르다는 슬픔을 가누지 못하고 있었다. 올리나는 손수건으로 얼굴을 가린 채 울고 있었다. 서로 껴안고 눈물을 흘리는 사람들도 있었다.

"엘사 공주님!"

카이가 가슴을 부여잡았다. 카이의 얼굴 역시 눈물로 얼룩져 있었다.

엘사는 심장박동이 빨라졌다. 모두가 엘사를 보고 있었다. 뭔가가 심각하게 잘못된 것이었다.

"무슨 일이에요?"

피터센 경이 앞으로 나왔다. 그의 얼굴은 어둡고 두 눈은 충혈되어 있었다.

"엘사, 따로 이야기 좀 할까요?"

피터센 경이 작은 소리로 말했다.

그와 눈이 마주친 순간, 엘사는 알았다.

"아니요."

엘사가 뒷걸음치기 시작했다. 그의 말을 듣고 싶지 않았다. 숨통이 조여오는 듯했다. 울음소리와 흐느끼는 소리가 점점 커졌다. 심장이 마구 뛰었다. 입이 바짝 마르고, 귀가 울렸다. 그의 말이 자신의 삶을 영원히 바꿔놓을 거라는 사실을 엘사는 알았다. 잠깐 동안, 그를 멈추고 싶었다.

"따로 이야기하고 싶지 않아요. 저도 여기에 있겠어요."

게르다가 엘사를 팔로 감쌌다. 피터센 경은 젖은 눈으로 주변을 둘러보았다.

"그래요. 엘사, 이 이야기는 쉽게 전달할 방법이 없겠죠."

엘사는 짧게 숨을 들이마셨다.

"부모님의 배가 항구에 도착하지 않았어요."

그의 목소리가 흔들렸다.

엘사의 손가락 끝이 저려오기 시작했다. 이상한 느낌이었다. 엘사는 게르다의 팔을 뿌리치고 손가락을 털었다.

"배를 보내 수색하세요."

그가 고개를 저었다.

"이미 보냈어요. 주변의 모든 항구, 모든 왕국을 찾아가 봤지만 배가 오지 않았다고 했어요. 게다가 남해는 위험하고, 최근 풍랑이 많았어요."

그가 잠시 말을 멈추었다.

"결론은 한 가지뿐입니다."

"아니. 그럴 리 없어!"

엘사의 목소리가 거칠어졌다. 게르다는 바로 눈물이 터져 나왔다.

피터센 경이 힘겹게 침을 삼켰다. 엘사는 그의 목젖이 위아래로 움직이는 것을 보았다. 그의 입술이 떨리자, 올리나가 오열하기 시작했다. 많은 사람들이 고개를 숙였다. 엘사는 카이의 기도 소리를 들었다.

"엘사, 아그나르 왕과 이두나 왕비는 돌아가셨어요."

"평안히 잠드소서."

두 눈을 감고 하늘을 향해 얼굴을 들며 올리나가 말했다. 다른 사람들도 마찬가지였다.

"아니."

엘사가 다시 말했다. 온몸이 떨려오기 시작했다. 손가락이 다시 저릿해지기 시작했다. 피터센 경이 다가왔지만, 엘사는

뒤로 물러섰다. 카이는 얇은 검은색 실크 천을 높이 들어 게르다와 함께 복도에 있는 부모님의 초상화 위에 걸었다.

부모님은 엘사의 유일한 가족이었다. 부모님이 없으면, 엘사는 정말로 혼자였다. 엘사의 호흡이 거칠어졌다. 심장이 몸 밖으로 터져 나올 것처럼 빠르게 뛰었다.

"아니야!"

엘사의 손가락이 이제 타오르고 있었다.

"아니야!"

그녀는 뒤로 돌아 자신의 방까지 달렸다. 엘사는 문을 세게 닫으며 둥근 양탄자 위로 쓰러졌다. 엘사는 둥글게 몸을 말고는 분홍색 벽지에 걸린 어린 시절의 초상화를 보았다. 초상화 속의 소녀는 행복한 미소를 짓고 있었다. 그 소녀에게는 가족이 있었다.

하지만 이제 엘사에게는 아무도 없었다.

손가락이 타는 느낌은 점점 심해지고, 심장소리는 엘사에게도 들릴 정도였다. 눈물이 얼굴을 타고 흘러내리더니, 옷깃을 적시고 뜨거운 가슴까지 흘러내렸다. 엘사는 몸을 떨면서, 억지로 일어서서 이야기할 누군가를 찾았다. 아무도 없었다. 엘사는 자신의 혼수함으로 다가가, 퀼트로 덮어놓은 녹색 나무 상자를 쓰다듬었다. 엘사는 상자를 뒤적여 원하던 것을 찾았다. 바로 어린 시절 속마음을 털어놓던 작은 외눈박이 펭귄 인형, 요르겐비요르겐 남작이었다. 엘사는 떨리는 손으로 펭귄을 들었지만, 머릿속 생각이 말로 나오지 않았다. 부모님이 돌아가시다니.

엘사의 두 손이 너무나 심하게 떨려서 요르겐비요르겐 남작을 잡고 있을 수가 없었다. 엘사가 펭귄 인형을 집어던지자 인형은 엘사의 침대 위에 떨어졌다.

'외톨이. 외톨이. 외톨이.'

'죽음. 죽음. 죽음.'

'떠남. 떠남. 떠남.'

엘사는 두 눈을 감았다. 내면에서부터 절규가 솟구쳤다. 그녀를 집어삼킬 듯 목구멍 위까지 부글거리던 절규가 마침내 터져 나오자, 엘사는 절대 멈추지 않을 것처럼 크게 소리를 질렀다. 뜨겁던 두 손은 무언가가 뿜어져 나가면서 차갑게 변했다. 다시는 닫힐 수 없는 깊은 수렁처럼, 무언가가 엘사의 내면에서 열려버린 것이다. 엘사는 두 눈을 뜨고는 자신의 손가락 앞에 만들어진 그것을 보았다.

얼음이었다.

얼음은 방을 가로질러 맞은편 벽에 부딪힌 다음 천장으로 뻗어 올라갔다. 여전히 눈물을 흘리던 엘사는 얼음이 계속 퍼져나가자 다시 공포에 휩싸였다. 얼음은 엘사의 발아래서도 탁탁거리며 바닥을 모두 덮고는 다른 쪽 벽면도 타고 올라갔다.

그 얼음은 엘사에게서 나오고 있었다. 말도 안 되는 이야기였지만, 사실이었다. 무슨 일이 벌어지고 있는 것일까?

'마법.'

아버지와 어머니가 언쟁을 벌일 때, 아버지가 그 단어를 사용했었다. 부모님이 엘사에 대해 이야기하고 있었던 것일까? 엘사는 슬픔을 이기지 못하고 가까운 벽에 기대어 주저앉았다.

엘사가 슬픔을 억누를수록 더 많은 얼음이 쏟아져 나왔다. 엘사의 비통함 때문에 이런 일이 생긴 것일까? 이렇게 이상한 마법이 엘사에게 가능하다는 것을 부모님은 알고 있었던 걸까? 아니면 지금까지 모르고 있었던 것인가? 인생을 통틀어서 이렇게 두려웠던 적은 결코 없었다. 부모님이 안 계시니, 물어볼 수 있는 믿을 만한 사람이 아무도 없었다. 능력이 갑자기 깨어난 것일까? 그 어느 때보다도 부모님이 필요한 순간이었다. 엘사는 벽에 머리를 찧으며 두 눈을 감았다. 엘사가 속삭이듯 말했다.

"아버지, 어머니, 제발 저를 여기 혼자 두고 가지 마세요."

Chapter 7

안나

안나는 해가 지기 전에 침대에 누워본 것이 언제였는지도 기억나지 않았다. 부모님은 안나에게 잠시 쉬라고 했지만 라슨 가를 위한 정통 아렌델 결혼 케이크를 만드느라, 안나는 지난 밤에도 늦게까지 깨어 있었다. 오늘 저녁에 결혼하는 라슨 가의 딸이 좋아할 것이다. 안나는 졸음이 묻어나는 긴 숨을 내쉬고는, 퀼트를 끌어당기고 베개를 부풀린 후 눈을 감았다.

하지만 안나는 곧장 잠들지 못했다. 안나는 라슨 가족이 자신의 케이크에 대해 손님들에게 칭찬하는 모습을 상상했다. 결혼식에 왔던 손님들이 아렌델로 돌아가 안나의 케이크에 대해 이야기를 하겠지. 왕과 왕비도 안나의 케이크에 대해 듣고 어쩌면 안나에게 궁전에 와서 케이크를 구우라고 할지 몰라. 그러면 안나의 부모님과 프레야가 자랑스럽게 생각할까? 안나는 왕가를 위해 눈사람 쿠키를 만드는 자신의 모습이 자연스럽게 그려졌다. 쿠키를 생각하니 곧바로 프레야가 떠올랐다.

안나는 프레야가 여행에서 어서 돌아오기를, 그래서 자신을 아렌델로 데려가주기를 바랐다.

안나는 자신의 미래가 아렌델에 있음을 확실하게 느끼고 있었다.

마침내 잠든 안나는 눈사람 꿈을 꾸지 않았다. 대신 불쾌한 꿈을 꾸었다. 마치 얼음 조각 위에 앉아 있는 것처럼 추웠고, 바로 눈앞도 보이지 않았다. 예사롭지 않은 눈보라가 몰아치고 있었다. 그녀를 집어삼킬 듯 어둠으로 가득한 눈보라였다. 게다가 저 먼 곳에 안나가 자신을 찾아주기를 간절히 바라는 누군가가 있는 것이 느껴졌다.

안나가 그 사람에게 다가가기 위해 눈보라와 싸웠지만, 그 사람은 보이지 않았다. 흐느끼는 소리를 들었지만, 너무나 멀어서 어디에서 들려오는 소리인지도 알 수 없었다. 안나가 아는 거라곤 그저 너무 늦기 전에 그 사람을 찾아야 한다는 것이었다. 직감을 믿고 마음을 따라가면 찾을 것이라고, 무언가가 안나에게 말하고 있었다.

"거기 누구 없어요?"

안나는 바람에 대고 소리쳤지만, 아무도 대답하지 않았다. 이런 지독한 외로움은 느껴본 적이 없었다. 안나는 앞으로 한 걸음 내딛다가 눈 덮인 절벽 아래로 떨어졌다. 안나는 숨을 헐떡거리며 잠에서 깼다. 안나는 가슴이 아픈 것처럼 가슴을 움켜잡았다.

"그냥 꿈이었어."

안나는 반복해서 되뇌었다. 하지만 꿈처럼 느껴지지 않았다. 너무나 생생했다.

안나는 이불을 걷어내고 신발을 신었다. 태양은 아까보다 낮게 걸려 있었다. 부모님이 하루를 마감할 시간이었다. 안나는 산책을 나섰다.

안나는 정처 없이 마을을 돌아다니기 시작했다. 이번에는 사람들이 보일 때마다 걸음을 멈추고 이야기를 나누지도 않았다. 대신 고개를 숙이고 팔짱을 낀 채, 몸 안에 스며든 냉기를 없애려고 했다. 꿈이었지만 너무나도 생생했다.

안나는 정처 없이 걸으면서 한기를 없애기 위해 팔을 문질렀다. 갑자기 요란스럽게 달려오는 마차 소리에 안나가 깜짝 놀랐다. 안나는 교회 앞에 멈춰선 마차에서 왕실 경비병이 뛰어내리는 모습을 보았다. 안나는 하몽에서 한번도 왕실의 마차를 본 적이 없었다. 경비병은 교회 문에 성명문을 붙이고, 밖으로 나온 주교에게 이야기를 전하고는 다시 마차에 올라 급히 떠났다. 주교가 다가오는 사람들에게 이야기를 전했고, 사람들은 서둘러 각자의 집으로 돌아갔다. 다른 사람들은 집 밖으로 쏟아져 나와, 성명문 가까이 모여들었다. 사람들에게 밀려가던 안나는 한 아주머니가 성명문을 읽고 놀라는 모습을 보았다. 그 옆 사람은 왈칵 눈물을 쏟았다. 웅성거리는 소리와 흐느끼는 소리도 들려왔다. 갑자기 교회의 종들이 울리기 시작했다. 안나는 성명문으로 다가가려 했지만 서로 밀치는 사람들을 헤치고 나아갈 수 없었다. 안나는 아직도 꿈을 꾸는 것처럼 느껴졌다.

"잠시만요."

조금 전까지 앞줄에 서 있던 사람에게 안나가 말했다.

"성명문에 뭐라고 쓰여 있는지 알려주시겠어요?"

"왕과 왕비님께서 바다에서 실종되셨대. 배가 목적지에 도착하지 않았대. 평안히 잠드소서."

"뭐라고요?"

안나는 가슴을 부여잡았다.

"성명문에는 애도 기간이 시작된다고 적혀 있단다."

"그럼 엘사 공주님은요?"

그의 대답이 듣기 두려웠다.

“공주님은 무사하셔. 우리 함께 아렌델과 우리의 새로운 여왕님을 위해 기도하자. 이제 혼자 남으셨으니.”

‘어머니와 아버지께 알려드려야 해.’

안나가 생각했다. 안나는 빵가게까지 한걸음에 달려갔다. 아버지가 가게 바닥을 쓸고 있었다.

“무슨 일이니?”

아버지가 빗자루를 내려놓고 안나에게 다가왔다.

“우리 꼬맹이, 괜찮니? 마차 소리를 들었어. 왕실의 마차라던데. 그것 때문이니?”

안나는 울음을 참으며 고개를 끄덕였다.

“어머니는요?”

“여기.”

어머니가 두 손을 앞치마에 닦으며 집과 연결된 문에서 나왔다. 어머니 역시 안나의 얼굴을 보고는 걱정스러운 표정을 지었다.

“무슨 일이야?”

“우선 거실로 가요.”

안나의 부모님은 안나를 따라 거실로 들어갔다. 그러고는 서로 손을 잡았다. 안나는 깊게 숨을 들이마셨다.

"끔찍한 비극이 생겼어요. 왕과 왕비님이 바다에서 실종되셨대요."

안나는 두 눈을 감았다.

"안 돼!"

안나의 어머니가 너무나 큰소리로 흐느끼는 바람에 안나도 떨기 시작했다.

"그럴 리가 없어! 어떻게 된 일이야?"

안나의 아랫입술이 떨렸다.

"조금 전에 성명문이 붙었어요. 이제부터 애도 기간에 들어간다고. 왕과 왕비님의 배가 도착하지 못했다고."

안나는 고개를 떨궜다. 안나도 안나의 부모님도 슬픔을 가누지 못했다. 안나의 어머니는 의자에 웅크리고 앉았고, 아버지는 몸을 앞뒤로 흔들었다.

"아니, 왜죠? 왜죠?"

어머니는 하늘을 향해 부르짖었다. 안나는 어머니를 위로했다.

"너무나 끔찍한 일이죠. 하지만 모두 잃은 건 아니에요. 공주님은 안전하대요. 우리에게 여왕님이 되어주실 거예요."

안나의 어머니는 심하게 오열했다. 아버지는 한 팔로 안나를 감싸 안았다.

"스물한 살이 되면 왕위에 오르겠지. 하지만 지금은……."

"불쌍한 공주님."

안나가 나지막이 말했다. 안나는 커다란 궁전에 홀로 있는 공주의 모습을 상상했다. 그리고 가슴을 문질렀지만, 몸이 따뜻해지지 않았다.

"공주님이 부모님을 잃었다니, 믿을 수가 없어요."

방 안에는 침묵이 흘렀다. 마침내 아버지가 입을 열었다.

"토말리, 안나에게 이야기해줘야 해."

안나가 어머니와 아버지를 바라보았다.

"저한테 뭘요?"

"그래요."

안나의 어머니도 동의하며 안나의 손을 잡았다.

"네가 모르는 게 있어, 우리 꼬맹이. 왕비님은 궁전의 여러 부인들과 함께 배에 오르셨어. 그중 한 명이 프레야란다."

어머니가 왈칵 눈물을 쏟자, 아버지는 어머니의 어깨를 감싸 안았다.

"프레야? 안 돼! 프레야?"

안나는 곧바로 울음을 터뜨렸다.

"정말이에요? 프레야의 가족은요? 가족들도 함께 탔어요?"

어머니는 아버지를 쳐다보았다.

"프레야의 남편분도 돌아가셨을 거야. 하지만 프레야가 딸은 집에 남아 있을 거라고 말했잖니."

슬픔에 휩싸인 안나가 속삭이듯 말했다.

"따님은 괜찮을까요?"

"괜찮을 거야."

어머니가 대답했지만, 울음을 멈추지는 못했다.

"아버지, 이건 사실이 아닐 거예요, 그렇죠? 정말로 프레야가 그 배에 탔어요?"

안나가 묻자 아버지가 망설였다.

"그래."

그의 턱이 떨렸다.

프레야는 가족이었다. 안나는 무릎에서 힘이 빠졌다. 안나의 아버지는 안나를 잡아주기 위해 다른 팔을 뻗었다.

"프레야는 아니야. 안 돼!"

안나는 어머니의 가슴에 얼굴을 묻었다. 안나의 어머니는 안나의 머리를 쓰다듬었다.

"네가 알아야 할 게 더 있어."

"토말리!"

아버지의 목소리가 날카로웠다.

"맹세했잖아. 지금 어겨선 안 돼."

안나가 움찔하고 놀랐다. 아버지가 어머니에게 저렇게 언성을 높이는 것을 들어본 적이 없었기 때문이다.

"해야 해요, 요한! 안나도 진실을 알아야지! 지금이 아니면, 언제 알려요?"

"그건 당신의 진실이 아니잖아!"

안나가 끼어들었다.

"저 열다섯이에요. 알아야 할 것이 있다면, 듣고 싶어요."

어머니는 슬픈 미소를 지었다.

"아무것도 아니야, 아가. 미안하구나. 내가 너무 속상해서 그만. 프레야는 가장 오래되고 제일 가까운 친구였잖니."

안나는 다시 어머니에게 다가갔다. 안나와 어머니는 서로 끌어안았고 아버지도 두 사람을 양팔로 안았다.

안나는 어머니의 어깨 너머로, 거실 창문을 내다보았다. 집들이 들어선 골목들 너머 산 아래에 안나를 부르는 아렌델이 여전히 자리하고 있었다. 지금 이 순간 안나는 너무나 궁금했다. 엘사 공주님은 누가 위로하고 있을까?

안나는 부모님을 꼭 끌어안으며 엘사가 외롭지 않기를 빌었다.

Chapter 8

엘사

주변에 눈이 내리는 동안, 엘사는 얼음으로 뒤덮인 천장을 바라보았다.

부모님의 배가 바다에서 실종되었다는 소식을 들은 지 사흘이 지났다. 엘사는 방에서 나가지 않았다. 잠도 자지 않았다. 문 밖에 놓인 음식에도 거의 손을 대지 않았다. 그리고 어느 누구도 만나지 않았다. 엘사는 혼자 있고 싶었다.

천장에 매달린 고드름들을 올려다보는 엘사의 코와 뺨 위로 눈송이들이 떨어졌다. 어쩌다가 엘사가 만들어낸 고드름들. 더는 함께 나눌 사람이 없는 이 시점에 이런 이상한 능력이 생기다니, 얼마나 아이러니한가.

엘사가 떨리는 손가락을 들어 올리자, 다시 얼음이 빠져나가는 것이 느껴졌다. 얼음은 천장을 가로지르며 서리길을 만들어냈다. 이제 엘사는 손가락이 간질거리고 심장이 빠르게 뛸 때마다 얼음이 만들어진다는 것을 알게 되었다. 또한 엘사가 부모님을 생각할 때면 항상 생기는 일이라는 것도 알게 되었다.

조심스러운 노크 소리가 들려왔다. 엘사는 그게 누구인지 알았다.

"곧 추도식이 열릴 겁니다. 저와 함께 가시죠, 엘사."

피터센 경이었다. 여행을 떠나기 전, 아버지는 자신에게 무슨 일이 생긴다면 엘사가 스물한 살이 되어 왕위에 앉을 때까지 피터센 경이 국정을 돌보게 될 것이라고 말했었다.

엘사는 지금껏 자신이 생각했던 것처럼 부모님을 잘 알고 있던 것이 아니었다는 생각에 화가 났다. 부모님의 언쟁에 대해, 다락방 트렁크에 있던 수수께끼 같은 글자 A에 대해, 그리고 자신의 이상한 능력에 대해 생각하자, 엘사는 궁금해질 수밖에 없었다. 부모님에게 물어보고 싶은 질문들이 너무나 많았다.

'제게 마법의 능력이 있다는 걸 아셨나요? 아셨다면 왜 말해주지 않으셨죠? 제가 이 능력을 가지고 태어난 것이 부끄러우셨어요? 아니면 두려웠나요? 백성들이 어떻게 생각할까 걱정이 되셨나요? 전 알 수 없겠죠. 이 비밀을 무덤까지 가지고 가

시면서 저 혼자 해결하라고 남겨두셨으니까.'

"엘사? 부모님도 공주님이 오길 원하실 겁니다. 문 열어요."

엘사는 두 눈을 질끈 감았다. 부모님의 추도식은 피오르드 위 높은 곳에서 열릴 예정이었다. 아버지와 어머니를 기리는 묘비는 두 사람이 사라진 바다 위에 세워질 것이다. 수백 명의 백성들이 참석하겠지. 모두들 애도와 조의를 표하고 싶겠지만, 엘사는 그 상황을 견딜 자신이 없었다. 얼음이 걷잡을 수 없이 튀어나올 것이고 사람들은 엘사를 마녀나 괴물이라고 낙인찍을 것이다. 그러고는 왕위에서 물러날 것을 요구할 것이다. 그러면 부모님의 유산은 순식간에 사라질 것이다. 그래서 엘사는 부모님의 추도식에 갈 수 없었다. 자신의 마법을 통제할 수 있을 때까지, 엘사는 어디에도 갈 수 없었다.

그때까지 엘사는 방 안에 갇혀 지낼 것이다. 궁전 안에 있는 대부분의 사람들과도 만나지 않을 것이다. 이제 그녀의 유일한 목표는 자신의 마법을 숨기는 것이었다.

'아무것도 느끼지 말자.'

엘사는 스스로에게 다짐했다.

엘사는 자신에게 무슨 일이 생겼는지 부모님께 너무나 말하고 싶었다. 피터센 경에게도 말할 수 없었다. 왕위가 위태로웠다. 침묵 속에서 견디는 것밖에는 다른 방법이 없었다.

"엘사? 내 말 들려요?"

"뭐라고 해요?"

또 다른 목소리였다. 피터센 경의 목소리보다 훨씬 또렷했다.

"괴로운 건 알겠는데. 차기 여왕이 부모님의 추도식에 참석하지 않는 건 좋게 보이지 않을 거요. 사람들이 뭐라고 생각하겠소?"

두 번째 목소리가 말했다.

위즐튼 공작이 분명했다. 이 왕국에서 아무런 발언권이 없는 사람임에도 가까운 교역국이라는 것이 그에게 이런저런 권한을 준다고 여기는 모양이었다. 그는 왕과 왕비의 사망 소식을 듣고 곧바로 아렌델로 달려왔다. 그의 존재가 불편하게 느껴지는 만큼, 그의 말이 옳다는 것도 엘사는 알고 있었다.

"제발 가세요."

엘사가 쉰 듯한 목소리로 말했다. 침묵이 흘렀다.

"엘사는 가지 않습니다."

엘사는 피터센 경이 공작에게 하는 말을 들었다. 잠시 후, 엘사는 멀어지는 두 사람의 발소리를 들었다.

엘사는 자신의 침대 위에 누워 있는 요르겐비요르겐 남작을 보았다. 며칠 전부터 줄곧 거기에 있었다. 지금 요르겐비요르겐 남작은 얼음으로 덮여 있었다. 엘사는 문득 그에게 다가가고 싶었다. 어린 시절, 엘사는 그 인형을 정말로 사랑했다. 언제나 이야기를 들어주는 인형이어서만이 아니라, 엘사와 항상 함께하는 존재였기 때문이다. 엘사는 그 인형도 자신을 사랑해준다고 상상하곤 했었다.

순간, 더 어린 시절의 새로운 기억이 떠올랐다. 엘사는 다른 소녀와 눈사람을 만들고 있었다. 둘은 깔깔대면서 방 안에서 눈사람을 끌었다. 엘사의 손이 낯설게 따끔거리기 시작했다. 손가락이 따뜻했다. 그러다가 그 느낌이 사라지면서 날카로운 두통이 몰려왔다.

'뭐였지?'

엘사는 생각했다. 그 소녀는 엘사의 상상 속 존재여야 했다. 이전에는 단 한 번도 마법을 사용한 적이 없으니까. 아니, 사용한 적이 있었던 걸까?

엘사가 일어서자 두 다리가 후들거렸다. 엘사는 침대를 잡았다. 심장이 두근거리고 손가락이 아파오면서, 엘사는 다시 눈을 감고, 조금 전에 혈관을 타고 빠르게 흘렀던 사랑의 감정을 떠올렸다. 그 감정은 두려움보다 강했다. 그건 두 소녀와 즐겁게 놀아주던 눈사람에게서 나온 감정이었다. 유리병 속에 담아 꼭 끌어안을 수 있다면 좋았을 텐데. 특히 지금, 한 번도 경험해보지 못한 외로움을 겪고 있는 바로 이 순간에.

'한번 만들어볼까?'

엘사가 양팔을 흔들자 얼음과 눈이 갑자기 뿜어 나왔다. 이번에 엘사는 공포를 잊고 사랑에 집중했다. 그 소녀와 함께 웃으며 눈사람을 만들던 모습을 다시 떠올렸다. 엘사가 눈을 떴을 때, 눈이 마치 회오리처럼 엘사 앞에서 소용돌이치고 있었다. 바닥에서부터 깔때기 모양으로 움직이면서 주변으로 눈덩이를 뿜어내더니 눈사람이 만들어졌다. 커다란 하체에 뭉툭한 두 발, 평범한 중간 부분, 그리고 커다란 입과 툭 튀어나온 앞니가 있는 길쭉한 머리. 엘사는 자신이 만들어낸 존재를 믿을 수 없었다. 방금 정말로 자신의 마법을 조절해서 눈사람을 만들어낸 것일까? 이 말도 안 되는 모순에 엘사는 거의 웃음이 터질 뻔했다. 하지만 엘사는 계속해서 자신의 앞에 있는 눈사람을 완성했다. 불쏘시개로 팔과 머리카락을 만들고, 재에서 나온 석탄 조각으로 단추를 만들고, 지난 저녁 식사 접시에 있던 당근으로 코를 만들었다. 엘사가 자신의 작품을 감상하기 위해 한 걸음 물러서는 순간 눈사람에게서 자신의 마법과 똑같은 푸른 빛이 반짝거렸다. 그 빛이 사라지자, 눈사람이 커다란 눈을 깜빡거렸다. 엘사는 깜짝 놀라 뒤로 물러났다.

"안녕! 난 올라프야. 난 따뜻하게 안아주는 걸 좋아해."

잠깐, 눈사람이 '살아' 있다고? 엘사의 마법이 눈을 만들어

내는 것을 넘어서서, 살아 있는 존재를 만들어낼 수 있다는 것인가? 방 안을 걸어 다니는 눈사람을 보며, 엘사의 호흡이 가빠졌다. 엘사는 놀란 눈으로 자신의 두 손을 바라보았다. 이것이 어떻게 가능했을까?

"방금 말을 한 거야?"

엘사는 자신의 눈도, 귀도 믿지 못한 채 속삭였다.

"그래! 난 올라프야."

눈사람이 다시 말했다. 그는 요르겐비요르겐 남작을 들어 올렸다.

"와! 이게 뭐지? 안녕, 나는 올라프야."

그가 엘사의 인형에게 말했다.

"올라프."

왜 눈사람의 이름이 익숙하게 들리는 것일까?

"엘사, 네가 나를 만들었잖아. 기억나?"

"내가 누군지 알아?"

"그럼."

올라프는 창가의 의자로 아장아장 걸어갔다. 엘사는 이 짧은 시간 동안 슬픔을 잊고 있었다. 사랑의 기억이 엘사에게 살아 있는 눈사람을 만들어내게 했던 것이다.

"와! 방이 예쁘네. 저건 뭐야?"

열린 창가로 다가가 밖을 내려다보며 올라프가 물었다. 엘사는 올라프를 경이롭게 바라보았다.

"아! 마을이구나. 난 늘 사람들과 동물들이 있는 마을이 보고 싶었는데. 게다가 여름이네! 난 여름을 사랑하거든! 정신없이 날아다니는 벌들이랑 민들레 홀씨를 부는 아이들이랑……."

올라프가 엘사를 돌아보았다. 올라프의 오른쪽 얼굴이 녹아내리기 시작했다.

"작은 문제가 생겼다."

엘사는 방금 전처럼 두 손을 돌리면서 올라프가 뜨거운 열기 속에서도 녹지 않게 도울 방법을 깊이 생각했다. 그러자 올라프의 머리 위로 작은 눈구름이 나타났다.

"내 눈구름!"

올라프는 스스로를 감싸 안았다. 그러고는 엘사의 표정을 보았다.

"왜 그래?"

"네가 어떻게 이곳에 있는지, 내가 어떻게 널 만들었는지 이해하려고 노력 중이야."

"기억 안 나? 네가 안나와 함께 나를 만들었잖아!"

엘사의 심장이 잠시 멈춘 것만 같았다. 안나? 다락방의 상자에 있던 A가 안나의 약자일까? 엘사는 물어보기가 너무나도 두려웠다.

“안나가 누구지?”

올라프의 환한 미소가 사라졌다.

“나도 모르지. 안나가 누구야?”

괜찮았다. 이제 시작이었다. 이제 그 소녀의 이름을 아니까.

“나도 몰라.”

엘사는 올라프의 팔을 잡고 창가로 이끌었다. 엘사는 자신이 알고 있는 모든 것을 올라프에게 말해줄 생각이었다.

“이제 우리 함께 알아보자.”

Chapter 9

엘사

3년이 지났다.

엘사는 침실 창밖을 내다보다가, 눈앞에 펼쳐진 광경에 놀랐다. 초록색 유니폼을 입은 일꾼들이 대관식을 위해 성문들을 열어놓은 채 안뜰과 예배당을 단장하는 중이었다. 안뜰 안팎에 있는 모든 깃대에는 엘사의 실루엣이나 왕가의 문장이 그려진 보라색과 황금색 깃발들이 휘날리고 있었다. 엘사의 대관식이 며칠 앞으로 다가온 것이다.

엘사는 겁이 났다. 엘사는 두 손 위로 푸른빛이 나타나기 전에 숨을 깊게 들이마셨다.

'너의 마법을 사람들이 보게 해선 안 돼. 사람들이 너를 좋

은 통치자라고 생각하게 해야 해. 마법을 부리는 사람이 아니라…….'

엘사는 천천히 숨을 내쉬고 최악의 경우에 대해 생각했다.

'단 한 번만 잘못 움직여도 모두가 사실을 알게 된다. 나는 다른 사람들과는 달라.'

엘사의 방문을 두드리는 소리가 들렸다.

"엘사 공주님? 드레스의 마지막 가봉을 위해 옷방으로 가셔야 해요."

게르다였다. 지난 3년 동안 카이와 피터센 경은 엘사를 믿고 기다려줬다. 부모님이 돌아가신 후 엘사의 방은 그녀의 피난처가 되었고, 그들은 엘사가 다시 세상을 마주할 준비가 될 때까지 기다려주었다. 엘사는 자신의 방과 그 옆에 붙어 있는 옷방에서 아주 많은 시간을 보냈다. 다른 곳은 가지 않았다. 부모님과의 기억들이 아직 남아 있었기 때문이다.

"고마워요, 게르다. 옷방으로 갈게요."

엘사가 말했다. 게르다는 어느 누구보다도 엘사를 깊이 이해했지만, 엘사의 비밀을 알지는 못했다. 엘사의 비밀을 아는 존재는 단 하나였다.

"오, 이것 봐! 꽃이 더 왔어!"

올라프가 커다란 꽃다발을 들고 엘사의 방과 옷방 사이의 문을 지나며 말했다.

“올라프! 옷방에 가면 안 된다고 했잖아. 나 없이는 절대 내 방을 나가면 안 돼. 특히 이번 주는. 궁전에 사람들이 너무 많단 말이야.”

“엄밀히 말하면, 난 네 방을 나간 게 아닌데. 옷방은 이 방에 붙어 있잖아.”

엘사는 올라프에게서 꽃다발을 받아 책상 위에 두었다.

“그래, 하지만 여기 있겠다고 약속해줘.”

올라프의 머리 위에서 눈송이가 더 빠르게 떨어졌다.

“하지만 너무 재미있을 거 같단 말이야! 열쇠 구멍으로 내다봤는데 어떤 사람이 초콜릿 케이크를 손수레에 싣고 가더라.”

“방으로 케이크를 좀 보내줄게. 힘들겠지만, 오늘은 말하는 눈사람이 복도를 배회하는 장면을 누구도 봐서는 안 돼.”

올라프가 인상을 찌푸렸다.

“매일 그 소리야.”

“알아. 미안해.”

올라프는 엘사에게 가족처럼 가까운 유일한 존재였다. 지난 3년 동안 올라프는 엘사에게 진실한 친구가 되어주었다.

가끔씩 둘은 엘사의 방을 빠져나가기도 했다. 올라프를 차 수레 아래에 숨긴 다음 계단까지 밀고 가서 재빨리 다락방으로 올라간 적도 여러 번 있었다. 하지만 안나에 대한 것은 아무것도 찾아내지 못했다. A 자가 표시된 수수께끼 같은 트렁크에는 아주 작은 드레스들과 모자들이 들어 있었을 뿐, A가 안나라는 증거도, 안나가 누구인지 알려주는 단서도 없었다. 엘사는 그 소녀에 대한 정보를 찾는 것에도 지쳐갔다. 부모님의 서재에 가보았지만 허탕이었고, 궁전의 예배당에도 안나가 태어났다는 기록은 없었다. 한번은 피터센 경에게 안나의 이름을 언급했지만, 그도 전혀 모르는 듯했다. 안나를 기억하는 유일한 존재는 올라프였지만, 올라프의 기억력은 누가 봐도 떨어졌다.

"대관식이 끝나면, 다시 다락방을 뒤질 거야."

올라프의 눈이 휘둥그레졌다.

"다락방만이 아니지! 여왕이 되면 넌 너의 멋진 재능에 대해 모든 사람들에게 말할 수 있어."

'재능.'

때때로 그 재능이 저주처럼 느껴지기도 했다. 지난 몇 년 동안 엘사는 자신의 마법을 조절하는 법을 약간 익혔지만, 여전히 화가 나거나 불안할 때면 아무리 노력해도 눈이 내리는 것을 멈출 수가 없었다.

"그게 현명한 건지 모르겠어."

"왜? 오늘처럼 더운 날에 눈이 내리면 모두가 좋아할 거야."

올라프가 자신만의 눈구름을 끌고 창가로 걸어가 밖을 내다보았다.

"네 대관식을 준비하느라 사람들이 익어가고 있잖아. 와, 사람들이 너를 위해 엄청 많은 깃발을 준비했네. 안녕, 사람들!"

엘사는 올라프를 창문에서 끌어내렸다.

"얼음을 만드는 여왕을 백성들이 좋아할지 모르겠다."

"안나는 항상 좋아했잖아."

올라프는 가끔씩 이렇게 말했다. 마치 올라프가 이야기하는 사람을 엘사가 당연히 알고 있다는 듯이, 대화 중에 안나의 이름을 툭툭 내뱉었다.

"내가 안나와 눈을 만든 게 언제라고 했지?"

올라프가 흥분하며 손뼉을 쳤다.

"아…… 음……. 기억이 안 나네."

그러고는 얼굴을 찡그렸다.

엘사는 슬픈 듯이 미소를 지었다.

"괜찮아. 언젠가는 기억날 거야."

올라프가 고개를 끄덕였다.

"대관식 연습을 해보자."

"지금 준비가 되었는지 모르겠는데."

"이번엔 할 수 있어!"

올라프가 엘사를 격려했다.

"알았어."

엘사는 책상으로 걸어가 작은 도자기 병과 촛대를 내려다보았다. 엘사가 대관식의 보주와 홀 대신 들고 연습하던 것들이었다. 엘사는 눈을 감고 대관식이 열릴 예배당 안에 있는 자신의 모습을 그려보았다. 발코니에서 노래하고 있을 찬양대를 생각하니, 자신이 귀족들과 고관들뿐만 아니라 주교와 모든 백성들 앞에 서게 될 연단이 보였다. 가족 하나 없이 엘사는 그곳에 혼자 오를 것이었다. 주교가 엘사의 머리 위에 보석으로 만든 왕관을 얹는 모습을 떠올리며 엘사는 아무 생각도 하지 않으려고 노력했다. 그 후에는 보주와 홀이 놓인 쿠션을 엘사에게 건네겠지. 이때는 청록색 장갑을 낄 수가 없기 때문에 엘사는 연습 중에도 장갑을 벗었다. 요즘 엘사는 항상 장갑을 끼고 지냈다. 바보 같은 생각인지 몰라도 엘사는 장갑이 마법을 감추는 데 도움이 된다고 여겼기 때문이었다. 감춰라. 느끼지 마라. 눈이 내리게 하지 마라. 이것이 엘사의 전투 슬로건이었다.

"거의 다 끝나가."

올라프가 격려하듯 말했다. 가장 어려운 부분이었다. 엘사는 떨리는 손가락을 뻗어 한 손으로 도자기 병을, 다른 손으로 촛대를 들었다. 엘사는 자신이 이 물건들을 들고 있는 동안 주

교가 올릴 기도를 반복했다.

"아렌델의 엘사 여왕 폐하."

그러고 나서 사람들이 똑같은 구호를 외치면 엘사가 보주와 홀을 두 손에 들고 뒤로 돌아서게 된다.

"아렌델의 엘사 여왕 폐하!"

올라프가 소리쳤다. 엘사는 숨을 참았다.

'할 수 있어. 할 수 있어. 할 수 있어.'

엘사가 중얼거렸다. 어느새 엘사의 두 손이 떨리고 있었다. 올라프가 불안한 눈빛으로 엘사를 바라보았다.

'할 수 있어.'

도자기 병이 얼음과 함께 금이 가기 시작했다. 촛대 역시 엘사의 손가락 사이에서 얼어붙었다. 엘사는 두 물건을 얼른 내려놓고 장갑을 꼈다.

"거의 완벽했어."

올라프가 이를 드러내며 활짝 웃었다. 엘사는 가망이 없다고 올라프에게 말할 수가 없었다. 어떻게 하면 정체를 드러내지 않고 대관식을 마칠 수 있을까?

하지만 올라프는 이미 다른 생각을 하고 있었다.

"꽃들이 정말 아름다워! 향기가 정말 좋지 않아?"

올라프가 냄새를 맡다가 꽃 위로 재채기를 했다.

"누가 보낸 걸까?"

엘사는 보라색 헤더 다발 사이에 끼워져 있던 카드를 꺼냈다.

어제 함께 보낸 시간은 즐거웠습니다. 오늘 오후에 정원을 산책하자고 유혹해도 될까요? 중요한 날을 앞두고 당신의 마음이 편안해지는 데 도움이 될 것 같아서요.

엘사는 미소를 지었다.

"그 왕자가 정말로 너를 좋아하나 봐!"

올라프는 엘사의 어깨 너머로 카드를 바라보며 말했다.

"아마도."

엘사도 인정했다.

"여기 도착한 날부터 매일 너한테 산책을 가자고 하잖아! 게다가 초콜릿에, 꽃에, 그 많은 책들도 보내고."

올라프가 말했다.

"맞아."

왕자는 늘 자신이 읽었던 책들에 대해 엘사에게 이야기했다. 왕자도 엘사만큼이나 책을 좋아했다. 새로운 책을 다 읽으면, 그 사이에 꽃 한 송이를 끼워 엘사의 방으로 보내주었다.

그 왕자는 몇 달 전에 위즐튼 공작과 함께 아렌델로 여행을 왔는데, 놀랍도록 엘사와 잘 맞았다. 시끄러운 공작과는 다르게 왕자는 예의도 바르고, 엘사에게 시간이 필요하다는 것도 아는 듯했다. 엘사의 공부에 대해 사려 깊은 질문을 던지기도 하고, 역사와 건축에 대해 이야기하는 것도 좋아했다. 그의 가문은 최근에 왕위를 얻었기 때문에 그는 무역과 외교에 관해 엘사의 의견을 끊임없이 듣고 싶어 했다. 두 사람은 꽤 가까워졌지만 엘사에게는 그에게 말할 수 없는 것들이 여전히 많았다.

옷방 문을 두드리는 소리가 다시 들렸다.

"엘사? 준비되셨어요?"

"가요!"

엘사가 소리쳤다. 엘사는 올라프를 돌아보았다.

"어떻게 해야 하는지 알아. 여기 있기, 조용히 하기, 누군가 나타나면 숨기. 청소도 좀 할까봐. 이 방은 좀 더러우니까."

올라프가 말했다.

올라프의 말은 틀리지 않았다. 어느 누구도 들어오지 못하게 하는 바람에 엘사의 방에서는 살짝 퀴퀴한 냄새가 났다.

"좋은 생각이야. 심심해지면 내 혼수함에 더 이상 나한테 필요 없는 물건이 있는지도 좀 봐주고. 그 상자를 들여다본 지가 몇 년은 된 것 같거든."

올라프가 고개를 끄덕였다.

"아! 난 혼수함을 정말로 좋아해."

그는 상자로 달려가 뚜껑을 활짝 열었다.

"와! 뭔가가 잔뜩 들어 있네."

엘사는 자신의 침실과 옷방 사이의 문을 지나 인내심 있게 기다리던 게르다에게 갔다. 그녀는 엘사가 대관식에서 입을 드레스를 들고 있었다.

게르다가 미소를 지었다.

"여왕님에게 딱 어울리는 드레스네요, 그렇죠?"

엘사가 미소로 답했다. 드레스가 약간 무겁고, 네크라인이 높아서 불편하다고 게르다에게 말할 용기가 나지 않았다. 게다가 드레스를 입어볼 때마다 밀실공포증이 느껴진다는 것도.

"가져다주는 드레스가 모두 아름다워요, 게르다."

이 작은 방은 엘사가 좋아하는 공간 중 하나였다. 엘사는 마음이 진정되는 푸른 빛깔의 벽지와 흰색 나무 장식들, 그리고 황금색과 보라색 로즈말링 장식을 사랑했다. 가끔은 방 전체를 그저 옷을 갈아입는 장소로 쓰고 있다는 것이 믿기지 않을 때도 있었지만.

"마지막 피팅을 할까요?"

게르다가 물었다. 엘사는 마지못해, 드레스를 입기 위해 칸막이 뒤로 들어갔다. 엘사가 나오자, 게르다는 커다란 삼면거울 앞에 있는 나무 상자 위에 엘사를 세웠다.

옷방 문을 두드리는 소리가 들렸다.

"들어가도 됩니까?"

"네."

게르다와 엘사가 동시에 대답했다. 엘사의 모습을 본 피터센 경은 마치 울 것 같았다.

"엘사, 정말 아름답군요. 오늘 이 모습을 부모님이 보셨다면……."

엘사가 그의 손을 잡았다.

"알아요. 자랑스럽게 여기셨을 거예요."

그는 푸른색 재킷 주머니에서 손수건을 꺼냈다.

"정말 그러셨을 거예요. 제가 그런 것처럼."

그가 미소를 지으며 말했다.

지난 3년의 시간이 그를 늙게 만들었다. 두껍고 검던 머리칼은 얇아지고 흰머리가 삐져나오고 있었다. 그는 언제나 피곤해 보였다. 엘사는 그 이유를 알고 있었다. 엘사 부모님의 부재가 두 사람 모두를 무겁게 만들었던 것이다. 이제 그는 국정의 무게에서 한 걸음 물러날 수 있는 반면, 엘사에게는 평생의 의무가 시작될 참이었다. 왕국을 상대로 그녀의 비밀을 어떻게 지켜야 할까?

장갑 속에서 손가락이 따끔거리기 시작했다. 엘사는 드레스 중간 부분의 바늘땀을 고치고 있던 게르다에게서 손을 뗐다.

“이 드레스는 준비가 끝났네요, 공주님처럼.”

게르다는 엘사를 안심시키듯 말했다. 침실 벽 쪽에서 요란한 소리가 들려왔다. 그러고는 커다란 비명소리가 났다. 피터센 경이 몹시 당황했다.

“방에 누가 있나요?”

엘사가 나무 상자에서 내려와 뒷걸음치며 옷방을 나가기 시작했다.

“잠시만 실례할게요. 제가 창문을 열어놓고 왔나 봐요. 새가 날아 들어왔을 거예요.”

엘사가 말했다.

‘올라프가 뭘 하고 있는 거지?’

“도와드릴까요?”

게르다가 물었다.

“아니!”

엘사가 단호하게 말했다.

엘사는 서둘러 침실로 가는 문을 지난 후에 문을 닫았다. 주위를 둘러보자, 올라프가 트렁크를 몽땅 비운 것이 보였다. 종이들, 드레스들, 장신구들, 그리고 기념품들이 바닥에 어지럽게 흩어져 있었다. 올라프는 무언가의 위에 몸을 구부리고는 커다란 신음소리를 내며 그것을 들어 올리려고 했다.

"올라프! 뭐 하는…… 아!"

올라프는 엘사가 오랫동안 잊고 지냈던 초록색 나무 상자 옆에 서 있었다. 아버지가 마지막 여행을 떠나기 전에 엘사에게 준 비밀상자였다. 엘사는 눈물을 흘렸다.

"이걸 잊고 있었네."

"선물이야? 너무 무거워!"

"일종의 선물 같은 거지."

뚜껑에 새겨진 장식을 보고 심장이 따뜻해졌다. 엘사는 상자 위에 양각된 황금 문장을 손가락으로 더듬었다.

"아버지도 이런 상자를 하나 사용하셨어. 내가 나라를 다스리게 되면 갖고 있으라고 내게도 하나 주셨던 건데. 그때가 온 것 같네."

"안에 뭐가 들어 있어?"

몇 해 만에 처음으로 상자를 열어보았다. 엘사가 뚜껑을 들어 올리자 초록색 벨벳 안감이 드러났다.

"비어 있네."

올라프가 울상을 지었다.

"엘사?"

옷방에서 엘사를 부르는 소리가 들렸다.

"가요!"

엘사는 비밀상자를 책상 위에 올려두었다.

"찾아줘서 고마워. 금방 돌아올게."

엘사가 올라프에게 이야기하고는 게르다가 참을성 있게 기다리고 있던 옷방으로 돌아갔다.

"새였어요. 이제 갔어요."

엘사가 설명했다.

"옷을 갈아입으시겠어요? 밖에 손님이 또 한 분 기다리고 계세요."

엘사는 재빨리 칸막이 뒤로 갔다. 잠깐 동안은 올라프를 혼자 두어도 괜찮겠지. 날은 화창했고, 궁전 주변을 산책하는 것이 바로 엘사에게 필요했던 것일 수도 있었다. 엘사가 옷을 갈아입고 손님을 맞을 준비가 되자, 게르다가 문을 열었다.

"아렌델의 엘사 공주님, 만나주셔서 감사합니다."

그는 팔꿈치를 구부려 앞으로 내밀었다.

"산책하시겠어요?"

엘사는 그의 팔을 잡았다.

"서던아일스의 한스 왕자님, 좋아요."

Chapter 10

한스

지난 몇 개월 동안, 그는 엘사와 많은 시간을 보냈다. 참을성 있게 엘사의 이야기도 잘 들어주었다. 그는 천천히 움직였다. 아렌델의 공주님에게는 섬세하게 다가가야 한다는 것을 매우 빨리 터득했기 때문이었다.

그는 엘사를 만났을 때 그녀가 부모님을 잃은 상실감을 극복하지 못한 것을 보고 마음이 너무나 아팠다. 엘사에게는 기댈 형제자매도 없었다. 넓고, 텅 빈 궁전은 분명 무덤처럼 느껴졌을 것이다.

지난가을 위즐튼 공작이 서던아일스를 방문했을 때, 그는 아렌델과 고아가 된 공주에 대해, 그리고 누가 왕위를 이어받을 것인지에 대해 상세하게 이야기했었다. 열두 명이나 되는 형들은 아무런 관심도 보이지 않았지만, 한스는 아주 자세하게 들었다. 형들이 무슨 관심이 있겠는가? 대부분은 이미 각자의 왕국이 있었다. 섬을 다스릴 사람들도 있고, 결혼을 잘해서 다른 나라를 통치하게 될 사람들도 있었다. 왕위 계승 서열 열세 번째인 한스에게 통치의 기회는 거의 없었다. 이 세상에서 자신의 자리를 스스로 찾아야 한다는 것이 어떤 것인지를 아는 사람은 오직 한스뿐이었다. 그래서 한스는 엘사를 이해할 수 있었다. 엘사를 만나야겠다고 마음먹었던 것도 그래서였다. 늘 새로운 동반자를 찾아다니는 교활한 위즐튼 공작에게는 기쁜 일이었다. 이후 한스는 아렌델에서 지내고 있었다.

물론 집이 그리울 때도 있었다. 형제들(가끔), 아버지의 지혜(언제나), 그리고 아렌델보다 따뜻하고 푸르른 그의 섬들. 서던 아일스는 절대 그의 섬들이 될 수 없다는 것이 함정이었지만.

하지만 아렌델은 가능성이 있었다. 한스는 안뜰로 난 창문을 통해 엘사의 대관식을 위해 부산하게 움직이는 궁전 일꾼들을 바라보았다. 3년이라는 긴 시간을 기다린 끝에, 이 왕국은 여왕을 맞을 준비가 되었다.

그들에게 훨씬 더 필요한 것은 왕이었다. 한스와 엘사는 공식적으로 사귀는 사이는 아니었다. 한스는 아직 그런 말을 엘사에게 하고 싶지 않았다.

"준비됐어요."

엘사가 말했다. 두 사람 뒤로 엘사의 침실에서 뭔가가 깨지는 소리가 났다. 엘사의 몸이 긴장했다.

"뭔가가 떨어졌나 보네요!"

엘사에게는 비밀이 많았다. 한스는 엘사의 그런 부분을 존중해야 했다.

"걸어볼까요?"

"그래요. 바깥 공기를 마시면 좋을 것 같아요."

두 사람은 잠깐 서로를 바라보았다.

한스는 붉은빛이 도는 갈색 머리칼에 넓은 구레나룻이 있었다. 그런 머리칼과 구레나룻이 없는 그의 형제들은 항상 한스를 놀리곤 했다. 한스의 형제들은 모두 갈색 눈동자를 지닌 반면, 한스의 눈은 어머니를 닮은 적갈색이었다. 한스의 키는 공주보다 어느 정도 더 컸고 체구는 호리호리했다. 엘사는 그를 보면 사슴이 떠올랐다. 소심하고 쉽게 겁먹는, 슬픔을 가득 담은 커다란 푸른 눈의 사슴.

"안뜰은 사람들이 너무 많네요."

한스는 엘사를 데리고 긴 복도를 걸어갔다.

"좀 조용한 곳으로 가요. 마구간 어때요? 시트론을 본 지 좀 오래되었거든요."

"마구간. 좋은 생각이네요."

엘사가 천천히 말했다. 엘사도 한스의 말, 시트론을 좋아했다. 시트론은 매우 유순한 말이었다.

복도에 걸려 있는 커다란 가족 초상화 앞에서 엘사가 발걸음을 멈췄다. 그림 속에서 부모님은 어린 딸의 양어깨에 각자의 손을 얹고 있었다. 엘사가 여덟 살 즈음인 것 같았다.

"저는 외동으로 자라는 것에 환상을 가진 적이 있었죠. 어때요? 비가 오는 날에는 누구와 놀았어요? 숙제는 누구 걸 베꼈나요? 눈이 오면 누구와 썰매를 타러 갔어요?"

한스가 묻자 엘사는 잠시 생각했다.

"난 조용했고, 숙제는 혼자 했어요."

한스가 능글맞게 웃었다.

"우리 형들은 언제나 나를 가정교사에게 야단맞게 했어요. 가정교사 등 뒤로 종이를 날리고는 내가 했다고 하고. 형들 중에 세 명은 나를 투명인간 취급했어요. 그것도 2년 동안이나!"

엘사의 눈이 휘둥그레졌다.

"너무했다!"

한스가 어깨를 으쓱했다.

"형제들은 원래 그래요."

"난 모르니까."

엘사가 먼 곳을 바라보았다.

"하지만 당신은 친구가 많았겠죠."

"우리 부모님은 저를 참모의 아이들과 놀게 해주셨어요. 가끔 공작들이나 귀족들이 파티에 초대되면 그 아이들과도 놀았고. 하지만 정말로 친한 친구는 없었어요."

엘사는 한스를 곁눈질했다.

"대신 당신은 관심을 받기 위해 경쟁하거나 자기 자리를 찾기 위해 노력할 필요는 없었잖아요."

한스는 잠시 말을 멈추었다.

"당신의 유년기는 외로웠을지 모르지만 당신의 미래는 그렇지 않을 거예요. 언젠가 당신만의 가족이 생길 테니까."

엘사는 얼굴을 붉히며 다시 먼 곳을 바라보았지만, 한스는 말을 멈추지 않았다.

"그리고 아마도 왕국을 위해 후계자를 한 명 이상 가져야겠죠. 당신 부모님이 그러지 않았다는 것에 놀랐어요."

"어머니는 나를 낳은 후에 더 이상 아이를 가질 수 없었어요. 하지만 난…… 아니에요. 바보 같은 생각이에요."

"뭔데요?"

한스가 진지하게 물었다. 엘사는 소심하게 주변을 돌아보았다.

"바보 같다니까요."

"난 바보 같은 거 좋은데."

한스는 그렇게 말하고는 엘사를 돌려 앉혔다. 엘사가 웃으면서 잠깐 동안 그의 얼굴을 보다가 입을 열었다.

"난 늘 여동생을 갖고 싶었어요. 가끔 여동생이 생기는 공상도 했어요."

엘사의 얼굴이 붉어졌다.

"정말 외로웠군요."

한스가 엘사의 손을 잡자, 엘사가 놀라 한스를 쳐다보았다. 한스가 엘사를 잡은 손에 힘을 주고는 말을 이었다.

"하지만 이젠 외롭지 않을 거예요. 난 당신과 이야기하는 게 좋아요. 나는 아주 오랫동안 나의 자리를 찾고 있었어요. 그런데 당신과 함께 있으면 내 자리를 찾았다는 생각이 들어요."

엘사가 뭔가 말을 하려고 입을 열었다. 그때 복도 끝에서 문이 닫히는 소리가 들리면서 피터센 경이 위즐튼 공작과 함께 나타났다. 두 사람 모두 엘사와 한스를 보지 못했다.

"아무래도 공주를 불러서 대관식 연설을 다시 해보라고 해야겠소."

공작이 말했다.

한스는 엘사를 잡고 열려 있는 문밖으로 빠져나갔다. 그리고 두 사람은 달리기 시작했다. 초상화가 걸린 복도와 다른 방들 옆을 지나 마침내 마구간에 도착할 때까지. 엘사는 숨을 가다듬고는 웃으며 말했다.

"이렇게 도망친 적이 언제였는지 기억도 못하겠어요!"

"가끔 일탈이 필요해요."

한스가 말했다. 하지만 한스는 자신의 일탈에 대해서는 말하지 않았다.

엘사는 두 팔을 활짝 벌리고 빙그르르 돌았다.

"해방이다!"

한스는 엘사가 저렇게 자유롭게 행동하는 모습을 본 적이 없었다.

그는 마구간으로 걸어가 마구간의 위쪽 문들을 열었다. 말들이 곧바로 머리를 내밀었다. 희고 검은 갈기를 바람에 부드럽게 휘날리며 시트론도 모습을 드러냈다. 엘사가 시트론의 회갈색 털을 빗기는 동안 한스는 갈기를 쓰다듬었다. 두 사람은 서로가 아닌 말에게 집중했다. 마구간에는 정적이 흘렀다.

"저기, 미친 소리 같지만, 난 한 번도 나와 똑같은 생각을 하는 사람을……."

"만나본 적이 없다고요?"

엘사는 한스만큼이나 놀라며 그를 바라보았다.

"네."

한스는 엘사의 얼굴을 가만히 들여다보았다.

"어쩌면 당신과 나는……."

"인연인지도 몰라요."

엘사가 한스의 말을 대신 했다. 두 사람이 웃기 시작했다.

"공작이 무척 좋아하겠네요."

엘사가 비꼬듯 말했다.

"피터센 경도 마찬가지일 거고요."

시트론의 옆구리를 손으로 쓸어내리며 한스도 말했다.

"두 사람의 말을 들었어요. 우리 둘이 아주 잘 맞는다고 생각하더라고요."

한스는 이렇게 덧붙이고는 생각했다.

'이 왕국을 통치하기 위해서.'

그는 엘사를 슬쩍 쳐다보았다. 엘사는 알 수 없는 표정을 지었다.

"그래요?"

"당신도 알고 있었잖아요"라고 말하고 싶었지만, 한스는 입을 열지 않았다. 불과 일주일 전과 비교해도 정말 많이 가까워졌으니까.

"하지만 그들이 뭐라고 생각하든 상관없어요. 우리가 어떻게 생각하는지가 중요하죠."

한스가 말했다.

"맞아요. 난 지금의 우리 관계가 좋아요."

한스는 실망한 표정을 보이지 않으려고 애를 썼다.

"나도요."

공작은 대관식 전에 프러포즈를 하길 바랐지만, 한스는 꼭 그날 약혼할 필요는 없다고 생각했다. 한스는 머지않아 두 사람이 아렌델을 함께 통치할 거라고 믿었기 때문이었다.

엘사가 현명하다면, 한스가 아렌델을 다스리게 할 것이다. 아렌델 사람들이 살아남으려면 새로운 왕이 필요할 테니까.

Chapter 11

안나

그날이었다! 드디어 그날이 왔다!

안나는 달력에 표시해두었던 붉은 동그라미를 바라보면서 베개를 들고 조용히 비명을 질렀다. 3년이나 기다려온 날이 왔으니까.

"어머니, 아버지. 저 이제 열여덟이에요. 전 이제 다 컸고, 저의 인생을 시작할 때가 되었어요. 그래서 전…… 전……."

안나가 머릿속으로 수천 번도 더 연습했던 말이었다.

그런데 언제나 이 부분에서 말이 막혔다. 부모님께 하몽을 떠나겠다고 말할 생각을 할 때마다 극심한 복통이 몰려왔다. 부모님이었으니까. 아기일 때 거둬주고, 사랑해주고, 보살펴준 사람들이었으니까. 그분들에게 상처를 주고 싶지 않았다.

'프레야가 있다면 얼마나 좋을까.'

프레야가 왕과 왕비와 함께 바다에서 실종된 지도 3년이나 지났지만, 아직도 안나는 매일 프레야를 생각했다. 아렌델이 인생을 시작하기에 멋진 곳이라고 안나의 어머니에게 이야기해줄 사람이 있다면, 그건 프레야였으니까. 그리고 가족과 다름없는 사람이 가까이에 있다면 안나의 어머니도 안심하고 안나를 보내주었을 테니까.

하지만 프레야는 없었다. 오랫동안 사랑했던 분홍색 방이 어린아이의 방처럼 느껴졌지만 안나는 여전히 모든 구석구석, 특히 산 아래의 삶이 보이는 창가 자리를 사랑했다. 아렌델은 아주 가까우면서도 너무나 멀게 보였다. 안나는 아버지가 만들어준 나무 궁전의 첨탑을 만졌다. 두 눈에서 눈물이 터져 나왔다. 부모님은 안나를 정말로 사랑해주었다. 어떻게 하면 그분들의 마음이 아프지 않게 말할 수 있을까?

안나는 가장 완벽한 디저트를 만들어드리기로 했다. 특별한 디저트를. 그러면 너무나 행복해지고 배도 불러서, 안나의 이야기를 들어줄 수밖에 없을지도 몰랐다. 안나는 무엇을 만들지 바로 떠올랐다. 바로 당근 케이크였다.

안나가 예전에 아버지를 위해 당근 케이크를 만든 적이 있는데 아버지는 일주일 동안 매일 그 케이크를 먹었었다.

안나는 시계를 보았다. 오전 내내 빵을 굽고 나서 부모님이 거실에서 쉬고 있을 시간이었다. 아버지는 낮잠을 자고 있을지도 모른다. 안나는 저녁 식사 시간에 맞춰 케이크를 완성할 작정이었다. 케이크를 저녁으로 먹을 수도 있었다!

안나는 몰래 집 밖으로 나왔다. 여름의 열기가 얼굴을 후려쳤다.

'무슨 재료가 필요하지? 당근 빼고는 모두 있잖아, 안 그래? 우리집이 빵가게인데.'

그 순간, 안나는 거대한 얼음 덩어리를 들고 있는 청년과 정면으로 부딪혔다. 그 바람에 얼음이 날아가 땅바닥에 떨어지더니 수만 개의 조각으로 깨졌다.

"이봐! 앞을 잘 보고 다녀야……."

낯선 이가 소리쳤다.

그는 뒤돌아 안나를 바라보고는 눈이 휘둥그레지며 뒤로 물러섰다.

"너구나."

"너구나!"

안나도 똑같이 놀랐다. 몇 해 전에 그를 본 기억이 났다.

"순록에게 말하던 애."

신호라도 받은 것처럼, 그 낯선 청년의 등을 떠밀면서 순록이 걸어 나왔다.

"우선, 난 애가 아니야. 그리고 난 내 순록 대신 말하는 거고. 이 순록은 스벤이야. 스벤은 당근을 먹고 싶어 했는데, 방금 네가 내 얼음 배달을 망친 덕분에 당근을 먹기는 틀렸네."

순록이 코를 힝힝거렸다. 그가 순록을 돌아보았다.

"무례하게 굴지 않았잖아."

그가 퉁명스럽게 소곤거렸다.

"얼음을 깨뜨렸다고. 이제 우린 당근 못 사."

순록이 더 크게 코웃음을 쳤다.

"알았어!"

그가 다시 뒤로 돌았다.

"스벤이 너한테 고함을 치지 말라네."

크리스토프는 자신의 발을 내려다보았다.

"미안해……. 비록 네 실수였지만."

"사고였어."

안나가 말했다. 안나는 그의 텁수룩한 금발이 그의 갈색 눈앞으로 흘러내리는 것을 보았다. 두 사람은 잠시 서로를 쳐다보다가 눈길을 돌렸다.

"원한다면 쿠키로 변상할게. 내가 이 마을에서 제일 맛있는 쿠키를 굽거든."

순록이 깡충거리기 시작했다.

"너만의 쿠키를 굽는다면서."

청년이 무표정하게 말했다.

"어떻게 알았지? 나에 대해 물어봤어?"

그는 자신의 양털 모자를 깊숙이 눌러썼다.

"아니. 아마도."

안나의 얼굴이 붉어졌다.

"난 안나. 부모님이 토말리의 빵가게를 운영하셔. 네 이름은?"

"크리스토프."

그가 대답하고는 순록을 향해 몸을 돌렸다.

"스벤, 얼음을 새로 가져오지 않으면……."

바로 그때 상점에서 고란이 나와 바닥에 떨어진 얼음을 보고는 두 손으로 머리를 부여잡았다.

"안 돼! 아침 내내 얼음을 기다렸는데!"

안나는 주눅이 들었다. 안나의 부모님은 물물거래를 해주는 고란에게 늘 고마워했다. 가끔 안나가 돈을 깜빡하면 잘 구워진 시나몬 롤을 대신 받아주기도 했는데.

"죄송합니다. 어쩔 수가 없었어요. 새로 가져오려면, 몇 시간 걸릴 거예요."

"몇 시간? 이 더위에 내 식료품들을 상하지 않게 하려면 당장 얼음이 필요하다고!"

고란이 항의했다.

"오늘 오후에 가져다드릴 수 있습니다. 하지만 제게 필요한 물건들을 지금 주신다면, 더 빨리 가져다드릴 수 있어요. 제 얼음도끼가 꽤 무뎌졌거든요. 그리고 스벤에게 줄 당근도 떨어졌고."

"얼음이 없으면, 거래는 없어."

"하지만 지난번엔 해주셨잖아요. 좀 도와주시죠!"

"오늘은 안 돼! 나는 당장 얼음이 필요했어."

"고란, 그러면 제가 시나몬 롤을 드리면 어떠……."

안나가 말하자마자 크리스토프가 안나를 노려보았다.

"이 사기꾼과 거래하는 동안 좀 물러서시지."

고란은 눈을 가늘게 뜨고 몸을 곧게 세웠다. 안나는 고란의 키가 그렇게 큰지는 몰랐다. 몸집도 크리스토프보다 컸다.

"너, 나를 뭐라고 불렀어?"

크리스토프는 고란과 얼굴을 맞댔다.

"뭐라고 불렀냐면……."

안나가 두 사람 사이에 끼어들었다.

"좋아요, 제 잘못인 것 같네요! 당신은 얼음이 필요하고, 저

사람은 얼음을 가져오려면 얼음도끼가 필요하고. 합의를 하면 어떨까요?"

"네 도움은 필요 없어."

크리스토프가 말했다.

"아니, 넌 필요하잖아."

고란이 으르렁거리듯 말했다.

"고란, 당근이랑 얼음도끼를 제 앞으로 달아두세요. 대신 제가 시나몬 롤을 가져올게요. 그러면 크리스토프가 눈 깜짝할 사이에 얼음을 가져올 거예요."

안나는 두 사람을 차례로 쳐다보았다.

"모두 좋죠?"

고란은 조용히 안나에게 당근을 건네고는 얼음도끼를 가지러 상점 안으로 들어갔다. 안나는 크리스토프를 향해 미소를 지었지만, 그는 기분이 좋지 않은 듯했다.

"난 구걸은 안 해."

그가 말했다.

"누가 구걸이래? 고란한테 갚을 거잖아. 만약 내게도 얼음으로 갚고 싶다면, 내가 어디 있는지 알지?"

안나는 당근 다발을 반으로 나눠서 크리스토프에게 나눠주고, 순록의 머리를 쓰다듬었다.

"잘 가, 스벤!"

안나는 폴짝폴짝 뛰어 집으로 돌아왔다. 크리스토프를 다시 만날 것 같은 예감이 들었다. 하지만 먼저 빵을 구워야 했다. 안나가 필요한 재료를 생각하고 있는데 안나의 부모님이 이야기를 나누며 부엌으로 들어왔다.

"하나도 바뀐 게 없어요, 요한. 3년이나 지났는데도! 어쩌면 아무것도 변하지 않을지도 몰라요. 그 애도 진실을 알 권리가 있잖아요."

어머니가 말했다.

"누가 진실을 알 권리가 있다는 거예요?"

그릇과 커다란 스푼을 챙기며 안나가 물었다.

"두 분 쉬신다면서요! 깜짝 놀라게 해드리려고 했는데 다 망쳤어요!"

왠지 부모님은 불편한 표정이었다.

"무슨 일이에요? 저에 관한 거예요?"

아버지와 어머니가 서로를 힐끗 보았다.

"우리 꼬맹이, 어떻게 하면 우리의 가장 가까운 친구를 배신하지 않으면서 너에게 이 이야기를 할 수 있을지 정말로 모르겠구나."

"프레야에 대한 이야기예요?"

안나가 묻자 어머니가 고개를 끄덕였다.

“프레야는 나의 가장 친하고도 오래된 친구지. 언제까지나.”

안나의 어머니는 프레야의 죽음을 극복하지 못했다. 안나도 마찬가지였고.

“저도 늘 프레야를 생각해요.”

“그래?”

아버지가 물었다.

“당연하죠. 제가 오늘 두 분께 당근 케이크를 만들어드리고 싶었던 것도 그래서예요. 그런데 두 분이 배신에 대해 이야기를 하시니 걱정이 되네요.”

어머니가 안나의 팔을 잡았다.

“네 아버지와 난 지난…….”

“지난 3년에 대해 이야기했을 뿐이야.”

아버지가 작은 소리로 말했다.

“그리고 우린 너를 더 이상 숨겨두고 싶지도 않고. 하지만 상황이 복잡하구나.”

“우린 프레야에게 약속을 했거든.”

아버지가 말했다.

“하지만 네가 진실을 모르는 채로 평생을 보내는 것도 원하지 않아.”

안나의 눈이 휘둥그레졌다.

"그러니까 지금 저하고…… 프레야에 대한 거예요?"

"그렇기도 하고 아니기도 하고."

"무슨 일인데요?"

"만약 이 저주가 없었다면, 프레야는……."

어머니가 말했다.

"저주요?"

안나가 반죽 그릇을 테이블 아래로 떨어뜨렸다. 그릇은 산산조각이 났다. 아버지가 벽에 걸려 있던 빗자루로 치우기 시작했다.

"죄송해요! 저주 같은 건 없는 줄 알았는데…… 있어요?"

어머니가 머뭇거리며 아버지를 바라보았다.

"꼭 저주를 의미하는 게 아니야. 말이 그렇다는 거지."

"요한, 특별한 일이 없는 한, 안나는 자기에게 다른 가족이 있다는 사실을 평생 모른 채로 살게 될 거예요."

"우리가 안나의 가족이야, 토말리. 안나에게 말해서 좋을 게 뭐지? 안나는 아무것도 바꾸지 못해. 누가 안나의 말을 믿어나 주겠어?"

어머니의 두 눈에 눈물이 가득 고였다.

"당신 말이 맞아요. 난 우리 딸을 위험에 빠뜨리고 싶지 않아요. 하지만 이 비밀을 무덤까지 가져가고 싶지도 않아요."

안나는 부모님의 대화가 이해되지 않았다.

"저의 친부모님에 대한 거군요?"

어머니의 이마에 있던 주름이 깊어졌다.

"음, 그래……."

"프레야가 제 친부모님을 알았어요?"

안나가 물었다. 안나는 늘 궁금했었다. 프레야는 처음부터 안나의 인생에 아주 큰 부분을 차지했었다. 아마도 프레야는 안나가 모르는 무언가를 알고 있었을지도 모른다. 부엌에는 침묵이 흘렀다.

"괜찮아요. 만약 제 친부모님을 알고 계시면서도 제게 말하고 싶지 않으신 거라면, 이해할게요. 어차피 달라지는 것도 없으니까."

안나가 두 손을 내밀었다.

"두 분은 제게 최고의 부모님이 되어주셨어요."

아버지와 어머니도 안나를 안아주기 위해 동시에 손을 뻗었다. 안나는 부모님에게 매달렸고 아버지는 눈물을 머금은 눈으로 안나를 바라보았다.

"우리 꼬맹이, 이건 우리의 비밀이 아니야. 네가 그 점을 존중해주길 바란다."

"네. 하지만 전 두 분과 나누고 싶은 저의 비밀이 있어요."

안나의 당근 케이크는 아직 준비되지 않았지만, 지금이 부모님께 이야기할 완벽한 순간이었다.

"그리고 이것도 프레야와 연관이 있어요."

안나의 말에 어머니는 당황했다.

"그건 아니…… 너 알고 있었던……."

안나는 심장이 쿵쾅거리는 것이 느껴졌다. 갑자기 입술이 바짝 말랐지만, 이제 와서 멈출 수는 없었다. 안나는 '자신에게 솔직하라'고 말했던 프레야를 떠올렸다. 이것은 안나가 자신에게 솔직해지는 일이었다.

"전 아렌델에 가고 싶어요."

안나의 부모님은 아무 말도 없었다. 안나는 계속 이야기를 이어갔다.

"어렸을 때부터 아렌델에서 살고 싶었어요. 아시잖아요. 하몽을 사랑하지만, 더 큰 세상에 가고 싶어요. 궁전 근처의 빵가게에서 일하면서 돈을 모아 저의 빵가게를 열 거예요."

안나의 부모님은 여전히 말문이 막힌 것 같았다.

"제가 자주 놀러 올 거고, 부모님도 저를 보러 오시면 돼요."

안나는 계속 이야기를 이어갔다.

"전 열여덟 살이에요. 이제 저의 인생을 시작할 시간이죠.

제가 아렌델을 굉장히 좋아하게 될 거라고 프레야가 늘 말했잖아요. 프레야 말이 맞을 거예요."

안나의 어머니가 고개를 끄덕였다.

"난 네가 너무 어리다고 생각하는데."

아버지가 불쑥 내뱉었다.

"전 열여덟이에요."

"요한."

안나의 어머니가 말했다. 아버지는 고개를 저었다.

"토말리, 내 말이 맞잖아. 스물한 살이 되어야 성인이니까. 미안하다, 안나. 하지만 넌 준비가 되지 않았어. 안전하지도…… 않고."

그는 어머니를 보았다.

"아직은 아냐. 우린 네가 필요해."

"어머니?"

"아버지 말씀이 맞아. 우린 늙어가고 있단다, 우리 꼬맹이. 그리고 이 가게는 우리가 감당하기 버거워. 언젠가 네가 이곳을 물려받는 것이 우리의 꿈이었어."

그 말은 안나의 마음을 깊이 움직였다. 하지만 평생 하몽에서 지내는 것은 안나가 원하는 것이 아니었다. 눈과 목소리들이 가득한 안나의 꿈속에서도 볼 수 있었다. 꿈속에서 가끔은 누군가가 안나를 찾고 있는 것처럼 느껴지기도 했다. 바보 같은 생각이었지만.

"제가 이 가게를 사랑하는 건 알고 계시죠. 두 분과 함께 지내는 것도요. 하지만 전 늘 아렌델에서의 삶을 꿈꿔왔어요. 뭔가 더 큰 것을 위해 살아야 할 것 같은 느낌이 들어요. 인생은 짧잖아요. 프레야를 잃으면서 그걸 배웠어요. 제 인생의 시작을 하루라도 더 미루고 싶지 않아요."

어머니와 아버지는 계속 서로를 바라보았다.

"안나는 아직 준비가 안 되었어."

아버지가 어머니에게 단호하게 말했다. 어머니는 안나를 보았다.

"네가 아렌델에서 지내기를 우리도 바라고 있어. 넌 그렇게 살 거야. 하지만 지금은 때가 아냐."

어머니는 안나의 손을 꽉 움켜잡았다.

"알겠어요."

안나는 그렇게 대답했지만 정말로 이해한 것이 아니었다. 안나는 눈물을 훔치며 잠자코 있었다. 안나는 부모님의 말에 거역한 적이 없었고, 이번에도 거역하지 않을 것이었다. 하지만 3년은 너무 긴 시간처럼 느껴졌다.

Chapter 12
엘사

'시간을 멈추는 능력이 있다면 얼마나 좋을까.'

침실 창가에 서서, 안뜰에 있는 가족의 청동 조각상을 향해 밀려드는 사람들을 바라보며 엘사는 생각했다. 성문들이 개방되었고 예배당은 준비를 마쳤다. 엘사가 며칠 동안 들었던 합창단의 공연 준비도 끝났다. 하지만 엘사 자신의 리허설을 위한 시간은 없었다. 엘사는 대관식을 늦출 수 없었다.

엘사는 게르다의 도움으로 이미 드레스를 갈아입었다. 아름다운 드레스였지만 편한 디자인은 아니었다. 엘사는 그저 몇 시간만 입고 있으면 된다고 스스로에게 되뇌었다.

'시간을 멈출 수 있다면 얼마나 좋을까.'

엘사는 한 번 더 소망했다.

'아버지, 어머니, 여기 제 옆에 함께 서 계시다면 얼마나 좋을까요. 혼자서는 못하겠어요.'

끙끙거리는 소리에 엘사가 뒤를 돌아보았다. 올라프가 엘사의 혼수함을 옮기려다가 실패했다.

"올라프! 뭐 하는 거야?"

"안나를 찾고 있어. 여기에 있을 텐데."

엘사는 슬픔에 거의 압도당한 듯, 몸을 숙였다.

"안나가 누구인지도 모르잖아."

"하지만 안나가 널 보고 싶어 할 거라는 건 알아. 아마 안나는 이 혼수함 안에 있을 거야. 여기 숨는 걸 좋아했으니까."

엘사가 올라프에게 무슨 뜻이냐고 물어보려는 순간 누군가 방문을 두드렸다.

그 순간이 온 것이다.

올라프는 팔을 뻗어 엘사를 안아주고는 엘사의 침대 뒤로 숨으러 갔다.

엘사가 문을 열었다. 한스가 흰 제복을 입고 기다리고 있었다.

"공주님, 예배당까지 모시고 가도 될까요?"

그가 미소를 지으며 말하고는 팔을 내밀었다.

'아니요.'

엘사는 그렇게 말하고 싶었지만, 그곳에 서 있는 한스를 보니 행복했다. 한스는 정말 사려 깊었다. 그가 있으면 진정이 되었다.

"아, 이것 좀 봐! 풋풋한 사랑의 모습 그 자체군."

어디선가 갑자기 나타난 공작이 말했다.

공작은 한스와 달리 차분하지 않았다. 그는 금속테 안경을 고쳐 쓰며 뭉툭한 코끝 너머로 두 사람을 쳐다보았다. 대관식을 위해 흰 머리를 번지르르하게 뒤로 넘기고, 재킷 위에 견장과 메달까지 단 완벽한 군복 차림이었다.

피터센 경이 그들을 향해 급하게 다가왔다.

"한스 왕자님이 새 여왕 폐하를 대관식까지 모셔가면 되겠군요."

그러고는 공작에게 말했다.

"저와 무대 앞 자리로 갈까요?"

'피터센 경이 있어 정말 다행이야!'

하지만 공작은 피터센 경의 말을 무시했다.

"공개적으로 서던아일스의 한스 왕자와 팔짱 낀 모습을 보면 백성들이 얼마나 기운이 날까요. 여왕뿐만 아니라 미래의 왕도 갖게 되는 거니까요. 오늘은 두 사람의 결혼을 발표하기에 좋은 날이에요. 안 그렇소?"

엘사가 얼굴을 붉혔다. 피터센 경도 안절부절못했다. 한스는 먼 곳을 바라보았다.

엘사는 공작의 주제 넘는 태도에 지쳐가고 있었다. 엘사의 마음에 결혼은 없었다. 엘사는 우선 왕위를 계승해야 하는데다 엘사를 사로잡고 있는 비밀들도 있었기 때문이다. 게다가 오늘은 엘사의 대관식이지 않은가.

“각하, 엘사와 저는 이미 이야기가 끝났습니다. 엘사의 직무가 우선이지요.”

한스가 무뚝뚝하게 말하자 피터센 경이 고개를 끄덕였다.

“그래도 오늘 백성들 앞에서 약혼을 발표하면 얼마나 좋겠어요.”

엘사는 자신의 귀를 의심했다. 가슴속에서 분노가 부글거렸다.

“이 이야기는 나중에 다시 해야겠습니다.”

주머니 시계를 확인하며 피터센 경이 말했다.

“예배당이 벌써 가득 찼어요. 곧 식을 시작해야 합니다.”

한스는 엘사를 미심쩍게 바라보았다.

“공작이 설득력 있는 화제를 꺼냈네요. 하지만 결정은 당신에게 달렸어요. 어떻게 생각해요?”

“난…….”

손가락이 따끔거리는 것을 느끼며 엘사가 머뭇거렸다. 한스와 함께 있는 것이 즐겁긴 했지만, 두 사람이 만난 지는 얼마 되지 않았다. 딱히 뭐라고 말할 수 없는 무언가가 엘사를 분명히 저지하고 있었다.

"공주에게 정식으로 청혼은 했소? 공주가 제대로 프러포즈를 받아야지."

공작이 물었다. 한스의 두 뺨이 붉게 변했다.

"아니요. 하지만……."

"청혼해요! 오늘이 딱 좋잖아!"

공작이 명랑하게 말했다. 피터센 경은 손가락으로 자신의 가느다란 머리카락을 쓸어 넘겼다.

"엘사!"

올라프였다. 엘사가 다른 사람들과 있을 때는 절대로 엘사를 부르지 않았는데.

"엘사!"

올라프에게 문제가 생겼을지도 몰랐다! 피터센 경이 의아해하는 표정을 지었다.

"방에 뭔가를 두고 왔나 봐요."

엘사가 말했다. 엘사의 온몸이 따끔거리기 시작했다. 한스는 엘사의 말을 듣지 않았다. 그는 벌써 무릎을 꿇고 바닥에 앉아 있었기 때문이다. 이 느낌이 온몸을 감싼 적은 한 번도 없었다. 갑자기 엘사는 숨통이 조여오는 것처럼 느껴졌다. 올라프에게 가야 했다.

왕자가 부끄러운 듯 엘사를 올려다보았다.

"아렌델의 엘사 공주님, 저와 결혼해주시겠습니까?"

"엘사!"

올라프가 좀 더 큰 목소리로 엘사를 불렀다.

"게르다가 저를 부르네요."

엘사가 어색하게 말하고는 한스를 내려다보았다. 엘사의 얼굴이 화끈거렸다.

"잠시 실례해도 될까요?"

한스는 당혹감을 감출 수 없었다.

"그럼요, 되고말고요……."

한스의 목소리가 잦아들었다. 공작은 한숨을 내쉬었다.

"돌아오실 때까지 기다리고 있겠소. 그리고 대답도."

희미하게 미소를 지으며 공작이 말했다. 한스는 재빨리 일어나 재킷을 바로잡았다. 그는 엘사와 눈을 맞추지 않았다. 엘사는 불쾌했지만, 우선 올라프에게 가야 했다.

엘사는 문을 아주 조금만 열고 재빨리 안으로 들어간 후 문을 닫았다. 올라프는 위아래로 폴짝폴짝 뛰면서 엘사 바로 뒤에 서 있었다.

"올라프, 무슨 일이야?"

엘사가 속삭였다.

"그렇게 소리치면 안 돼. 누가……."

"내가 뭔가를 찾은 거 같아! 네 혼수함을 너무 많이 미는 바람에 책상에 부딪혀서 그 안에 있던 비밀상자가 쓰러졌어. 와서 봐!"

엘사의 초록색 비밀상자가 옆으로 쓰러져 있었다. 그리고 뚜껑 안쪽에 덧대어 있던 안감이 뜯기면서 안쪽의 움푹 꺼진 부분이 드러나 있었다. 그런데 그 뒤에 뭔가가 있었다.

"보여?"

올라프가 안감을 가리키며 말했다.

"내 손으로는 꺼낼 수가 없는데, 저 뒤에 뭔가가 있어. 봐! 봐!"

엘사가 천천히 벨벳을 잡아당기자 움푹 파인 윗면이 드러났다. 그 안쪽에 캔버스 천이 감춰져 있었다. 엘사는 얼른 그 캔버스 천을 펼쳐보았다. 그림이었다.

처음엔 대연회장에 걸려 있는 엘사의 가족 초상화처럼 보였다. 하지만 이 그림에는 네 명이 있었다. 왕, 왕비, 엘사, 그리고 또 다른 소녀.

엘사보다 몇 살은 어려 보이는 소녀는 왕을 쏙 빼닮은 모습이었다. 미간이 넓은 푸른 눈, 양 갈래로 땋은 밝은 빨간 머리칼, 그리고 코 주변의 주근깨. 그 소녀는 연한 회색 드레스를 입고 엘사의 팔을 꽉 움켜잡고 있었다.

엘사는 그림을 손으로 어루만지며 울기 시작했다.

"안나야!"

엘사가 말했다. 기억들이 너무나 빠르게 밀려오는 바람에 엘사는 그 기억들 속에 빠져 죽을 것만 같았다.

"기억나."

엘사가 그렇게 말하고는 바닥에 쓰러졌다.

Chapter 13

엘사

13년 전.

사방이 밀가루였다. 바닥과 나무 테이블을 덮은 밀가루는 안나의 머리에도 묻어 있었다. 하지만 이 다섯 살짜리 소녀는 신경 쓰지 않았다. 소녀는 병에서 밀가루를 한 숟가락 퍼서 다시 공중으로 던졌다.

"눈 같아!"

밀가루가 떨어지는 모습을 보며 안나가 말했다. 한 시간 전에 땋았던 양 갈래 머리의 한쪽이 풀어졌다.

"엘사! 해봐!"

"넌 난장판을 만들고 있어."

엘사는 자기도 모르게 웃으며 안나 뒤에서 밀가루를 치워보려고 했다.

"안나 공주님, 제발 밀가루가 그릇 안에만 있게 해주세요."

올리나가 사정했다.

"하지만 던지는 게 훨씬 재미있는걸요, 올리나!"

안나는 밀가루를 공중에 날리면서 깔깔댔다.

"두 분이 반죽을 만드시고 전 화로를 준비하면 어떨까요?"

"그래, 안나. 넌 나를 도와주면 되겠다."

엘사는 얼굴로 흘러내린 머리칼을 뒤로 넘기고는 나무 주걱으로 버터를 크림처럼 만들었다. 안나는 엘사 옆의 발판 위로 올라가서 엘사를 보고 있었다.

둘은 함께 설탕과 밀가루, 바닐라와 우유를 버터에 추가했다. 부드러운 연노란색이 될 때까지 엘사와 안나는 번갈아가며 쿠키 반죽을 저었다. 달걀을 깨는 것은 엘사가 했다. 지난번 안나가 달걀을 깼을 때는 손드리검 왕에게 드리는 쿠키에 달걀껍데기가 섞여 있었기 때문이었다.

엘사가 여전히 반죽을 젓고 있는 동안 지루해진 안나는 부엌을 뛰어다니기 시작했다. 엘사는 주걱을 내려놓고 안나를 뒤쫓았다. 그때 갑자기 어머니가 나타나 둘을 붙잡았다.

"아버지께서 무척 놀라시겠다. 아버지가 너희가 만든 크룸카케를 얼마나 사랑하시는지 알지?"

"크럼…카…크."

안나는 제대로 발음해보려고 했지만, 한 번도 성공한 적이 없었다. 어머니와 엘사가 웃음을 터뜨렸다.

"크룸카케."

어머니가 부드럽게 말했다.

"나도 너희들 나이 때부터 만들었지. 제일 친한 친구와 함께."

어머니가 안나의 오른쪽 머리를 다시 땋아주며 말했다.

올리나가 화로에 불을 붙이자 모두 주변에 옹기종기 모여 화려한 양면 철제 번철을 불 위에 올려놓았다. 크룸카케 번철에는 안나와 엘사의 아버지가 사랑했던 아렌델 문양이 새겨져 있었다. 어머니는 번철 한가운데에 첫 번째 반죽을 떠 넣고 번철을 닫은 후 불 위에 들고 있었다. 모두 함께 10까지 세고 나서 번철을 뒤집고 다시 10을 셌다. 가장 어려운 부분은 번철에서 구워진 반죽을 떼어내 콘 모양의 방망이에 감싸 모양을 만드는 일이었다. 올리나와 어머니는 이 일을 절대 아이들에게 시키지 않았다. 올리나가 번철에 너무 많이 데어서 손가락에 굳은살이 생겼다고 말했을 정도니까. 하지만 일단 쿠키가 식고 나서 방망이에서 떼어내면, 두 소녀가 함께 가루 설탕을 뿌렸다. 쿠키 속을 채우지 않을 때도 있었고, 달콤하고 부드러운 속으로 채울 때도 있었다.

"전 잠깐 나갔다 올게요. 채소 배달을 받아야 해서요."

앞치마에 두 손을 닦으며 올리나가 말했다.

"번철 써봐도 돼요? 제발? 네?"

안나가 빌었다.

"안 돼, 아가."

어머니가 말했다. 안나는 어머니가 번철에서 익은 반죽을 꺼내는 모습을 지켜보았다.

"왕비님, 왕께서 회의장에 잠깐 들러달라고 하십니다."

부엌 입구에 카이가 나타났다. 어머니가 두 소녀를 바라보았다.

"금방 다녀올게. 올리나나 내가 돌아올 때까지 번철에는 손 대지 말거라."

어머니가 말했다. 엘사는 고개를 끄덕였다. 하지만 엘사가 뒤를 돌아보았을 때 이미 안나는 까치발을 들고 번철 한가운데에 반죽을 떠 넣고 있었다.

"안나! 어머니께서 건드리지 말라고 하셨잖아."

"나 할 수 있어."

안나는 속으로 숫자를 세고 번철을 뒤집으며 다시 말했다.

"내가 만든 쿠키를 아버지께 드리고 싶단 말이야."

"올리나가 올 때까지 기다려."

엘사가 말했지만, 안나는 충동적이었다. 규칙도 싫어했고. 반면 엘사는 규칙을 철저하게 지켰다. 안나가 번철을 열고 바삭바삭하게 익은 반죽을 떼어내려고 했다.

"아야!"

안나가 반죽을 바닥으로 떨어뜨리고는 미친 듯이 손가락을 흔들어댔다.

"손가락을 데었어!"

안나가 왈칵 울음을 터뜨렸다.

"어디 보자."

엘사는 여동생의 손을 잡았다. 손가락 두 개가 빨갛게 변해 있었다. 안나의 손에 대줄 차가운 뭔가가 필요했다. 테이블 위에 물이 가득 담긴 구리 냄비가 있었다. 엘사는 냄비 위에서 손가락을 움직이며 물에 집중했다. 잠시 후, 반짝거리는 푸른빛이 엘사의 두 손 주변에 나타나더니 눈송이와 얼음 조각이 내리기 시작했다.

안나가 울음을 멈췄다.

"와."

순식간에 냄비의 물이 단단하게 얼어버렸다.

"여기 손을 얹고 식혀."

안나가 달려왔다. 두 소녀 모두 어머니가 돌아오는 소리를 듣지 못했다.

"너희들!"

어머니의 목소리가 위협적일 정도로 낮았다. 엘사가 등 뒤로 두 손을 감췄지만, 이미 너무 늦었다. 누군가 있는 곳에서 자신의 능력을 사용하며 어머니의 말씀을 거역했던 것이다.

"이 정도로 어리석을……."

"쿠키는 잘 되어가고 있나요?"

그 순간 올리나가 신선한 채소 바구니를 들고 돌아왔다. 그녀는 조리대 위에 바구니를 올려놓다가 방금 전에 물을 채워둔 구리 냄비를 보고는 깜짝 놀랐다.

"세상에! 냄비가 왜 이렇죠? 이렇게 따뜻한 저녁에 어떻게 물이 얼죠?"

어머니는 안나와 엘사를 자신의 옆으로 끌어당겼다.

"이상하네, 정말! 올리나, 안나가 화로에 손가락을 데었어. 가서 붕대를 붙여주고 재워야겠네."

"하지만 쿠키……."

엘사가 말하자 어머니가 엘사에게 매서운 눈초리를 보냈다.

"올리나가 마무리해줄 거야. 그럼 아침 식사 때 아버지께 드릴 수 있어. 오늘 저녁은 그만하자."

올리나는 아무 말도 하지 않았다. 아직도 냄비를 쳐다보느라 정신이 없었으니까. 올리나가 안나를 데리고 나가자 어머니는 엘사를 데리고 침실로 돌아갔다.

"어머니, 죄송해요."

어머니는 엘사의 침대 끝에 앉았다.

"알아. 안나가 다친 것이 네 잘못이 아니라는 것도 알고. 올리나나 내가 보고 있어야 했어. 하지만 우리가 없을 땐……."

"제가 안나를 돌봐야죠."

"아니야. 좋은 언니가 되어주는 동시에 너 자신도 지켜야지. 네가 네 능력을 쓰고 있는 도중에 올리나가 들어왔으면 어쩔 뻔했니?"

"올리나는 저를 보지 못했어요."

"볼 수도 있었어."

어머니가 다시 말해주었다.

"더 조심해야 해, 엘사. 아버지와 나는 네 재능이 정말로 특별하다는 걸 알고 있지만, 네 재능에 대해 더 알게 될 때까지는 우리 가족만의 비밀로 하고 싶어. 알겠니?"

엘사는 고개를 끄덕였다.

"네 아버지는 최선을 다해 모든 것을 알아보고 계셔. 서재에서 몇 시간씩 책을 읽으시잖니."

어머니는 엘사와 자신의 손을 내려다보다가 엘사의 손을 잡았다.

"아직까지는, 어떻게 네가 그런 능력을 가지고 태어났는지 아무런 설명도 찾지 못했어."

능력. 잠깐의 생각만으로 얼음이 튀어 나가는 것을 보면, 능력처럼 느껴지기는 했다. 얼음에 대해 생각하지 않아도 그냥 저절로 생기는 때도 가끔 있었다.

어머니는 엘사의 손을 더 꼭 잡았다.

"아버지와 안나, 그리고 내 앞에서만 네 재능을 사용하겠다고 약속해주렴."

"네, 어머니. 하지만…… 얼음을 어떻게 조절해야 하는지 모르겠어요. 기분이 나쁠 때는 더 심하고요. 아버지께서 감추고 느끼지 말라고 하셨지만 감정이 격해질 때는 어떻게 해야 할지 모르겠어요."

어머니가 엘사를 끌어안았다.

"네 재능이 너를 휘두르지 않도록 너의 재능을 조절하는 법을 배우게 될 거야."

"그럴까요?"

"그래. 우리가 원하는 건 오직 너희 둘을 안전하게 지키는 거야."

바로 그때 복도에서 아버지의 껄껄거리는 웃음소리에 이어 안나가 깔깔거리는 소리가 들려왔다.

"더 조심할게요."

엘사가 속삭였다.

"착하기도 하지."

어머니는 엘사의 뺨에 입을 맞추고 나갔다. 엘사는 마음을 추스르며 침대에 누웠다. 그때 자신의 침실로 누군가가 살금살금 들어오는 소리가 들렸다.

"엘사? 저기…… 엘사? 일어나, 일어나, 일어나!"

엘사는 두 눈을 감고 있었다.

"안나, 가서 자."

엘사는 안나가 침대로 기어 올라와 자기 몸 위에 주저앉는 것을 느꼈다.

"못 자겠어. 하늘이 깨어 있잖아! 우린 놀아야 해!"

엘사는 한쪽 눈만 뜬 채로 안나를 밀쳐냈다.

"혼자 놀아!"

안나의 몸이 바닥에 떨어지는 소리를 듣고, 엘사는 울음소리를 기다렸다. 약간의 죄책감이 느껴졌다. 안나가 자신의 눈꺼풀을 집어 올리는 것이 느껴지기 전까지는.

"같이 눈사람 만들래?"

안나가 수줍게 물었다. 엘사는 일어나서 미소를 지을 수밖에 없었다. 한밤중이었다. 궁전에 있는 모든 사람들이 깊이 잠들었을 것이었다. 엘사를 볼 사람도 겁먹을 사람도 없었다. 엘사가 자신의 재능을 연습할 시간이 있다면, 바로 지금이었다.

잠시 후, 안나는 부츠를 신고 엘사는 슬리퍼를 신은 채로 방을 나와 쏜살같이 계단을 내려갔다.

두 사람은 아무도 없는 대연회장으로 들어갔다. 아치형 천장에 화려한 나무 장식들과 벽지로 꾸며진, 아주 큰 방이었다. 이곳은 주로 파티에 쓰이는 곳이었지만 그날 밤에는 아무것도 없었다. 둘은 방 한가운데 섰다.

"마법 해봐! 마법 해봐!"

안나는 신이 나서 폴짝폴짝 뛰었다. 엘사는 문이 닫혀 있는지 확인했다. 그러고는 두 손을 빙글빙글 돌리기 시작했다. 푸른 빛에 둘러싸인 두 손바닥 사이에서 눈뭉치 하나가 만들어졌다.

"준비됐어?"

엘사가 조급하게 물었다. 엘사가 두 손을 높이 뻗어 눈뭉치를 공중으로 던졌다. 천장에서 내리기 시작한 눈이 바닥에 흰 이불처럼 쌓였다.

"굉장해!"

안나가 감탄했다. 엘사는 뿌듯했다. 안나는 누구보다 엘사의 재능을 사랑했고, 그래서 엘사에게 마법을 부려달라고 종종 조르곤 했다. 반대로 부모님은 엘사가 그 재능을 혼자만 알고 있기를 바랐다. 하지만 이렇게 즐거움을 주는 재능이라면, 나누는 것이 맞지 않을까? 더구나 엘사는 여동생을 기쁘게 해주는 것이 정말로 좋았다.

"이것 봐."

엘사가 발을 세게 굴렀다. 얼음이 뻗어나가기 시작하더니 바닥에 스케이트장이 만들어졌다. 기뻐하는 안나의 모습에 엘사는 눈을 계속 내리게 하고, 얼음을 멀리 뻗어나가게 했다. 대연회장이 금세 겨울왕국으로 변했다. 이제 안나가 너무나 사랑하는 눈사람을 만들 차례였다. 두 소녀는 함께 눈을 굴려서 눈덩이 세 개를 차례로 쌓아 올렸다. 안나는 아래층의 부엌으로 달려가 눈사람의 코를 만들 당근과, 눈과 배에 붙일 석탄을 들고 왔다. 눈사람의 팔과 머리카락을 만들어주기 위해 둘이 함께 벽난로에서 나뭇가지도 꺾어 왔다.

눈사람을 완성한 후, 엘사가 눈사람 뒤에 섰다. 그러고는 마치 눈사람이 살아 있는 것처럼 흉내를 냈다.

"안녕, 나는 올라프야. 난 따뜻하게 안아주는 걸 좋아해."

엘사가 우스꽝스러운 목소리로 말했다.

안나가 눈사람을 와락 안았다.

"사랑해, 올라프!"

엘사는 안나가 안고 있는 올라프를 스케이트 파트너처럼 이리저리 밀었다. 이제 안나는 눈 위에서 뛰고 싶어 했다. 엘사는 안나가 눈 위에서 계속 뛸 수 있도록 쉬지 않고 눈을 쌓아 올렸다.

"나 잡아봐라!"

안나는 초록색 잠옷 차림으로 즐겁게 소리를 지르며 눈 언덕 사이를 뛰어다녔다. 안나보다 빠르게 눈을 만드는 것이 버거울 지경이었다.

"또!"

안나가 소리쳤다.

"기다려!"

엘사가 재빨리 눈을 쌓아 올렸지만, 안나 앞에는 눈 언덕이 하나밖에 남아 있지 않았다.

"천천히!"

엘사가 소리쳤지만, 안나는 듣지 않았다. 엘사는 뒤로 물러나다가 그만 미끄러지고 말았다. 엘사가 고개를 들어보니 안나는 이미 발아래 아무것도 없는 공중으로 뛰어오르고 있었다.

"안나!"

엘사는 당황하여 최대한 빨리 눈을 쏘아 올렸다. 마법의 힘

이 안나의 얼굴에 맞고 말았다. 안나는 바로 옆의 눈 언덕으로 굴러떨어졌다. 미동도 없이. 엘사가 안나의 곁으로 달려갔다.

"안나!"

여동생을 품에 안고 엘사가 소리쳤지만, 안나는 깨어나지 않았다. 안나의 빨간 머리칼 사이로 흰 머리 한 가닥이 저절로 생겨났다. 엘사의 마음속에서 두려움이 일며 숨이 막히고, 온몸이 떨렸다.

"어머니! 아버지!"

엘사는 목청이 터지도록 소리를 질렀다. 두 소녀 주변에서 얼음이 갈라지며 뻗어나가기 시작하더니 바닥 전체를 덮고 벽을 타고 올랐다. 얼음은 점점 두꺼워지고 요란하게 덜컹거렸다. 올라프도 쓰러지며 산산조각이 났다.

"괜찮아, 안나. 내가 지켜줄게."

안나를 품에 안고 흔들며 엘사가 울었다.

부모님이 뛰어 들어와 움직임이 없는 안나를 안고 앉아 있는 엘사를 보았다. 너무나 겁을 먹은 어머니의 모습을 보고 엘사의 공포심이 더욱 커지면서 얼음이 더 멀리 뻗어나갔다.

"엘사, 무슨 일이야?"

아버지가 소리쳤다.

"사고였어요. 미안해, 안나."

어머니가 안나를 안고 가는 동안 엘사가 떨리는 목소리로 말했다.

"얼음처럼 차가워."

두려움이 밴 목소리로, 어머니가 조용히 말했다.

"어디로 가야 할지 알아."

아버지가 엘사와 어머니에게 따라오라고 손짓했다.

"안나는 괜찮겠죠, 어머니? 괜찮을까요?"

하지만 아무도 엘사에게 대답해주지 않았다. 엘사는 울음을 삼켰다. 엘사의 부모님이 엘사에게 조심하라고 했던 이유가 바로 이것이었다. 안나가 어떻게 되었는지 보라. 엘사는 차라리 이 능력을 갖고 싶지 않았다.

왜 엘사의 마법이 모든 것을 망친 걸까? 엘사는 왜 다른 사람들처럼 평범하지 못한 걸까? 마음속에서 분노가 들끓고 심장박동이 빨라지는 것이 느껴졌다. 엘사의 손가락 주변에서 눈이 소용돌이치기 시작했지만 엘사는 멈출 수가 없었다.

'안 돼!'

엘사는 여러 번 심호흡을 했다.

"엘사!"

어머니가 엘사를 불렀다. 엘사는 어머니를 따라 서재로 들어갔다. 그러자 어머니가 문을 잠갔다. 아버지가 책장에서 책들을 꺼내서 뭔가를 찾는 동안 어머니는 안나를 푸른 담요로 감싸 꼭 안고 있었다. 아무도 입을 열지 않았다.

"여기 있다."

빨간 책을 들어 올리며 아버지가 말했다. 아버지가 꽤 오래되어 보이는 책을 펼쳤지만 엘사는 그 글자들을 이해하지 못했다. 기호들이 가득한 책이었다. 머리에서 푸른색 영혼이 스며 나오는 사람 옆에 트롤 하나가 서 있는 그림이 보였다.

"맞아, 이거예요."

그 책에서 지도 하나가 펄럭거리며 바닥으로 떨어지자, 어머니가 말했다. 산악지대의 한 지점에 표시가 되어 있는 아렌델의 지도였다. 아버지는 안나의 이마를 짚어보았다.

"여전히 너무나 차군."

"그들에게 데려가야 해요. 당장요."

"말을 타고 가면 돼."

아버지가 말했다.

"엘사, 함께 가자. 자, 조용히."

"어머니, 안나 괜찮겠죠?"

엘사가 다시 물었다.

"조용히."

어머니의 말에 엘사는 입을 다물었다.

"아무에게도 들키지 않고 마구간으로 가야 해."

마치 궁전 전체가 엘사를 피하기라도 하는 것처럼 섬뜩하리만큼 고요했다. 엘사는 아무것도 묻지 않았다. 부모님을 따라 마구간으로 들어가서 아버지가 말들 위에 안장을 얹는 모습을 지켜보았다. 아버지는 어머니가 말 위에 오르는 것을 도운 후에 안나를 어머니의 팔에 올려주었다. 그러고는 엘사를 자신이 탈 말의 안장 앞에 태웠다. 잠시 후, 아버지는 마구간을 빠져나갔다. 어머니도 바로 뒤를 따랐다. 궁전 문을 벗어나자 두 마리의 말은 속도를 높이고 어두운 밤 속으로 달려 나갔다.

엘사는 눈앞의 길만 바라보면서 침착함을 유지하려고 했지만, 자신도 모르게 계속 주변을 얼리고 있었다. 아버지는 그 책에서 나온 지도를 꼭 쥐고 북극광에 의지해 달려 나갔다. 산으로 높이, 더 높이 올라갈수록 바다가 저 멀리 작게 보였다. 어느 순간 엘사는 소년의 목소리를 듣고 뒤를 돌아보았지만 작은 순록 한 마리가 있을 뿐이었다. 그 순록도 곧 사라졌다.

"여기야!"

아버지는 갑자기 멈추어 서더니 말에서 내렸다. 아버지는 어머니와 안나를 말에서 내려주고는 다시 엘사에게로 왔다.

아버지는 이끼 낀 바위들이 이상한 모양으로 쌓여 있는 초원 한가운데 섰다. 마치 뭔가가 예전부터 그곳에 있었던 것처럼, 돌계단이 중앙으로 연결되어 있었다. 주변은 온통 보이지 않는 간헐천에서 섬뜩하게 새어나오는 수증기로 가득했다. '여기'가 어디든 신비한 곳이었다.

"엘사, 이리 와."

아버지가 말하자 엘사는 아버지의 품으로 달려갔다.

"괜찮을 거야."

대연회장을 나온 후 아버지가 엘사에게 처음으로 한 말이었다. 어머니는 안나를 안고 바로 뒤에 서 있었다.

"제발, 도와주시오! 제 딸입니다!"

아버지가 어둠에 대고 소리쳤다. 아버지는 누구에게 말하는 것일까? 엘사가 아버지에게 물어보려는 순간 바위들이 움직이더니, 엘사의 가족들을 향해 계단을 굴러 내려왔다.

엘사는 어머니의 다리를 끌어안고 어머니의 드레스에 얼굴을 묻었다. 아버지가 세 사람을 안았다. 엘사는 어머니의 드레스 자락 너머로 모든 광경을 엿보았다.

바위들이 일제히 멈추더니 수많은 작은 트롤들이 갑자기 나타났다. 트롤들은 돌로 깎은 듯한 모습이었다. 트롤들의 등 위에는 마치 옷처럼 이끼가 자라나 있었고, 다양한 색깔의 크리스털들이 목에 걸려 있었다. 이끼 색상의 머리카락에 커다란 귀와 흰 눈동자들이 달빛에 빛나고 있었다. 엘사는 트롤들을 보고 고슴도치가 떠올랐다.

"왕이다!"

트롤 하나가 소리치자 모두들 조금씩 앞으로 나왔다. 긴 이끼 망토를 두른 트롤이 무리 앞으로 나왔다. 그는 구슬을 꼬아 만든 목걸이를 걸고 있었다.

"파비 할아범을 위해 길을 비켜라!"

"폐하."

파비 할아범이 머리를 숙여 절을 했다. 그는 엘사의 손을 향해 손을 내밀었다.

"능력을 가지고 태어난 건가요, 아니면 저주를 받은 건가요?"

엘사는 재빨리 숨을 들이마셨다. 그는 어떻게 알았을까? 아버지 역시 똑같은 생각을 하고 있는 것 같았다.

"태어날 때부터."

긴장한 듯 아버지가 말했다. 파비 할아범이 어머니에게 다가갔다. 어머니가 무릎을 꿇고 안나를 보여주자, 그가 안나의 머리에 손을 올렸다. 그의 덥수룩한 눈썹이 찡그려졌다.

"심장이 아닌 게 천만다행이군. 심장은 여간해선 바뀌지 않아요. 하지만 머리는 바꿀 수 있지."

그가 어깨를 으쓱거렸다.

"해야 할 일을 하시오."

아버지가 파비 할아범에게 말했다.

"안전하게 모든 마법을, 심지어 마법의 기억들까지도 없애는 게 좋겠소."

파비 할아범이 말했다.

"그러면 안나가 제 능력을 기억하지 못하겠네요?"

엘사가 물었다.

"그게 최선이야."

엘사의 어깨를 만지며 아버지가 말했다. 엘사가 믿을 만한 사람들은 너무 적었다. 그런데 엘사가 마법의 능력이 있다는 사실을 안나가 기억하지 못한다면……. 엘사의 심장이 빠르게 뛰기 시작했다. 안나는 엘사의 가장 든든한 동맹이었다. 요리 파트너이자 여동생이었다. 그런 두 사람이 서로 비밀을 나눌 수 없다니.

"내 말을 들어보렴, 엘사."

마치 엘사의 생각을 들은 것처럼, 파비 할아범이 부드럽게 말했다.

"네 능력은 점점 세질 거야."

그가 두 손을 들어 올리자 푸른 이미지들이 허공을 채우더니, 사람들과 한 소녀의 모습이 나타났다. 그 소녀는 마법으로 아름다운 눈송이를 만들어냈다.

"네 능력에는 아름다움도 있지만, 굉장한 위험도 있어."

눈송이가 환한 빨강으로 바뀌더니 터져버렸다. 엘사의 두 눈이 휘둥그레졌다.

"반드시 다스리는 법을 배워야 한다. 두려움은 너의 적이 될 거야."

한가운데 있던 소녀만 푸른색으로 남은 채 사람들의 모습이 붉게 변했다. 엘사는 그 소녀의 두려움을 느낄 수 있었다. 이것이 엘사의 운명을 뜻하는 것이었을까? 붉은 무리가 그 소녀에게 다가갔다. 엘사는 비명 소리를 들었고, 그 이미지는 산산이 부서졌다. 엘사는 아버지의 가슴에 얼굴을 묻었다.

"안 돼!"

아버지가 말하고는 어머니를 쳐다보았다.

"우리가 엘사를 지키겠소. 엘사도 마법을 통제하는 법을 배울 수 있어요. 장담합니다. 모두에게 엘사의 능력을 감추겠소."

아버지가 엘사를 보고 잠시 말을 멈추었다가 덧붙였다.

"안나에게도."

"싫어요! 제발, 안 돼요! 다시는 안나를 다치게 하지 않을게요. 약속해요."

엘사가 빌었다. 너무 가혹했다.

"이건 벌이 아니야, 아가. 아버지와 파비 할아범의 이야기를 들었잖아. 우린 너희 둘을 모두 보호해야 해."

어머니가 말했다.

엘사는 자신의 진짜 모습을 안나에게 감추고 싶지 않았다. 안나는 엘사의 재능을 믿어주었다. 부모님을 제외하면, 안나는 엘사가 자신의 능력을 나눌 수 있는 유일한 존재였다. 누구와 눈을 만들지? 안나가 없으면 이 재능은 전혀 재미있는 것이 아니었다.

"안나에게는 이 편이 안전해, 엘사. 너희 둘 모두에게."

파비 할아범이 엘사에게 말했다. 엘사는 파비 할아범이 안나의 머리를 만지는 것을 고통스럽게 바라보다가, 그의 손을 뿌리쳤다. 아버지가 엘사의 등을 토닥거렸다.

"힘들겠지. 하지만 넌 용감한 아이야. 안나에게 가장 좋은 것을 너도 원하잖아, 그렇지?"

'내겐 안나가 필요해. 나를 이해해주는 유일한 존재니까.'

엘사는 이렇게 생각했다.

"네, 하지만 안나는 제 능력을 나눌 유일한 사람이에요. 그걸 빼앗지는 말아주세요."

"괜찮아질 거야, 엘사."

엘사의 아버지가 약속했다. 마치 바람 소리와 같은, 휘파람 소리가 나더니, 그들의 머리 위로 얼음처럼 푸른 구름이 만들어졌다. 엘사는 그 구름을 보고 자신의 마법을 떠올렸다. 엘사는 스쳐 지나가는 자신과 안나의 이미지들을 보았다. 대연회장에서 눈을 가지고 노는 모습, 바닥에서 스케이트를 타는 모습, 올라프를 만드는 모습……. 모두 마법이 없이는 불가능했던 일들이었다. 파비 할아범은 안나의 머리에서 그 기억들을 어떻게 꺼낼 수 있었을까?

눈 깜짝할 사이에 엘사와 안나의 기억들이 바뀌었다. 대연회장의 기억은 안나가 밖에서 썰매를 타는 기억으로, 실내에서 둘이 함께 스케이트를 타던 기억은 근처 연못가에 나갔던 기억으로, 방 안에서 올라프와 놀던 기억은 숲에서 눈사람을 만드는 기억으로 자연스럽게 바뀌었다. 둘의 기억들이 지워지고 있었다. 엘사는 도저히 참을 수 없었다.

"안 돼, 제발!"

손가락 끝이 따뜻하게 따끔거리는 것을 느끼며, 엘사가 소리쳤다. 푸른빛이 엘사의 손 위를 맴돌았다.

"걱정 마라. 재미있던 기분은 남겨둘 테니."

파비 할아범이 약속했다.

하지만 중요한 것은 재미가 아니었다. 두 사람이 함께 엘사의 재능을 나누었다는 것이 중요했다. 그런데 지금 트롤의 지도자가 그 기억을 없애고 있는 것이다. 엘사는 마치 자신이 눈을 뭉치던 것처럼 파비 할아범이 그 이미지들을 휘저어버리는 것을 고통스럽게 바라보았다. 파비 할아범이 천천히 자신의 손을 안나의 머리 쪽으로 가져갔다. 어떤 일이 벌어질지 엘사는 이미 알고 있었다. 파비 할아범이 안나에게 손을 대자, 오래된 기억들이 새로운 기억들로 대체되었다. 안나와 엘사를 이어주던 끈이 영원히 끊어지고 있었다.

"안 돼!"

엘사가 아버지의 팔을 뿌리치며 소리쳤다. 파비 할아범의 손가락이 안나의 이마를 스치려는 순간 엘사의 손과 닿았다.

"엘사, 안 돼!"

아버지가 소리쳤다. 어머니가 허둥대며 엘사에게 손을 뻗었다. 하지만 이미 늦었다.

빛이 폭발하면서 주변의 바위들이 흔들거렸다. 골짜기 양쪽에 있던 산들에서부터 암석들이 떨어져 내리기 시작했다. 트롤들은 숨을 곳을 찾아 달려갔다. 빛이 점점 밝아지다가 수만 개의 작은 별들처럼 터져버렸다. 그것이 엘사의 세상이 암흑으로 사라지기 전에 엘사가 본 마지막 장면이었다.

Chapter 14

엘사

엘사는 마치 오랫동안 물속에 잠겨 있었던 것처럼 숨을 토해내며, 선명한 기억에서 깨어났다. 그녀는 깊게 숨을 들이마시며, 기억하려고 애를 썼다.

"엘사! 엘사!"

올라프가 엘사 곁에 서 있었다.

"너 쓰러졌었어! 괜찮아?"

누군가 엘사의 방문을 두드리고 있었다.

"엘사 공주님! 엘사 공주님! 괜찮아요?"

한스였다.

"공주님? 우리 목소리가 들리십니까?"

피터센 경이었다.

"네! 금방 나갈게요."

엘사는 떨리는 목소리로 외쳤다.

얼마나 오랫동안 정신을 잃었는지 가늠하기 어려웠다. 엘사는 일어나 앉았지만 온몸이 젤리 같았다. 살을 베듯 날카로운 기억이었다. 엘사의 능력은 새로 생겨난 것이 아니었다. 그녀의 부모님은 처음부터 엘사가 가진 능력에 대해 알고 있었는데, 어찌된 영문인지 엘사는 잊고 있었던 거였다. 그 진실이 고통스럽게 엘사를 집어삼켰다.

엘사는 목이 메었다.

"안나는 내 동생이었어. 내 마법이 그 애를 죽였던 거야."

Chapter 15

안나

안나의 두 뺨이 흥분으로 달아올랐다. 오늘은 대관식 날이었기 때문이다.

많은 사람들이 가게 문을 일찍 닫고는 거리에서 음식을 나누고, 좋은 친구들을 만나고, 춤을 추면서 기쁨을 만끽할 계획을 세웠다. 안나의 어머니는 여러 개의 케이크를 준비했고, 고란은 구운 돼지고기를 가져왔으며, 아버지는 여러 명의 류트(16세기에 유럽에서 유행했던 악기의 일종-옮긴이) 연주자들과 이야기를 나누었다. 찬란한 여름날, 흥분된 분위기가 안나에게까지 느껴졌다.

지도자 없이 3년을 보낸 끝에 아렌델은 마침내 여왕을 맞이

하게 되었다.

대관식 날은 새로운 시작과 상쾌한 출발의 날이었다. 안나는 머잖아 자신도 새 출발을 하게 되기를 바랐다. 3년이 빨리 지나가기를.

"고맙다, 안나!"

시나몬 롤이 담긴 가방을 건네는 안나에게 에릭센 부인이 말했다.

"나중에 파티에서 보자."

"밤에 봬요!"

안나가 제과점 문을 열고 밖으로 나가는 에릭센 부인에게 말했다. 그런데 열린 문틈으로 순록과 함께 서 있는 청년이 보였다. 둘 다 문을 등지고 있었다. 크리스토프였다!

크리스토프가 오다니, 안나는 믿을 수가 없었다. 안나는 앞치마에 손을 닦고 서둘러 밖으로 나가 스벤과 크리스토프가 나누고 있는 이야기를 듣게 되었다.

"그래, 가서 말을 걸어볼 거야. 아마도. 그런데 너, 불다, 파비 할아범……. 너희들은 이게 무지 쉬운 것처럼 말하더라! 연애 박사들이라면서 사실은 다들 계곡을 떠난 적도 없잖아."

크리스토프가 씩씩거렸다.

스벤이 콧방귀를 뀌었다.

"안녕."

안나가 끼어들었다. 크리스토프는 연한 파란색 셔츠와 깔끔한 바지를 입고 있었다. 안나는 밀가루와 아이싱으로 뒤덮인 앞치마 아래에 초록색 드레스 차림이었다. 머리는 이틀 전에 땋은 그대로였다.

"나를 찾고 있었어? 그러니까, 내 말은…… 여기 있는 걸 보니, 아마…… 배가 고픈가?"

크리스토프는 곧바로 얼굴이 붉어졌다.

"뭐? 맞아. 그러니까, 아니. 난……."

그는 당근 한 다발을 들이밀었다.

"빚진 걸 갚고 싶었을 뿐이야."

"아! 그럴 필요는 없었는데…… 으악!"

스벤이 밀치는 바람에 안나가 크리스토프의 품으로 넘어졌다. 두 사람이 뒤로 넘어지면서 안나의 부모님이 빵가게 밖에 쌓아둔 밀가루 포대들 위를 덮쳤다.

"어색하네."

안나가 말하고는 버둥거리며 일어섰다.

"그래도 넌 멋지니까. 잠깐, 뭐라고?"

안나는 이런 말을 덧붙이다가 깜짝 놀라 주제를 바꿨다.

"여기 온 이유가 오직 그거야? 당근 갚으려고?"

"아. 어……."

크리스토프는 마차 불빛과 마주친 순록 같았다. 스벤은 계속 콧방귀를 뀌어댔다.

"여기 계속 머물지는 못해. 아렌델로 배달을 가야 해서 산 아래로 내려갈 거야."

"산 아래로?"

안나가 끼어들었다.

"나도 거기 가는데! 아, 오늘은 아니고 3년 후에. 난 아렌델에 내 빵가게를 열 거거든."

"3년 후?"

"그래. 우리 부모님은 내가 가게를 이어받기를 원하시지만, 난 언젠가 하몽을 떠나고 싶어."

크리스토프가 안나를 쳐다보았다.

"넌 얼음을 팔면서 왕국 전체를 보잖아! 하지만 나는 늘 이곳에 처박혀 있다고."

"하지만 여기는 살기 좋은 곳이잖아. 거리에서 지내면서 자갈 투성이 들판에서 자라면 언제나 사람들에게 헛간에서 재워달라고 사정해야 한다고."

"뭐라고?"

"아무것도 아니야."

크리스토프가 시선을 돌렸다. 안나는 프레야 없는 삶을 다시 떠올렸다. 진정으로 사랑하지 않는 곳에서 한순간도 더 허비하고 싶지 않았다. 안나는 땋은 머리를 만지작거렸다. 3년이 너무나 길게 느껴졌다.

"이봐, 네 머리."

크리스토프가 다가왔다.

"아."

안나는 이 질문에 익숙해져 있었다.

"흰 줄? 태어날 때부터 그래. 우리 부모님이 그러셨어. 내가 갓난아기일 때 입양하셨거든. 난 트롤이 입맞춤을 해주는 꿈을 꾸었지."

크리스토프의 눈이 휘둥그레졌다.

"방금 '트롤'이라고 했어?"

그는 이야기를 더 들으려고 서둘러 안나를 따라갔다.

Chapter 16

엘사

"안나가…… 죽었어?"

올라프가 말했다. 엘사는 가슴 아파하는 올라프의 표정을 보며 입술 사이로 흐느낌이 터져 나왔다.

"내가 안나를 죽인 것 같아."

엘사의 손가락 위로 푸른빛이 나타나더니 얼음이 새어나와 벽을 타고 올라가고 바닥도 덮었다. 문밖에서 기다리던 사람들은 더 세게 문을 두드리고 있었다. 엘사는 지금 누가 보든 상관하지 않을 만큼 슬픔에 사로잡혀 있었다.

안나는 죽었다. 부모님이 엘사에게 여동생의 존재를 숨긴 것도 그 때문이었다. 어머니가 언제나 쓸쓸해 보였던 것도 당연했다. 엘사가 가족의 삶을 영원히 바꿔놓은 것이다. 그런 일을 저지른 엘사를 부모님은 어떻게 용서할 수 있었을까?

잠깐.

엘사는 울음을 멈추고 안뜰 분수에 있는 가족의 조각상과 복도에 걸려 있는 가족의 초상화를 떠올렸다. 둘 다 가족은 세 명뿐이었다. 부모님은 그런 예술품에 안나도 담아서 안나의 기억을 간직하고 싶지 않았던 걸까? 왜 잃어버린 공주에 대해 사람들은 이야기하지 않았던 걸까? 왜 부모님은 원래의 초상화를 엘사의 비밀상자 속에 숨겨두었던 걸까? 안나에 대해 한마디라도 언급하는 사람이 아무도 없었다. 사실, 어머니는 사람들이 물어볼 때마다 엘사 이후 아이를 가질 수 없었다고 말하지 않았던가.

"이건 말이 안 돼."

의문들이 정신없이 몰려왔다. 심장박동이 빨라지는 것을 느끼던 엘사의 귀에 회오리 소리가 들려왔다. 뭔가를 놓치고 있었다. 그게 대체 무엇일까?

"사람들이 늘 나를 보호하려고 했던 건 알아. 하지만 어떻게 왕국 전체가 내게 여동생이 있었던 것을 잊을 수가 있었지?"

"나도 몰라."

올라프가 폴짝거리며 다가왔다.

"어쩌면 이 편지가 설명해줄지도 몰라. 네가 초상화를 떨어뜨렸을 때, 그 아래에 이게 있더라."

"편지?"

나뭇가지로 된 올라프의 손에 양피지 한 장이 들려 있었다. 엘사는 그 글씨체를 바로 알아보았다. 어머니의 글씨였다.

"엘사!"

피터센 경과 한스가 함께 엘사를 부르며 다시 문을 두드렸다.

"엘사, 괜찮아요? 대답해봐요!"

엘사는 대답하지 않았다. 떨리는 손가락으로 올라프의 손에 들려 있던 편지를 집으려는데 문에서 열쇠가 찰랑거리는 소리가 들렸다. 심장이 요동치는 가운데 엘사는 편지를 빠르게 훑었다. '트롤들, 살아 있는 바위의 계곡, 오랫동안 숨겨온 이 비밀' 같은 단어들을 지나치며, 자신이 찾던 것이 나올 때까지 계속 훑어 내려갔다.

너와 네 여동생을 너무나 사랑하지만, 너희 둘을 갈라놓을 수밖에 없는 상황이었지.

'우리를 갈라놓았다?'

그건 안나가 살아 있다는 뜻이 아닌가? 웃음과 울음이 동시에 터져 나오기 시작했다. 엘사는 혼자가 아니었다. 여동생이 있었던 것이다!

"올라프! 살아 있어! 안나가 살아 있어!"

엘사가 말했다. 문밖은 더욱 시끄러워졌다. 올라프가 이를 드러내고 웃음을 터뜨렸다.

"어디 있어? 안나를 찾아야지!"

"맞아! 맞아!"

엘사는 편지를 다시 내려다보았다.

사랑하는 엘사, 네가 이 편지를 읽고 있다면, 우리는 여기 없겠구나. 그렇지 않다면…….

엘사의 침실 문이 활짝 열렸다.

올라프가 옷을 갈아입는 곳으로 뛰어 들어가면서, 엘사의 손에 있던 편지가 바닥으로 떨어져버렸다. 한스가 방문을 밀고 들어왔다.

"엘사! 무슨 일입니까? 괜찮아요?"

한스의 얼굴에는 두려움이 가득했다.

"괜찮아요!"

방으로 들어오려는 피터센 경, 게르다, 공작과 함께 한스를 문밖으로 밀어내며 엘사가 말했다. 그러고는 복도로 나가 등 뒤로 문을 닫았다. 카이와 올리나도 그곳에 있었다. 그러자 엘사는 궁금해졌다. 이 사람들도 이 비밀을 알고 있었을까? 안나에 대해서도, 안나가 어디에 있는지도 알고 있을까?

피터센 경이 자신의 가슴을 움켜쥐며 말했다.

"우린 공주님이 다치신 줄 알았어요."

"아니에요. 괜찮아요. 괜찮은 정도가 아니죠. 정말로요."

엘사가 엉겁결에 웃으며 말했다.

"그럼 왜 대답을 안 했어요?"

한스가 물었다. 공작은 자신의 안경 너머로 엘사를 노려보았다.

"우린 한스 왕자의 프러포즈에서 도망치는 거라고 생각했지."

"프러포즈?"

엘사가 다시 되물었다. 그제야 우당탕거리는 올라프의 소리를 듣고 황급히 방 안으로 들어가기 전에 엘사가 그들과 나누었던 이야기들이 한꺼번에 떠올랐다.

"나는……."

엘사는 편지를 읽어야 했다. 엘사의 부모님이 두 딸을 갈라놓아야 했던 상황이 무엇이었을까? 안나가 살아 있다면, 어디에 있는 것일까? 엘사는 편지를 당장 읽어야 했다.

"그래요. 한스 왕자가 대답을 기다리고 있잖소."

공작이 말했다.

"제 생각에 이 대화는 대관식 이후로 미뤄야 할 것 같습니다."

한스가 말했다.

"맞아요. 예배당으로 가야 되니까요."

피터센 경이 공작에게 말해주었다. 게르다가 엘사의 팔을 잡았다.

"공주님, 얼굴이 붉어지셨네요."

"한스, 난……."

엘사의 시선이 왕자와 다른 사람들에게 차례대로 옮겨갔다. 엘사의 머릿속에는 어머니의 편지뿐이었다.

"난 시간이 필요해요."

"그만큼 오래 사람들을 밀어냈으면 충분하다고 생각하는데. 그렇지 않소?"

공작이 단호하게 말했다. 엘사는 공작의 말에 분노가 치밀어 올랐다.

"공주님께 그렇게 말씀하시면 안 됩니다."

한스가 말했다. 두 사람이 언쟁을 하기 시작했다. 엘사는 간절하게 방문을 돌아보았다. 문 안쪽에는 엘사의 과거를 열어줄 열쇠들이 담긴 편지가, 문밖에는 엘사의 미래를 결정하려고 씨름 중인 한스와 공작이 있었다. 엘사의 손가락이 따끔거리기 시작했다. 이번에는 엘사도 자신의 감정을 참을 수가 없었다. 당장 그 편지를 읽어야 했으니까.

"지금 당장은 하지 않겠어요. 이제 모두들 가보세요."

엘사가 몸을 떨며 말했다.

공작이 엘사의 팔을 잡았다.

"공주, 만약 내가……."

엘사의 몸을 타고 전율이 파도처럼 밀려들었다. 드레스의 높은 목선 주위가 엄청나게 가렵기 시작했고, 엘사의 감정은 통제할 수 없이 격해졌다.

"아니, 안 됩니다. 나는 내 방으로 돌아가겠어요. 당신도 떠나요."

"떠나라고? 대관식이 시작되지도 않았는데?"

공작이 분노했다.

"공주님, 다시 방으로 돌아가실 시간은 없어요."

피터센 경이 간청하듯 말했다.

"주교님이 기다리고 계세요."

카이가 말했다.

"공주님? 괜찮으세요?"

게르다가 자신 없는 목소리로 물었다.

아니, 엘사는 괜찮지 않았다. 엘사는 그 편지를 읽어야 했다.

'너희 둘을 갈라놓을 수밖에 없는 상황이었지.'

엘사는 안나를 찾아야 했다. 두 사람은 너무나 오랫동안 떨어져 있었다. 엘사는 앞에 있는 사람들을 보다가 다시 자신의 방문을 쳐다보았다.

엘사는 필사적인 심정으로 사람들 사이를 밀치고 나가려고 했다. 그런데 소매가 너무 조여왔다. 팔을 움직일 수도 없었다.

"엘사, 기다려요."

한스가 엘사에게 손을 뻗다가 실수로 엘사의 장갑 한쪽을 벗기고 말았다.

"내 장갑 줘요!"

엘사가 당황했다. 한스가 장갑을 내밀었다.

"뭔가 불편한가 보군요. 그냥 제게 털어놓아요. 도와줄게요."

"공주님! 주교님이 기다리고 있어요."

피터센 경이 말했다.

"위즐튼은 가까운 무역국이니, 내가 대관식에 참석해야 되는데……."

공작이 중얼거렸다.

게르다가 말했다.

"공주님이 불편해하시잖아요."

엘사는 두 눈을 감고 속삭였다.

"그만."

하지만 공작은 계속 떠들었다.

"나는 스스로 은둔한 공주가 가장 극적인 순간에 모습을 드러내도록……."

엘사는 공작의 말을 멈추어야 했다. 머릿속에 들리는 거라곤 오직 편지에 적힌 어머니의 이야기뿐이었다.

우린 너와 네 여동생을 너무나 사랑해.

여동생. 여동생. 엘사에겐 여동생이 있었다! 다른 어떤 것도 상관없었다. 엘사는 사람들을 밀쳐내고 복도를 걸어갔다. 사람들의 목소리들이 들려왔다.

"공주님, 기다리세요!"

카이가 소리쳤다.

기다리는 것은 이제 그만. 엘사는 그 편지를 읽어야 했다. 여동생. 여동생. 호흡이 거칠어지고 손가락은 너무나 심하게 따끔거렸다.

"엘사 공주님!"

한스가 불렀다.

"그만하라고 했잖아!"

엘사의 두 손에서 세게 날아간 얼음이 바닥을 가로지르더니 삐죽삐죽하고 구불구불한 고드름으로 튀어 오르며 엘사와 사람들 바로 앞에 장벽을 만들었다. 한스는 가슴을 곧장 찌를 듯이 위협적인 뾰족한 얼음 끝을 뛰어넘었다. 공작은 바닥에 넘어졌다. 꽁꽁 얼어붙은 얼음 조각들이 공중에서 떠다니다가 가만히 바닥으로 떨어졌다.

엘사는 두려움에 숨이 막혔다.

그녀의 비밀은 이제 더 이상 비밀이 아니었다.

"주술."

엘사는 공작이 속삭이는 소리를 들었다. 일어서려고 낑낑대는 공작의 얼굴에 분노가 가득했다.

"저게 이유였군. 뭔가 미심쩍은 일이 일어나고 있을 줄 알았어!"

엘사가 자신의 손을 움켜잡았다. 한스와 눈이 마주친 엘사는 혼란스러워하는 그의 눈빛을 읽었다.

"엘사?"

그가 속삭였다. 엘사는 도망치기 시작했다. 복도를 달리던 엘사는 눈에 보이는 가장 가까운 문을 열어젖혔다.

"저기다!"

사람들이 소리쳤다. 엘사는 정신없이 궁전을 빠져나왔다. 엘사와 부모님의 조각상 앞에는 수백 명의 사람들이 기다리고 있었다. 엘사를 보고 사람들이 박수를 치며 환호하기 시작했다. 엘사가 뒤로 물러났지만, 곧바로 목소리들이 들려왔다. 한스, 카이, 공작, 피터센 경이 뒤따라오고 있었던 것이다. 선택의 여지가 없어진 엘사는 대관식 드레스를 손으로 잡고 계단을 내려가 인파 속으로 뛰어들었다.

"저기 있다!"

누군가 소리쳤다.

"엘사 공주님!"

사람들이 엘사에게 허리를 숙여 인사했다. 엘사는 군중에게서 벗어날 길을 찾느라 사방을 두리번거렸다. 한 남자가 그녀를 막아섰다.

"우리의 여왕님!"

엘사의 심장이 쿵쾅거렸다. 엘사는 다른 쪽을 돌아보았다. 한 여인이 아기를 품에 안은 채 앞으로 나왔다.

"폐하."

그녀가 다정하게 말했다. 엘사는 곧바로 어머니와 안나가 떠올랐다.

"괜찮으세요?"

그 여인이 물었다.

"아니요."

엘사가 속삭이듯 대답하고는, 재빨리 좌우를 살폈다. 뒷걸음치다가 가족의 조각상이 있는 분수에 부딪힌 엘사는 넘어지지 않으려고 두 손을 뻗었다. 그 순간, 분수의 물이 얼어붙었다. 하늘 높이 솟아오르던 물줄기가 마치 엘사를 잡으려는 듯 엘사를 향해 뻗어나가다가 공중에서 얼음 덩어리로 변해버렸다. 백성들은 비명을 질렀다.

"저기 있다! 막아!"

궁전 계단에서 공작이 소리쳤다.

한스와 피터센 경을 보고 엘사는 망설였다. 엘사의 안전망인 한스를 위험에 빠뜨릴 수는 없었기 때문이다. 그 누구도 위험하게 할 수는 없었다. 어디로 달아나야 할까 생각했지만, 그녀는 온통 사람들로 둘러싸여 있었다. 모두들 모르는 걸까? 엘사는 지금 자신의 힘을 조절할 수가 없었다. 엘사는 홀로 있어야 했다.

"제발, 내 곁에서 물러나요. 물러나!"

엘사의 두 손은 더 많은 눈을 쏟아냈다. 궁전의 계단들에 눈이 쌓이더니 모두를 얼려버릴 기세로 번졌다. 엘사의 손짓으로 공작이 다시 넘어지면서 그의 안경이 공중으로 날아갔다. 엘사는 충격에 휩싸여 거친 숨을 몰아쉬었다.

공작이 일어나 앉아 안경으로 손을 뻗으며 소리쳤다.

"괴물이다. 괴물이야!"

엘사는 괴물이 아니었다. 엘사는 단 한 사람도 다치게 하고 싶지 않았다. 자신을 이해해줄 사람을 찾아 두리번거렸지만, 아무도 없었다. 그녀의 백성들은 겁먹은 모습이었다. 엘사에게 다정하게 말을 걸었던 여인도 엘사에게서 자신의 아기를 숨겼다.

여동생.

한때 엘사에게 마법의 능력이 있다는 것을 알고 있었던 안나. 안나는 분명히 엘사를 다시 이해해줄 것이다. 엘사는 무슨 수를 써서라도 안나를 찾아야 했다.

엘사가 다시 달리기 시작했다. 궁전 안뜰을 지나 마을에 도착할 때까지 엘사는 멈추지 않았다.

"엘사! 엘사!"

한스의 목소리가 들렸지만 엘사는 계속해서 달렸다. 엘사는 물가로 이어지는 계단을 내려가 눈 앞에 물 말고는 아무것도 보이지 않을 때까지 달렸다. 이제 더 이상 갈 곳이 없었다. 한스가 다가오는 것을 보고 뒤로 물러서다가 그만 엘사의 발이 물에 빠지고 말았다. 그러자 물이 곧바로 얼어붙었다. 엘사는 작은 얼음 결정들이 퍼져나가는 모습을 놀란 눈으로 내려다보았다. 엘사가 한 발 더 움직이자 바람이 휘몰아치며 눈이 내리기 시작했다. 얼음이 다시 퍼져나가며 엘사가 달아날 길이 만들어졌다. 엘사는 그 얼어붙은 길을 밟았다.

"기다려요, 제발!"

애원하며 엘사를 따라오는 한스 뒤에는 피터센 경이 있었다. 눈은 더 거세게 내리고 있었다.

"엘사, 멈춰요!"

엘사는 이제 멈추지 않을 것이다. 여동생을 찾는 것이 이 세상에서 가장 중요한 일이었으니까. 대관식에 대한 생각들도 모두 사라졌다. 엘사는 심호흡을 하고 발아래 얼음이 깨지지 않기를 기도하며 얼음 위를 계속 달렸다. 얼음이 단단하게 얼어붙은 채로 엘사가 달리는 대로 뻗어나갔다. 망토를 휘날리며, 피오르드 넘어 짙은 어둠 속으로 들어가는 동안, 엘사의 단호한 의지가 혈관을 타고 온몸으로 번졌다.

Chapter 17

안나

갑자기 크리스토프와 안나의 발밑이 우르릉거렸다. 머리 위로 새떼가 빠르게 날아갔다. 길 건너에서 다람쥐 가족이 급하게 옆을 스쳐가자 스벤도 코를 힝힝거리며 안절부절못하기 시작했다. 누군가의 비명 소리가 들리더니 엘크 한 마리가 달려가는 것이 보였다. 스벤도 정신없이 달아났다.

"스벤!"

크리스토프가 소리쳤다. 안나와 크리스토프는 스벤을 쫓아 마을 광장까지 나왔다. 집과 상점에서 사람들이 뛰쳐나왔다. 새들과 동물들은 숲에서 뛰쳐나와 사방으로 도망치기 시작했다.

"무슨 일이지?"

우르릉거리는 소리가 더 커지자 안나가 물었다. 태양이 구름 뒤로 가려지고, 나무들 사이로 차가운 바람이 휘몰아쳤다.

"저것 봐!"

누군가 산 아래를 가리켰다.

화창한 여름날, 어찌된 영문인지 피오르드가 얼어붙고 있었다. 푸른빛이 바다 위를 맴돌면서 물이 얼고, 항구에 정박해 있던 배들이 옆으로 쓰러졌다. 별안간 산등성이도 얼어붙기 시작하더니 차가운 기운이 마을 쪽으로 번져왔다.

"얼음."

크리스토프가 속삭였다.

안나는 무슨 일이 일어나고 있는지 이해하지는 못했다. 그러나 자신들에게 다가오는 것이 무엇이든 거기서 벗어나야 한다고 생각했다.

"다른 사람들에게 알려야 해, 빨리! 스벤!"

안나가 소리쳤다. 스벤이 안나에게로 곧장 달려왔다. 안나는 스벤의 등에 올라탔다.

"어이! 기다려!"

크리스토프가 안나와 스벤을 뒤쫓았다.

"달려, 스벤! 마을까지!"

"대피하세요!"

안나가 소리치는 사이, 푸른빛이 점점 다가오더니 얼음이 그들을 추월할 듯 바로 뒤까지 번져왔다.

"모두들 안으로 들어가세요!"

크리스토프도 안나와 스벤을 따라잡아 안나 뒤에 올라탔다.

바람이 휘몰아치자 사람들이 달리기 시작했다. 온도가 급격하게 떨어지고 하늘은 온통 회색으로 변했다. 별안간 휘익 하는 소리가 들렸다. 스벤이 갑자기 멈추는 바람에, 크리스토프와 안나는 끝없이 밀려오던 푸른 연무 속에 던져지고 말았다. 하늘이 눈으로 가득 차고 주변까지 돌풍이 불어닥치는 사이, 안나와 크리스토프는 발밑에서 쩍쩍 갈라지며 뻗어나가는 얼음 위에서 버티기 위해 안간힘을 썼다.

안나는 이 괴물 같은 폭풍이 지나가기를 기다렸지만, 이제는 눈까지 내리고 있었다. 한여름이었다. 안나의 심장이 심하게 쿵쾅거렸다.

'아렌델에 무슨 일이 일어나고 있는 거지?'

3일이 지났지만, 안나는 아직도 걱정을 하고 있었다. 지난 72시간 동안 안나는 밖의 광경을 창문으로 내다보았다. 앞이 보이지 않을 정도의 폭설과 얼음이 지붕을 덮고, 바닥에 쌓이고, 높은 눈 더미를 만들었다. 얼음이 탁탁거리며 만들어낸 거대한 고드름들은 금방이라도 지붕을 무너뜨리고 바닥으로 떨어져 산산조각 날 것 같았다.

"안에 있어."

빵가게 문밖에서 매서운 바람이 불자 아버지가 안나와 어머니에게 말했다.

"최대한 오랫동안 불을 살려두고 최대한 많은 빵을 구워놓자. 양식이 필요하니까. 이 날씨가 얼마나 계속될지 누가 알겠니?"

무서운 기세로 불이 타오르고 있었지만, 집 안은 겨울날보다도 추웠다.

"닭과 가축을 헛간으로 옮겨서 정말 다행이지만, 그래도 엄청 추울 거야."

어머니가 두 팔을 문지르며 말했다.

안나는 창밖을 내다보았다. 거리가 텅 비어 있었다. 사람들이 최선을 다해 눈을 치워보려고 했지만, 집 앞에는 눈이 더 높게 쌓여가고 있었다. 사람들은 만일에 대비해서 집 밖으로 나가는 길을 만들어두려는 것이었지만, 이런 날씨에 과연 갈 곳이 있을지 안나는 궁금했다. 얼어 죽을 테니까.

"얼음을 배달하는 녀석이 자기 순록까지 데리고 들어오는 바람에 헛간이 무지무지 붐벼."

안나가 고개를 들었다.

"크리스토프는 헛간에서 자는 걸 좋아한대요."

안나가 농담을 했다. 어머니가 호기심에 안나를 바라보았다.

"둘이 서로 알아?"

안나는 다시 창밖을 내다보며 자신의 붉어진 얼굴을 어머니가 보지 못하게 했다.

"조금이요. 집 안으로 들어오면 좋을 텐데."

아버지가 난로에 장작을 하나 더 던져 넣었다. 장작더미가 위험할 정도로 줄어들었다. 곧 밖으로 나가 나무를 더 베어 와야 했다.

"들어오라고 했는데, 순록을 혼자 둘 수 없다더라."

"이해가 안 돼요. 어떻게 한여름에 이렇게 눈이 내릴 수가 있어요? 아렌델이 저주를 받은 거예요?"

안나가 묻자 어머니와 아버지가 서로를 쳐다보았다.

"세상에 저주 같은 건 없죠, 그렇죠?"

안나가 강조했다. 안나는 왠지 부모님이 자신에게 이야기해 주지 않는 뭔가가 있는 것만 같았다.

누군가 세게 문을 두드렸다. 아버지와 어머니는 다시 서로를 쳐다보았다. 아버지는 창가로 달려가 밖을 내다보았다.

"문 열어줘! 어서!"

어머니가 문을 열자마자, 눈과 바람이 어머니를 덮쳤다. 어머니는 전력을 다해 문을 잡고 있었다. 두 명의 남자가 모자와 장갑, 그리고 여러 겹의 목도리로 머리부터 발끝까지 둘둘 감싸고는 집 안으로 들어왔다. 그렇게 무장했음에도 여전히 그들은 몸을 덜덜 떨고 있었다.

"눈이 점점 더 심하게 내리고 있어. 금세 지붕까지 쌓이겠어."

얼굴을 감싸고 있던 목도리를 풀며 고란이 말했다.

"말도 안 돼. 그렇게 눈이 많이 온 적은 없잖아."

얼른 따뜻한 차 한 잔을 건네며 어머니가 말했다.

"우리에게 저주가 내린 게 분명해."

라슨 씨의 표정이 암울했다.

"맞죠!"

안나의 말에 안나의 부모님이 불편한 표정을 지었다.

"이런 엄청난 냉기가 아렌델에서부터 산을 타고 올라왔잖아. 한여름에 내리는 엄청난 눈을 저주 말고 뭘로 설명할래? 엘사 공주님의 대관식에 무슨 일이 생겼던 거야. 확실해!"

라슨 씨가 말했다.

"공주님의 소식이든 뭐든, 아렌델에서 전해주러 온 사람도 없었잖아."

고란도 맞장구를 쳤다.

“아마도 이런 날씨라면 공주님을 잃었을 수도 있어.”

엘사 공주는 그들의 미래였다. 안나도 자신의 희망을 엘사 공주에게 걸고 있었다.

“공주님은 무사하실 거예요. 그렇죠, 어머니?”

어머니는 아버지를 바라보고 있었다.

“당연히 공주님은 안전하시지. 아마도 갑자기 불어닥친 눈보라에 바쁘실 거야.”

안나는 다시 창밖을 내다보며, 자신이 사랑하는 아렌델 쪽을 보았지만, 산비탈은 온통 얼음으로 뒤덮인 채 하얗기만 했다. 마치 아렌델이 사라져버린 것처럼.

“그렇다면 왜 모든 마을에 전갈을 보내지 않지? 우리는 계속 이렇게 지낼 수는 없어. 장작도 떨어져가는데. 우리가 심어놓은 곡식들은 지금쯤 다 죽었을 테니, 앞으로 다가올 진짜 겨울에 대비할 수 없게 되었어.”

“몇 주 안에 식량이 바닥날 거야. 피오르드도 모두 얼어붙었으니, 배가 들어오지도, 도움을 청하러 나가지도 못해. 이 날씨라면 말들도 오래 버티지 못할 거고. 우린 글렀어.”

라슨 씨가 암울하게 말했다.

“아버지, 누군가 아렌델로 가서 무슨 일인지 알아봐야 해요.”

아버지는 안나의 어깨를 어루만지며 미소를 지으려 애썼다.

"빵가게에 가서 장작이 아직 타고 있는지 보고 오겠니?"

"아버지……."

아버지는 안나의 말을 끊었다.

"지금 가봐. 걱정 말고."

안나가 부엌을 향해 느릿느릿 걸어갔다. 뒤를 돌아보니 남자들과 어머니가 벽난로 옆에서 조용히 이야기하고 있었다. 벽 틈을 통해 들어오는 바람에도 얼음이 탁탁거리며 번졌다. 저주라고? 그런 게 가능한 것이었을까?

안나는 라슨 씨와 같은 생각이었다. 날씨, 그리고 산을 타고 올라온 얼음에는 자연스럽지 않은 뭔가가 있었다. 어쩌면 저주가 진짜 있는지도 모를 일이었다. 하지만 대체 누가 혹은 무엇이 아렌델을 파괴하려는 것일까? 그리고 그들은 얼마나 더 버틸 수 있을까?

한 가지는 분명했다. 누군가 아렌델로 가서 해답을 찾아야 한다는 것.

아버지는 궁전으로 가서 도움을 구할 상태가 전혀 아니었다. 고란과 라슨 씨도 나이가 많았고. 이런 날씨에 돌아다녀본 누군가가 필요했다. 얼음을 잘 다룰 줄 아는 사람.

크리스토프.

안나는 다시 사람들을 돌아보았다. 안나가 빵가게로 연결된 문 근처에 서 있는 것을 아무도 알아차리지 못했다. 안나가 조용히 위층으로 올라가 옷장에서 가장 따뜻한 모자와 망토, 그리고 장갑을 꺼내는 것도 모두들 보지 못했다. 그들은 대화에 너무나 몰두한 나머지 안나가 빵가게에서 물과 빵, 그리고 채소들을 담는 것도 모르고 있었다. 한마디 말도 없이 안나는 문을 열었다. 안나가 거의 뒤로 날려갈 정도의 바람이 불었다. 안나는 맨얼굴에 느껴지는 추위에 놀랐지만, 뒤집힌 손수레들에 의지하며 천천히 헛간을 향해 발걸음을 옮겼다.

헛간에 도착한 안나는 작은 모닥불 주변에 옹기종기 모여 있던 스벤과 다른 동물들에게 류트를 연주해주는 크리스토프의 모습을 보았다. 그는 안나를 보고는 너무 놀라 들고 있던 악기를 떨어뜨렸다.

“이 날씨에 밖에서 뭐 하고 있는 거지?”

안나의 이빨이 딱딱 맞부딪히고 있었다. 안나는 몸을 따뜻하게 하려고 두 팔을 문질렀다.

“나를 아렌델에 데려다줬으면 해서.”

그는 한숨을 내쉬며 류트를 집어 들었다.

“난 사람 배달은 안 하는데.”

안나는 식량이 들어 있는 가방을 크리스토프에게 던졌다.

그가 움찔 놀라며 어깨를 문질렀다.

"미안!"

안나는 마음을 바꾸지 않고 크리스토프에게 다가갔다.

"날 산 아래로 데려다줘, 제발."

스벤이 바닥에 떨어진 안나의 가방을 밀고 오자 크리스토프가 가방을 열었다. 가방 속에는 당근, 밧줄, 얼음도끼가 들어 있었다. 그가 궁금하다는 듯 안나를 쳐다보았다.

"있잖아, 우린 이 겨울을 멈출 방법을 찾아내야 해. 너도 봤잖아, 얼음이 아렌델에서 시작된 거. 대관식에서 무슨 일이 일어났기에 이런 상황이 생겼는지 알아야 한다고. 이건…… 마법인 거 같아."

크리스토프가 비웃지 않아서, 안나는 계속 이야기를 이어갔다.

"무슨 일이 일어나고 있는지 알아내서 우리 왕국을 지켜야 해."

크리스토프가 눈 밑까지 모자를 끌어당겼다.

"새벽에 출발한다."

안나는 헛간 선반에서 말 담요를 가져다가 그에게 던져주었다. 담요가 다시 크리스토프의 얼굴에 맞았다.

"미안! 미안! 미안해! 그럴 의도는……."

안나가 헛기침을 했다. 더 이상 낭비할 시간이 없었다.

"지금 출발해. 지금 당장."

안나가 아렌델에 가는 것이다. 그동안 계획해왔던 방법대로는 아니었지만. 안나는 저 아래에 있는 누군가가 자신을 필요로 한다는 것을 직감했다. 확실하게 느낄 수 있었다.

Chapter 18

엘사

엘사의 감정이 주변에 두껍게 쌓이고 있는 눈만큼이나 빠르게 휘몰아치고 있었다. 발이 닿는 순간 물이 유리처럼 단단하게 얼어붙는 피오르드 위를 엘사는 달렸다. 머리 위로 달이 떠오를 때까지 깊은 숲을 향해 멈추지 않았다. 조금이라도 빨리 궁전에서도, 마을에서도, 자신이 알고 있던 하나뿐인 삶에서도 멀어지기를 바랐다.

안나는 살아 있었다. 안나를 찾는 것보다 중요한 것은 없었다. 차가운 바람이 그녀의 보라색 망토를 얼굴 위로 휘감아 올리며 시야를 막았다. 엘사는 망토를 옆으로 치우고 자신의 위치를 확인해보았다. 자신이 있는 곳이 어디인지 몰랐지만 상관

없었다. 아무도 따라오지 못하도록 계속 달려야 했다. 또 다른 돌풍이 엘사를 옆으로 밀었다. 휘몰아치는 바람 소리가 마치 누군가의 목소리 같았다.

'괴물! 괴물!'

공작의 목소리가 엘사의 머릿속에서 메아리쳤다. 대관식 날이었지만 머리에 왕관을 얹고 여왕이 되는 대신 그녀는 자신의 능력을 드러내고 아렌델에서 도망쳤다. 아렌델 왕국은 엘사가 어쩌다가 만들어버린 깊은 얼음 속에 갇혀버렸다. 엘사의 마법은 얼음을 만드는 것이었다. 그 능력으로 날씨도 바꿀 수 있는 것이었을까? 경외심과 걱정이 동시에 밀려왔다. 한여름이었다. 사람들이 눈에 대비하지 않을 시기였다. 백성들은 어떻게 대처하고 있을까? 겁에 질려 있을까?

괴물. 이제 그것이 백성들이 생각하는 엘사일까? 엘사는 단검처럼 주변으로 뻗어나가는 얼음을 보던 피터센 경의 얼굴이 기억났다. 한스 역시 엘사의 두 손 위에 나타나던 푸른빛과 방 안으로 밀려 들어오던 눈을 보고 크게 놀랐었다. 엘사는 위즐튼 공작이 사람들에게 자신에 대해 어떻게 말할지 상상이 되었다. 그들은 모두 엘사를 안다고 생각했었던 사람들이었다. 진정으로 엘사를 아는 사람은 아무도 없었는데.

안나는 알고 있을까?

그때 엘사에게 이런 생각이 들었다. 안나는 자신이 아렌델의 공주라는 것을 알고 있을까? 아니면 엘사가 그랬던 것처럼, 안나도 어둠 속에서 지냈을까? 부모님은 안나에 대해 엘사가 알아내기를 바랐던 것이 분명하다. 그렇지 않다면 그 초상화를 감추지도, 엘사의 비밀상자에 그 편지를 남기지도 않았을 테니까. 둘은 왜 떨어져 지내게 되었을까?

'어떻게 그 편지를 두고 올 수가 있지?'

엘사는 또다시 자신을 비난했다.

'그리고 올라프도!'

만약 누군가 엘사의 방에서 올라프를 발견하기라도 한다면……. 엘사의 심장이 마구 뛰기 시작했다. 손가락 위로 푸른빛이 나타났다. 엘사는 두 손을 털며 정신을 집중하려고 했다. 스스로의 마법에 휘둘릴 수는 없었다.

올라프를 구하고 편지를 찾아오는 유일한 방법은 궁전으로 다시 돌아가는 것이었다. 엘사는 집을 향해 방향을 돌렸다. 아니, 그럴까 생각해보았다. 눈도 뜰 수 없는 눈보라로 아렌델은 보이지도 않았다. 이래서는 궁전으로 돌아가는 길을 찾을 수 없을 것이다.

길을 찾는다 해도……. 괴물. 공작은 엘사를 그렇게 불렀다. 만약 피터센 경과 다른 각료들도 공작과 같은 생각이라면? 엘사는 아마도 왕위를 잃고 지하 감옥에 갇히게 되겠지. 안나도 절대 찾지 못하고.

"심호흡을 해."

엘사가 자신에게 그렇게 속삭이자 그녀의 두 손에서 푸른빛이 사라졌다.

올라프는 숨는 것에 있어서는 선수였다. 지난 몇 년 동안, 엘사와 올라프는 누군가 엘사를 찾아오면 올라프가 숨을 수 있는 장소들을 여러 개 만들어놓았다. 이제 누군가 문밖에서 부르는 소리만 들려도 올라프는 바로 숨었다. 게다가 엘사의 부모님이 돌아가신 후로 엘사의 방에 들어오는 사람은 아무도 없었다. 사람들이 엘사의 방을 들여다볼 가능성도 없었고. 엘사는 올라프가 그 모든 소동을 듣고 편지를 챙겨 숨어 있기를 바랐다. 상황이 잠잠해지면 엘사가 올라프를 데리러 갈 테니까. 엘사가 절대 자신을 버리지 않을 것을 올라프도 알고 있었다. 문제는 편지였다.

'생각하자, 엘사.'

엘사는 너무나 흥분한 나머지 처음에는 제일 중요한 것, 바로 안나가 존재한다는 증거만 찾으며 편지를 훑어내려 갔었다. 하지만 눈여겨보았던 문구들이 몇 개 있었다. 트롤들에 대한 내용들이었다. 그 부분은 이해가 되었다. 환영 속에서 엘사는 많은 트롤들과 함께 파비 할아범이라고 불리는 트롤의 지도자를 보았으니까. 엘사의 가족들은 말을 타고 강을 건너 산을 올랐다. 그리고 계곡에 이르러 그를 찾았다. 엘사 앞에 펼쳐진 산맥은 멀고 장엄해 보였다. 아마도 그곳에 파비 할아범이 있을 것이다!

멀리 크고 장엄한 노스마운틴이 어렴풋이 보였다. 한여름에도 정상은 눈으로 덮여 있었다. 그곳까지 오르려는 사람들은 거의 없었다. 바꿔 말하면, 그곳까지 엘사를 따라올 사람은 없을 거라는 뜻이었다. 그 산은 고립의 왕국이었고 엘사가 그곳의 여왕 같았다. 엘사는 트롤들을 만날 때까지 혹은 다리의 힘이 빠질 때까지 멈추지 않을 것이다. 엘사는 지치지 않았다. 어차피 추위는 엘사를 괴롭히지 못하니까.

이틀 동안 엘사는 눈을 헤치며 걸은 끝에 노스마운틴 기슭에 도착했다. 그런데 그곳에는 더 큰 문제가 기다리고 있었다. 암석을 오를 장비가 없었던 것이다. 하지만 엘사에겐 다른 것이 있었다. 바로 능력!

엘사는 야생 한복판에서 자신의 능력을 숨길 필요가 없었다. 자신의 비밀을 숨기며 방 안에 갇혀 지냈던 엘사에게 갑자기 자유롭게 자신의 마법을 사용할 기회가 생긴 것이다.

엘사는 두 손을 내려다보았다. 장갑은 한 손에만 끼워져 있었다. 너무나 오랫동안 엘사의 장갑은 그녀의 능력을 '지켜주는' 도구였다. 이제는 그만 벗을 때가 되었다. 엘사는 장갑을 벗어 바람에 날려 보냈다. 마침내 자유였다.

엘사는 손을 허공으로 올리고 초대형 눈송이를 공중에 만든 뒤 띄워 보냈다. 다른 손을 들어 눈송이를 하나 더 만들어 날아가는 모습을 지켜보았다. 계속 눈송이를 만들어내던 엘사는 자신이 가진 마법의 가능성이 무한함을 알게 되자 얼굴에 미소가 번져나갔다. 이제 엘사는 진정으로 자신의 재능을 사용할 수 있었고 자신이 무엇을 할 수 있는지도 볼 수 있게 되었다.

엘사가 눈으로 흩어지는 결정체들을 상상하자 엘사의 두 팔에 푸른빛이 감돌았다.

'더 크게 생각해.'

얼음 줄기를 산비탈로 쏘면서 엘사가 생각했다.

'또 무엇을 할 수 있을까?'

'뭐든지. 내가 생각하는 건 모두!'

엘사는 이렇게 자신이 살아 있음을 생생히 느껴본 적이 없었다.

엘사는 공중으로 계속 눈을 날리며 노스마운틴 기슭 가까이 달려가다가 갑자기 멈춰서서 수십 미터 깊이의 협곡을 내려다보았다. 또다시 그녀의 망토가 바람에 휘날리며 얼굴을 때렸다. 망토는 산꼭대기에서 아무 쓸모가 없는 물건이었다. 엘사가 망토를 잠그고 있던 브로치를 풀자 망토가 산비탈 너머 어둠 속으로 날아갔다. 협곡은 폭이 거의 30미터는 되어 보였다. 뛰어넘는 것은 불가능했다. 하지만 엘사의 능력이 있는데 뛰어넘는 것이 대수겠는가?

아주 오랫동안 엘사는 자신의 능력을 누군가가 알게 될까 두려워했었다. 하지만 다시 회복된 기억 속에서 엘사의 가족들은 그녀의 능력을 재능으로 여기고 있었다. 이제 그 이유를 알 것 같았다. 궁전 안에 겨울왕국을 만들 수 있었다면, 산꼭대기에 얼음 궁전을 만들지 못할 이유가 없지 않은가?

엘사는 협곡 사이를 이어주는 얼음 계단을 상상했다. 이것이 가능할까? 예전에 안나가 믿어주었던 것처럼 엘사가 자신의 능력을 믿는다면 무엇이든 가능했다.

엘사는 심호흡을 하고 몇 걸음 물러났다가 눈 덮인 산꼭대기를 향해 달리기 시작했다.

'계단.'

엘사는 그렇게 생각하면서 두 손을 앞으로 뻗어 공중으로 올라가는 여러 개의 얼음 계단을 만들었다. 마법을 잠시 멈춘 엘사는 조심스럽게 첫 번째 계단을 밟았다. 엘사는 견고한 계단 위를 달리면서 계속 손을 뻗어 노스마운틴 꼭대기까지 이

어지는 계단을 만들어냈다. 이제 엘사의 손과 마음이 완벽하게 하나가 되어서 꼭 필요한 순간에 꼭 필요한 것을 만들어내게 되었다.

마침내 엘사가 꼭대기에 도착했을 때 트롤은 보이지 않았다. 하지만 숨 막히는 경치가 눈앞에 펼쳐졌다. 거의 누구도 올라오지 못했을 높은 곳까지 엘사가 올라온 것이었다. 저 멀리 마치 점처럼 작게 아렌델이 보였다. 아직 트롤들을 찾지는 못했지만 노스마운틴은 엘사가 잠시 쉬며 안나를 찾을 방법을 생각하기에 아주 좋은 장소처럼 느껴졌다. 엘사는 경치만큼이나 아름다운 궁전을 짓고 싶었다. 새로워진 자신의 모습을 보여주는 궁전을. 어머니가 엘사의 능력을 재능이라고 부르지 않았던가? 분명 재능이었다. 게다가 이 산꼭대기에서는 그 재능을 감춰야 할 이유도 없었다.

엘사가 눈 위를 힘껏 밟자 발밑에 거대한 눈송이가 펼쳐졌다. 눈송이는 점점 넓게 퍼져나가 엘사의 새로운 보금자리를 위한 토대가 되었다. 공중으로 솟아오르는 요새를 상상하자 엘사가 상상한 그대로 경이로운 얼음 궁전이 높이, 그리고 넓게 모습을 갖춰갔다. 화려하게 장식된 기둥들과 아치들은 아렌델 궁전보다 훨씬 더 아름다웠다. 뾰족한 첨탑으로 궁전의 지붕을 만들 때까지 엘사는 생각해낼 수 있는 모든 디테일로 자신의 집을 채웠다. 마지막으로, 엘사는 거대한 눈송이를 만들어 가장 정교한 샹들리에로 바꿔놓았다.

자신이 만든 공간에 선 엘사는 아직도 무언가가 남았음을 깨달았다. 삶을 위한 새로운 공간은 만들어냈지만 정작 자신의 모습은 아무것도 바꾸지 않았던 것이다. 엘사가 불편했던 머리 모양을 잡아당기자, 여러 가닥의 머리카락이 얼굴 주변으로 흘러내렸다. 단단하게 묶여 있던 머리를 등 뒤로 풀어헤쳤다. 이제 너무 오랫동안 엘사를 무겁게 짓누르고 있던 드레스도 벗어버릴 차례였다.

두 손을 흔들며, 엘사는 자신의 성격과 스타일에 맞는 새로운 드레스를 상상했다. 뭔가 가볍고 자유로운 것으로. 그러자 드레스의 끝단에 얼음 결정체가 달린, 연한 파란색으로 은은하게 빛나는 새로운 드레스가 만들어졌다. 근질거리던 높은 칼라와 부자유스럽던 긴 소매도 없애버렸다. 새 드레스는 목이 드러나고, 느슨한 소매로 바뀌었다. 가볍고 얇은 망토에는 독특한 눈송이 패턴이 들어가 있었다.

요새와 드레스를 모두 완성해갈 때쯤, 산맥 너머로 태양이 떠오르기 시작했다. 엘사는 여러 발코니들 중 하나로 걸어가 새로운 왕국의 장엄한 모습을 감상했다.

'안나도 이곳을 마음에 들어 할 거야.'

엘사는 만족스러웠다. 눈과 얼음을 내다보며 엘사는 파비 할아범과 트롤들이 있을 곳을 생각해보았다. 노스마운틴 꼭대기에 숨어 있는 것이 아니라면 어디에 있을까?

엘사는 발코니의 얼음 난간 위를 손가락으로 두드리며 자신의 환영을 다시 떠올렸다. 아버지와 어머니, 엘사와 안나가 트롤들을 찾아 산을 올랐던 그 밤, 아버지는 지도를 들고 있었다.

'생각해, 엘사. 아버지가 무엇을 찾고 있었지? 우리가 어디로 갔었지? 무슨 계곡이었는데.'

살아 있는 바위의 계곡! 엘사는 그 이름을 편지에서 봤었다. 그곳이 파비 할아범이 숨어 있는 곳이 분명했다. 노스마운틴까지 걸렸던 시간을 토대로 계산해보면 살아 있는 바위의 계곡은 적어도 하루는 걸어가야 되는 거리에 있을 것이다. 그곳으로 가기 위해서는 다시 산을 내려가야 했다. 엘사는 자기도 모르게 하품을 했다. 이제 엘사에게는 잠이 필요했다. 그 잠에서 깨어나면 엘사는 또 다른 여정을 시작할 것이다. 바로 엘사를 여동생에게로 이끄는 여정을.

Chapter 19

안나

"이거 진짜 좋네!"

안나가 크리스토프 옆자리에 올라 앉아 그의 썰매를 감탄하듯 바라보았다.

크리스토프의 썰매는 안나의 아버지가 가지고 있는 것보다 훨씬 좋았다. 썰매 윗부분은 반들거리는 짙은 나무로 되어 있었고 아랫부분은 검은색과 붉은색 바탕에 테두리를 따라 베이지색 삼각형들이 그려져 있었다. 그 모양을 보고 안나는 이빨을 떠올렸다. 망가뜨리면 안 되는 썰매임이 분명했다. 안나가 뒤로 던진 배낭이 크리스토프의 붉은 류트와 그의 가방, 그리고 등산용품들 옆으로 떨어졌다.

"조심해! 하마터면 내 류트를 망가뜨릴 뻔했잖아."

크리스토프가 소리를 질렀다. 안나가 움찔했다.

"미안! 류트를 가지고 가는 줄은 몰랐어. 며칠간 네가 연주할 시간이 있을까 모르겠네."

크리스토프가 안나를 째려보았다.

"스벤과 내 물건들을 전부 가지고 다니는 거야. 이제 겨우 썰매 값을 다 갚았으니, 아무것도 망가뜨리지 마."

"알았어, 미안."

안나는 두 손을 무릎 위에 포갰다. 집에서 장갑을 챙겨 나와 다행이었다. 안나는 아렌델을 구해보겠다고 허락도 없이 집을 나온 것을 부모님이 이해해주시기를 바랐다. 안나가 완전히 낯선 사람이나 다름없는 얼음 배달부와 함께 하몽을 떠났다는 것을 알면 그다지 좋아하시지는 않을 테지만 말이다.

안나는 마음이 이끄는 대로 결정했다. 직감인지 모르겠으나 안나는 누군가가 자신을 찾고 있다는 것을 알았다.

썰매가 어딘가에 부딪히면서 안나가 크리스토프에게로 쓰러졌다. 잠시 그와 눈이 마주친 안나의 두 뺨이 화끈거리며 두 사람은 서로 시선을 피했다. 안나는 크리스토프와 멀찍이 떨어졌다.

"꽉 잡아. 우린 빠르게 달리니까."

그가 고삐를 잡아채며 정면을 보고 말했다. 안나가 바라는 것이 바로 빨리 가는 것이었다. 안나는 아렌델로 가서 이 날씨가 어디서 생겨난 건지 알아보고, 부모님이 걱정하기 전에 하몽으로 돌아와야 했으니까.

안나는 결국 마을을 떠나고 있었다! 안나는 두 발을 썰매 앞부분에 올려놓았다.

"빠른 거 좋지."

크리스토프가 안나의 부츠를 쿡쿡 찔렀다.

"야, 야, 야! 발 내려놔. 새로 칠한 거란 말이야. 그나저나, 넌 헛간에서 자랐어?"

그가 안나가 발을 얹었던 곳에 침을 뱉고 열심히 닦았다. 그의 침이 안나의 눈에까지 튀었다. 안나는 벙어리장갑 뒷면으로 얼굴을 닦았다.

"아니, 난 빵가게에서 자랐지. 너는?"

"여기서 멀지 않은 곳에서 컸어. 긴장 늦추지 마. 늑대들이 오는지 봐야 하니까."

안나가 한숨을 내쉬었다. 크리스토프는 자신에 대한 이야기는 아무것도 하지 않을 테니까. 안나는 정말 생판 모르는 사람과 아렌델로 가고 있는 셈이었다.

한참 후 두 사람은 누군가의 헛간에 잠자리를 마련했다. 크리스토프는 헛간을 써도 되는지 허락도 구하지 않았다. 그러고는 해가 뜨기 전에 다시 길을 나섰다. 안나는 점점 더 가까워지는 아렌델을 바라보았다. 오후가 되어 궁전이 시야에 들어오자, 안나는 너무나 놀라 아무 말도 하지 못했다. 아렌델은 안나가 마음속에 그렸던 것과 똑같았다. 눈과 얼음까지 뒤덮인 궁전은 산맥 사이에 정말 아름답게 자리 잡고 있었다. 궁전을 둘러싸고 있는 마을은 하몽보다 열 배는 넓었다.

"와, 피오르드 좀 봐."

항구를 가리키며 크리스토프가 말했다.

여러 척의 배들이 꽁꽁 얼어붙은 물 위에 줄지어 있었다. 눈과 얼음으로 뒤덮여, 마치 배 무덤처럼 보이는 광경이었다. 으스스한 것은 마을도 마찬가지였다. 한낮이었음에도 날씨 때문에 밖에는 아무도 없었다. 가로등도, 엘사의 모습이 담긴 초록색과 금색의 깃발들도 모두 딱딱하게 얼어붙어 있었다.

"궁전의 안뜰을 찾아보자. 아마 거기 있는 사람들은 무슨 일인지 알 거야."

크리스토프가 제안했다.

"마구간 옆에 있는 정육점에서 오른쪽으로 꺾어."

안나가 말했다. 크리스토프가 놀라며 말했다.

"여기 온 적이 없는 줄 알았는데."

정육점은 바로 앞에 있었다. 마구간도 정육점 옆에 있었고. 안나는 아렌델에 온 적이 없었지만 모퉁이를 돌면 안뜰이 있다고 확신했다.

"온 적이 없어."

크리스토프는 안나가 알려준 대로 궁전의 안뜰로 들어갔다. 사람들이 성문 근처에 커다란 모닥불을 피워놓고 모여 있었다. 그는 썰매에서 내려 스벤에게 당근을 먹였다.

"가서 무슨 일인지 보자."

안나가 스벤의 등을 두드리며 말했다.

안나와 크리스토프가 모닥불 가까이 다가가 보니 초록색 유니폼을 입은 사람들이 줄을 서서 기다리는 마을 주민들에게 담요와 망토를 나눠주고 있었다. 따뜻한 차를 마실 곳을 알려주는 사람도 있었다. 안나는 분수를 보고는 깜짝 놀랐다. 분수의 물줄기가 아름다우면서도 소름끼치는 형태로 휘어진 채 얼어붙어 있었기 때문이다. 저런 모습으로 물이 얼어 있는 것은 한 번도 본 적이 없었다. 분수 한가운데에는 왕과 왕비, 그리고 어린 공주의 모습을 본뜬 청동 조각상이 서 있었다. 안나는 분수의 난간에 기대어 더 자세히 보았다. 그때 누군가가 소리쳤다.

"여왕이 이 나라를 저주했다!"

키가 작고 안경을 쓴 마른 남자가 흰 수염에 군복을 입고 궁전의 계단에 서서 사람들에게 말하고 있었다.

'여왕? 저주?'

안나도 그 사람 앞에 서 있던 사람들 사이로 들어갔다.

"공주님이 왜 아렌델을 망치려고 하겠소?"

누군가 물었다. 다른 사람들도 동의하며 수군거렸다.

"공주님은 그러지 않을 겁니다!"

다른 사람이 끼어들었다. 그 사람은 짙은 색의 머리에 배가 나왔다. 그는 키 작은 남자와 달리 친절해 보이는 인상이었다.

"사랑하는 백성들이여, 여러분의 공주님은 절대 여러분을 다치게 하지 않습니다. 공주님을 찾고 이 겨울을 끝내기 위해 우리는 최선을 다하고 있어요. 지난 며칠간 내가 말해온 것처럼, 궁전은 누구에게든 개방되어 있습니다. 궁전에는 모두를 위한 식량과 담요가 충분히 있어요."

"바보같이 굴지 마시오!"

키 작은 남자가 말을 가로채고는 다시 사람들에게 말했다.

"결국 식량도 바닥날 거요. 이 요상한 날씨 속에서 영원히 버틸 수는 없어!"

"위즐튼 공작의 말은 듣지 마세요."

"우린 어떻게 해야 되나요? 이 날씨에 내 채소들이 모두 죽어버렸단 말이에요."

아기를 망토로 둘러싼 여인이 말했다.

"한여름이라 우린 겨울을 대비하지 않았다고요."

한 남자가 소리쳤다. 공작이 미소를 지었다.

"두려워 말라! 서든아일스의 한스 왕자가 우리 모두를 구해 줄 것이니."

사람들이 건성으로 박수를 쳤지만 피터센 경은 뭔가를 중얼거리며 뒤로 돌아섰다. 한스 왕자가 사람들을 구해줄 거라는 말에 안나는 기뻤다. 하지만 어떻게? 그리고 누구에게서 구한다는 건가? 그가 날씨를 바꿀 수 있을까?

"죄송하지만, 한스 왕자가 누구예요?"

안나가 입을 열었다.

"뭐 하는 거야?"

크리스토프가 작은 소리로 사납게 말했다.

"답을 찾는 중이잖아."

안나는 그의 손을 잡고는 군중들 사이를 뚫고 궁전 계단 바로 앞으로 나왔다.

"왕자는 지금까지 꽤 오랫동안 아렌델에 머물며 이 왕국의 정사에 숙달한 사람이지. 감사하게도 이 상황에 뛰어들어 해결하겠다고 동의했다. 너무 늦기 전에 그녀를 막아야 하니까."

"누굴 막아요?"

안나가 물었다. 공작이 어깨를 추켜세웠다.

"그녀가 한 짓을 보지 못했나? 대관식을 위해 그렇게 많은 사람들이 모인 자리에서? 나를 거의 죽일 뻔했잖아!"

"아뇨, 죄송해요, 전 아무것도 못 봤어요. 우린 지금 산에서 내려왔거든요. 저는 저 위에 살아요."

안나는 거의 보이지도 않는 작은 점을 가리키며 말했다.

"여왕님의 대관식을 축하할 준비를 하고 있었는데 이 이상한 날씨가 불어닥친 거예요. 우리도 무슨 일이 생긴 건지 너무나 걱정이 되어서 그 이유를 알아보려고 여기 온 거고요. 그래서 죄송하지만, 누굴 이야기하신 건지 말해주세요."

"공주! 그녀는 괴물이야!"

공작은 마치 어린아이처럼 펄쩍 뛰었다.

"공주님이요?"

안나가 다시 물었다. 심장이 마구 뛰고 귀가 울리기 시작했다.

'공주님을 찾아야 해.'

느닷없이 그 생각이 떠올랐지만, 어떻게 그런 생각을 하게 됐는지는 안나도 알 수 없었다.

"공주님은 그러시지 않았어. 공주님은 그 누구도 해치지 않아. 겁이 나서 도망치신 거지만, 곧 돌아오실 거야. 자신의 백성들을 절대 내버려둘 분이 아니니까."

피터센 경이 끼어들었다. 그는 공작을 노려보았다.

"차기 여왕님을 괴물이라고 부르지 않았으면 합니다."

"공주가 피오르드를 얼렸잖아요! 이젠 항구에 배가 들어올 수도 나갈 수도 없다고요!"

한 남자가 말하자 또 다른 누군가도 외쳤다.

"공주의 마법으로 왕국 전체가 얼어붙어버렸어요. 이 사람들이 온 곳도 별로 다를 것이 없다면, 우린 정말 가망이 없는 거라고요!"

그때 크리스토프가 나섰다.

"잠깐. 지금 차기 여왕님이 이 눈보라를 만들었다는 거예요? 어떻게?"

"마법으로! 요술로!"

공작이 몹시 흥분하며 말을 이었다.

"자신의 마법을 들키니까 끝이 보이지 않는 겨울을 만들어 놓고 자기는 피오르드 건너로 날아가 버린 거지. 반드시 막아야 해! 한스 왕자가 공주를 따라갔어. 공주를 설득하기 위해서."

"공주님에게 마법의 능력이 있어요? 그래서 이 눈과 얼음을 전부 만들었고요? 와, 굉장하네요!"

안나가 말하자 공작이 눈을 찌푸리며 안나를 보았다.

"넌 누구지?"

크리스토프가 안나 앞으로 살짝 나섰다. 안나가 그의 옆구리를 쿡 찔렀다.

"당신만큼 이 겨울을 끝내고 싶은 사람이죠. 그리고 공주님을 위협하는 것은 어느 누구에게도 도움이 되지 않을 것 같은데요."

안나가 당당하게 말하자 공작이 험악한 표정을 지었다.

"한스 왕자가 돌아올 때까지 어디 가서 몸이나 좀 녹여라. 이 날씨에는 절대 산으로 돌아가지 못할 테니. 게다가 점점 더 추워지고 있고. 우리가 공주를 찾아서 이 미친 짓을 멈추게 할 때까지, 이 겨울은 끝나지 않을 거다."

그가 궁전으로 돌아가자 사람들도 흩어지기 시작했다.

"잠깐만요!"

안나가 소리쳤다. 공작은 안나를 무시했다. 안나는 그 남자에게서 뭔가 석연치 않은 것이 느껴졌다.

"한스 왕자님 혼자 공주님을 찾을 수 있겠어요?"

안나는 사람들을 뒤쫓아갔다. 아무도 안나의 말을 듣지 않았다. 안나는 크리스토프를 돌아보았다. 아직까지 그곳에 남아 있는 사람은 크리스토프와 피터센 경뿐이었다.

"만약 공주님이 이 겨울을 만들어낸 거라면, 분명 실수였을 거예요. 감당하지 못했던 게 분명해요!"

피터센 경은 모닥불 앞에서 두 손을 비벼가며 손을 녹였다.

"그리고 두려웠을 테지. 우리들이 어떻게 반응할지 두려워서 마법의 힘을 우리 모두에게 숨겼을 거야. 엘사만큼이나 사람들도 겁먹었으니까. 만약 엘사가 그냥 돌아와서 자신에 대해 이야기한다면……."

하늘을 올려다보는 그의 얼굴 위로 눈송이가 내려앉았다.

"난 그저 너무 늦기 전에 공주님을 찾기를 바라네."

안나는 눈으로 덮인 왕가의 청동 조각상을 다시 쳐다보았다.

"공주님의 마법과 능력으로 만들어낸 것들은 정말 아름다워요."

"사람들이 이런 날씨에 대비했었다면 그렇겠지. 한여름에 눈을 보고 싶은 사람은 아무도 없어."

크리스토프가 모닥불 가까이에 서서 말했다.

"그렇지. 원하지 않지. 한스 왕자가 공주님을 찾아서 우리와 함께 문제를 해결하자고 설득해서 데려오기만을 바랄 뿐이네."

피터센 경이 두 손을 비비며 말했다.

"공주님이 어디로 가셨을지 짐작하시는 곳이라도 있나요?"

"나는 공주님이 도망치는 모습을 보지 못했네. 하지만 공주님이 피오르드 건너 노스마운틴 쪽으로 달아나는 걸 많은 사람들이 보았지. 그곳은 누구도 오를 수 없는 곳인데."

그가 두 팔을 문질렀다.

"실례가 되지 않는다면, 나는 이만 안으로 들어가야겠네. 집으로 돌아가기 전에 꼭 뜨거운 차를 좀 마시게. 자네들이 떠나기 전에 날씨가 바뀌기를 바라네만."

"돌아가라고요? 하지만……."

안나는 아직 돌아갈 수 없었다. 눈보라가 마법으로 생겼다는 것을 알게 되었는데, 그냥 돌아갈 수는 없었다. 여름이 다시 돌아오도록, 그리고 공주님을 찾도록 도와야 했다.

안나는 공주님이 왜 두려워했는지는 이해했다. 하지만 어째서 공주님은 노스마운틴으로 간 걸까? 저 위에 뭔가가 있나? 소름이 돋았다.

'내가 공주님을 도와야겠어.'

궁전으로 다가갈수록, 결심이 굳어졌다. 이제 안나의 직감은 궁전 안으로 들어가라고 말하고 있었지만, 그건 말도 안 되는 소리였다. 사람들의 말이 맞는다면 엘사는 지금 노스마운틴 중간쯤에 있을 테니까. 하지만 궁전의 불 켜진 창문들과 아치길들을 보고 있자니 자석과도 같은 끌림이 느껴졌다. 안나는 궁전 안에서 무언가가 자신을 기다리고 있다는 것을 알았다.

"차를 좀 마실래?"

크리스토프의 물음에 안나의 생각이 멈췄다.

"하몽으로 돌아가서 사람들에게 무슨 일인지 알려주려면, 뭐라도 먹고 마셔둬야 하잖아. 스벤에게 먹일 당근도 좀 더 가져오고."

안나가 크리스토프 앞을 지나쳐 갔다.

"이봐! 어디 가는 거야?"

안나는 궁전 입구로 이어지는 계단을 올라갔다. 경비병도 보이지 않았고, 사람들은 모두 흩어진 후였다. 궁전 안으로 들어갈 절호의 기회였다.

"이봐, 이봐, 이봐! 초대받지도 않았으면서 궁전에 막 들어가면 안 돼!"

크리스토프가 급하게 안나를 막아섰다.

"초대받았어! 아니, 초대받은 거나 다름없지. 피터센 경이 필요한 사람 누구에게나 궁전이 열려 있다고 말했잖아?"

안나는 몸을 숙이며 크리스토프의 팔 아래로 빠져나가더니 계속 계단을 올라갔다. 안나를 막는 것은 아무것도 없었다. 아무도 모르게 궁전 안으로 들어간 다음…… 글쎄, 들어가야 했다.

"피터센 경은 도움이 필요할 때를 말한 거였잖아. 궁전 안으로 들어가란 뜻이 아니었다고."

크리스토프가 얼어붙은 계단 위를 미끄러져 나갔다. 하지만 안나는 안으로 들어가야 했다. 마치 궁전이 안나를 부르고 있는 듯했다. 안나는 온몸으로 느낄 수 있었다.

“문을 지키는 사람도 없잖아. 마치 누군가 우리에게 들어오라고 하는 것처럼 말이지. 잠깐만 있을 거야. 뭐 좀 볼 게 있어서 그래.”

“안나!”

크리스토프는 안나를 막으려고 했다. 하지만 안나는 마지막 계단까지 오른 후 문을 열었다. 안나는 궁전 안으로 들어간 순간 이상하게도 마음이 차분해졌다. 안나는 높은 아치형 천장을 올려다보았다. 현관의 중앙 계단은 양쪽으로 갈라지며 이층으로 연결되었다. 두 층 모두 벽면에 초상화들이 걸려 있었다.

‘난 여기 와본 적이 없는데. 이 공간이 왜 이렇게 익숙하게 느껴지는 거지?’

안나는 궁금했다. 중앙 계단을 다시 보던 안나는 느닷없이 맨발에 잠옷을 입은 빨간 머리의 소녀가 까르르 웃으며 계단을 내려오는 환영을 보았다. 안나는 깜짝 놀랐다.

“저건 나잖아.”

안나는 계단을 뛰어오르며 조용히 말했다.

“올라가지 마! 미쳤어?”

크리스토프가 안나의 팔을 잡았다가 안나의 표정을 보고 이렇게 물었다.

"왜 그래?"

그 환영이 사라졌다. 안나는 다리 힘이 풀렸다. 크리스토프가 안나를 일으켜 세웠다.

"무슨 일이야?"

"내 생각에…… 내가……."

안나는 방금 본 환영을 설명할 방법이 떠오르지 않았다. 왕실 가족의 초상화를 발견한 안나는 가까이 다가가 신기한 듯 바라보았다.

'프레야?'

안나는 숨이 막혔다. 왕비님과 프레야가 똑같이 생긴 것이다. 안나는 초상화를 만져보려고 손을 뻗었다가 짧은 환영을 보았다. 누군가가 안나의 초상화를 그리는 동안 발을 달랑거리며 벤치에 앉아 있는 어린 자신의 모습이었다.

"안나, 괜찮아?"

크리스토프가 물었다.

"내가 예전에 여기 온 적이 있는 것 같아."

안나는 쓰러지지 않으려고 그의 팔에 매달렸다.

"온 적이 있어?"

크리스토프가 조용히 물었다. 안나는 그를 바라보았다. 목소리에 힘이 없었다.

"아니."

"나가야겠다."

그가 걱정스러운 목소리로 말했다. 안나가 고개를 저었다.

"그럴 수 없어. 내가 찾아야만 하는 뭔가가 여기 있단 말이야."

안나는 크리스토프의 팔을 놓고 한 층 더 올라갔다. 이번에는 크리스토프도 안나를 막지 않았다. 그는 긴 복도를 지나치는 안나를 조용히 따라갔다. 안나가 또 다른 계단을 올라가는 동안 창문 밖으로 세찬 바람 소리가 들려왔다. 뾰족한 고드름으로 막혀 있는 벽을 보고 안나가 급하게 멈춰섰다.

크리스토프가 고드름의 날카로운 끝을 만지며 말했다.

"여기 무슨 일이 있었던 거지?"

"공주님이 그랬을 거야."

안나가 추측했다. 하지만 엘사를 그토록 두렵게 만들었던 것은 무엇일까? 엘사가 만든 얼음은 마치 조각품처럼 휘어지고 안나가 손가락을 댈 수도 없을 만큼 뾰쪽했다.

"겨울이 이렇게 마법 같다니."

"맞아……. 정말 아름다워, 그렇지?"

누군가 두 사람의 뒤에서 말했다.

"하지만 색깔이 너무 없어. 그러니까, 약간의 다양성을 좀 추가하면 어떨까? 즐거움은 모두 빼야 되는 거야?"

안나와 크리스토프가 뒤를 돌아보고는 곧바로 놀라 자빠졌다. 짧고 통통한 다리에 포동포동한 몸통, 길고 가느다란 머리에 당근 코가 달린 눈사람이 걷고 말을 하고 있었다. 눈이 내리는 구름이 그 눈사람을 따라다니고 있었고.

"진홍이나 연초록 같은 색도 괜찮고……."

그 눈사람이 걸어가면서 계속 중얼거렸다.

"노란색은 어떨까? 아니, 노란색은 아니다. 노란색과 눈? 에이, 안 어울려. 맞지?"

그가 안나를 향해 눈을 깜빡거렸다. 안나가 소리를 지르며 반사적으로 그의 머리를 발로 차는 바람에 머리가 몸통에서 떨어져 크리스토프의 팔에 안겼다.

"안녕!"

그 머리가 말했다.

"징그러워!"

크리스토프가 눈사람의 머리를 안나에게 다시 던졌다.

"난 싫어!"

안나가 다시 크리스토프에게 던졌다.

"다시 너한테!"

크리스토프가 다시 안나 쪽으로 던졌다.

"제발 나를 떨어뜨리지 말아줘."

눈사람의 몸통이 두 팔을 흔들며 안나에게 달려가는 동안 눈사람의 머리가 말했다. 안나는 마음이 아팠다.

"미안, 안 그럴게."

안나가 눈사람에게 말했다.

"괜찮아. 시작이 별로 좋지 않았네. 나를 다시 붙여주겠어?"

눈사람의 머리가 말했다.

눈사람의 몸통은 안나 옆에서 차분하게 기다리고 있었다. 안나는 팔을 길게 뻗어 눈사람의 머리를 몸통 위에 올렸다. 하지만 허둥대는 바람에 그만 머리를 거꾸로 놓고 말았다.

눈사람은 혼란스러워 보였다.

"잠깐, 내가 지금 뭘 보고 있는 거지? 너희들 왜 박쥐처럼 천장에 매달려 있어?"

안나가 무릎을 꿇고 앉았다.

"알았어, 잠깐만."

안나는 그의 머리를 제대로 돌려놓았다.

"오! 고마워! 이제 모든 것이 완벽하네!"

완벽이라니! 안나는 할 말이 없었다. 한여름에 눈이 내리고 있고, 공주에게는 얼음을 만드는 마법의 능력이 있으며, 지금 두 사람은 눈사람과 대화를 하고 있고, 안나는 아렌델 궁전 한복판에서 가장 이상한 기시감을 느끼는 중이었으니까. 안나는 눈사람을 자세히 들여다보았다. 머리와 앞니, 그리고 머리칼까지 왠지 익숙했다.

'내 꿈에 나왔던 눈사람이야! 이 눈사람이 내 쿠키에 영감을 준 거였어. 처음 만나는 건데 어떻게 그럴 수 있지?'

안나가 숨을 크게 들이쉬기 시작했다. 크리스토프가 안나를 이상하다는 듯 쳐다보았다.

"겁을 주려는 건 아니었어! 다시 시작하자. 모두, 안녕. 나는 올라프야. 난 따뜻하게 안아주는 걸 좋아해."

눈사람이 안나에게 말했다.

"올라프. 넌……."

올라프가 참을성 있게 안나를 바라보았다.

"아…… 음, 나는 안나야."

"안나? 아, 안나에 대한 뭔가를 기억해야 되는데. 그게 뭐였는지 모르겠네."

안나의 심장이 다시 빠르게 뛰기 시작했다. 안나는 올라프에게 다가갔다.

"그래?"

"그리고 너는……?"

크리스토프가 눈사람의 한쪽 팔을 잡아당기자, 올라프가 물었다.

"그 앤 크리스토프야. 나랑 함께 왔어."

안나는 눈사람이 계속 돌아다니는 모습을 바라보았다. 엘사가 눈을 만들어낼 수 있다면, 이런 눈사람도 만들 수 있었겠지.

"올라프, 엘사가 너를 만들었어?"

"응. 왜?"

"엘사가 어디 있는지 알아?"

안나는 숨을 죽였다.

"응. 왜?"

안나의 손에 땀이 나기 시작했다.

"우리에게 알려줄 수 있어?"

"우리가 여름을 다시 되찾으려면 엘사가 필요하거든."

크리스토프가 말했다.

"여름!"

올라프가 탄성을 내뱉었다.

"아, 난 왠지 여름이 좋더라. 그리고 태양도. 뜨거운 건 전부 좋아."

"진심이야? 더위를 경험해본 적이 별로 없나 보네."

크리스토프가 웃음을 터뜨리며 말했다.

"당연히 경험해봤지. 나는 겨울, 봄, 여름, 가을 전부 지내봤어. 늘 엘사의 창문 너머로 보기만 했지만. 가끔 난 눈을 감고 궁전 밖의 날씨가 어떨지 상상하곤 해. 하다못해 엘사의 방 밖이라도. 하지만 더 이상은 기다릴 수가 없어. 한스하고 공작이 엘사를 데리러 갔지만 엘사는 돌아오지 않았잖아. 그래서 내가 직접 엘사를 찾고 싶더라."

올라프가 안나를 쳐다보았다.

"엘사가 너를 찾고 있거든."

"나를? 나를 알지도 못하는데."

안나의 심장이 너무나 빨리 뛰어서 가슴 밖으로 튀어나올 것만 같았다. 안나의 머릿속으로 다시 이미지들이 스쳐 지나갔다. 안나가 계단에서 보았던 작은 소녀의 웃음소리가 들렸다. 그리고 다시, 누군가 안나를 그리는 동안 벤치에 앉아 있는 자신의 모습을 보았다. 어떤 것도 전에 일어난 적이 없던 일들이었다. 안나는 아렌델에도 궁전에도 와본 적이 없었지만 왠지 익숙하게 느껴졌다. 그리고 이젠 올라프까지 찾다니. 운명 같았다. 올라프가 왜 안나를 안다고 생각하는지는 알 수가 없었지만.

"올라프? 엘사를 찾는 걸 도와줄래?"

안나가 손을 내밀었다. 올라프는 안나의 손을 잡고는 계단을 향해 복도를 아장아장 걸었다.

"어서! 엘사가 이쪽에 있어. 가서 여름을 다시 찾아오자!"

크리스토프는 고개를 저으며 둘을 뒤따라갔다.

"말하는 눈사람의 말을 정말로 믿는 거야?"

안나가 그를 돌아보았다.

"그래! 아직 하몽으로 돌아갈 순 없어. 공주님을 찾아서 겨울을 멈추기 전에는."

크리스토프가 한숨을 내쉬었다.

"좋아. 하지만 스벤이 좋아하지 않을 거야."

안나는 아쉬운 눈길로 궁전을 바라보았다. 다시 돌아올 것 같은 느낌이 들었다. 자신의 목표가 무엇인지 아직 확실하진 않았지만, 우선 엘사를 찾아야 했다.

하지만 안나는 미처 알아차리지 못했다. 어둠 속에 서서 예상 밖의 삼총사가 궁전을 떠나는 모습을 지켜보고 있던 공작을.

Chapter 20

엘사

새로운 여정을 시작하면서 엘사는 자신에게 살아 있는 바위의 계곡을 찾을 방법이 없다는 것을 깨달았다. 그녀의 기억 속에서 뭔가 특별한 지형을 본 것도, 가족들이 지났던 길을 눈여겨봤던 것도 아니었기 때문이다. 기억 속의 엘사는 너무 어린 아이였으니까. 게다가 지금은 사방이 온통 눈으로 덮여 있어서 길을 찾는 것이 더 어려웠다. 엘사에게는 정말로 지도가 필요했다. 하지만 살아 있는 바위의 계곡이라는 마법 같은 장소가 평범한 지도에 표시되어 있을 리가 없었다.

방법은 하나뿐이었다. 그 산에 살며 그 지역에 대해 알 만한 사람을 찾는 것이었다. 엘사는 속도를 내기 위해 얼음 마법으로 자신을 산 아래로 데려다줄 썰매를 만들어냈다. 썰매가 숲 속을 가로지르며 속도를 높였다. 멀리 굴뚝에서 피어오르는 연기를 발견한 엘사는 곧장 그곳으로 향했다.

그 건물은 바람에 날려 와서 쌓인 눈으로 군데군데 뒤덮여 있었다. 현관에 걸린 간판에도 얼음이 얼어 있었다. 엘사는 손으로 얼음을 떼어내고 간판을 읽었다. 만약 안에 있는 사람이 엘사를 알아본다면? 이브닝드레스를 입고 상점 안으로 들어가는 것은 바로 탄로 나는 길이었다. 엘사는 손을 흔들어 모자가 달린 반짝거리는 감청색 망토를 만들었다. 엘사는 모자를 머리 위에 푹 눌러쓰며 사람들에게 알려진 자신의 얼굴이 가려지기를 바랐다. 그러고는 계단을 올라 상점 안으로 들어갔다.

똑같은 무늬의 스웨터와 모자를 착용한 남자가 계산대 뒤에 앉아 있었다.

"야호! 여름 물건, 창고 대방출 중입니다! 수영복, 슬리퍼, 제가 직접 만든 선크림. 모두 반값으로 드려요. 방한복을 찾으시는 거라면, 겨울용품 쪽은 남은 게 별로 없네요."

그는 한 짝뿐인 설상화가 덩그러니 놓여 있는 엉성한 상점 구석을 가리켰다.

엘사는 어두운 곳에 숨어 희미하게 불이 켜진 공간을 둘러보았다. 선반에는 얼음도끼부터 옷과 음식들까지 다양한 물건

들이 빼곡하게 채워져 있었다.

"지도가 필요해요. 혹은 살아 있는 바위의 계곡으로 가는 안내도라도."

그의 푸른 눈동자가 커졌다.

"아, 네, 지도가 있죠. 그런데 아가씨가 말한 곳은 모르겠는데요."

그는 큼지막한 두루마리를 엘사 앞에 펼쳐놓고 여러 지점들을 손으로 짚어주었다. 엘사의 썰매가 멈췄던 곳에서 바로 북서쪽에 암석 지대로 보이는 곳이 있었다.

"돌아다닐 날씨가 아니긴 하지만, 그래도 아가씨가 찾는 곳을 발견하길 바라요. 이 눈보라에 밖에 있을 만큼 정신없는 사람은 당신뿐이에요, 아가씨."

오큰이 한마디 덧붙였다.

"7월에 진짜 어이없네, 그렇죠? 이 추위가 대체 어디에서 오는 걸까요?"

"노스마운틴에서요."

엘사가 아무 생각 없이 중얼거리고는 오큰의 손에 동전 몇 개를 쥐여주었다.

"지도 감사해요."

그녀는 다시 천천히 밖으로 나와 망토를 벗어버렸다.

엘사는 다시 썰매에 올라 마법으로 속도를 높이고는 살아 있는 바위의 계곡으로 추정되는 암석 지대를 자세히 보면서 강을 건너 미끄러지듯 나아갔다.

천천히 경치가 변하기 시작했다. 눈으로 뒤덮인 나무들 대신 커다란 바위들이 나타났다. 뭔가가 익숙하게 느껴졌다. 엘사는 썰매를 멈추고 줄지어 선 나무들 뒤에 썰매를 숨겨두고는 계곡의 입구처럼 보이는 곳에 다다를 때까지 험준한 길을 따라 걸었다. 가까이 다가갈수록, 엘사는 제대로 찾아왔다는 것을 느낄 수 있었다. 그 계곡이 엘사의 기억 속의 계곡과 똑같아 보였기 때문이다. 넓게 펼쳐진 들판에 수증기가 피어오르는 간헐천들이 흩어져 있고, 왕국을 뒤덮은 급속한 냉기가 이곳에는 손을 대지 못한 것 같았다. 낮게 깔린 안개 때문에 잘 볼 수는 없었지만 엘사는 수백 개의 작은 바위들이 이상한 형태로 둥글게 모여 있는 것을 발견했다. 가까이 다가가면서 엘사의 호흡이 가빠졌다. 이건 엘사의 환영 속에서 엘사의 아버지가 트롤들을 불렀을 때 흔들리며 굴러오던 그 바위들이었던 것이다.

"안녕하세요?"

엘사는 다른 산등성이에서 메아리쳐오는 자신의 목소리를 들었다.

"당신의 도움이 필요합니다."

바위들은 움직이지 않았다. 그래서 엘사는 다른 방법을 시도해보았다.

"파비 할아범? 아렌델의 엘사 공주예요. 제 동생을 찾으려고요."

갑자기 바위들이 움직이기 시작했다. 바위들이 엘사를 향해 굴러 내려오기 시작하자 엘사는 뒤로 물러섰다. 커다란 바위 하나가 엘사의 발 앞에 멈춰서더니 트롤의 모습으로 바뀌었다. 다른 바위들도 모두 트롤로 모습을 바꾸었다. 노란색 크리스털 목걸이에 이끼 옷을 입은 트롤을 보고, 엘사는 자신이 찾던 트롤임을 단번에 알아차렸다.

"파비 할아범?"

엘사가 묻자 그가 고개를 끄덕였다.

"당신에게 도움을 구하러 왔어요."

"엘사 공주. 오랜만이구나."

"전 여동생을 찾고 있어요. 사람들은 그 애의 존재를 모르는 것 같지만, 전 그 애를 기억하거든요. 대관식 날 아침, 빨간 머리의 작은 여자애가 함께 그려진 초상화를 보고, 기억들이 물밀듯 되살아났죠. 전 그 애가 안나인 것을 단번에 알았어요."

파비 할아범이 고개를 끄덕였다.

"그랬구나."

"우리가 어렸을 때, 부모님이 우리를 데리고 당신께 도움을 구하러 왔었죠."

엘사의 눈에 눈물이 흘러내리기 시작했다.

"제가 실수로 안나를 다치게 했다는 건 알아요. 하지만 그 애를 다치게 할 마음은 없었어요."

"당연히 아니었지, 얘야."

파비 할아범이 다가오자, 엘사는 그 앞에 무릎을 꿇고 두 손으로 그의 손을 잡았다. 그의 손은 거칠고 차가웠다.

"전 안나가 저의 마법을 잊는 걸 원하지 않았죠. 그래서 어쩌다가 당신의 주문에 끼어들어서 제가 모든 걸 망쳐버린 게 분명해요. 그러면서 전 여동생도, 마법의 힘도 잃었고요."

"심각한 실수였던 거지."

"몇 해 전까지 제게 마법의 능력이 여전히 남아 있다는 것도 몰랐어요. 부모님이 돌아가시면서 갑자기 다시 나타났거든요."

엘사가 말했다. 너무나 고통스러운 기억이라서 말하는 것만으로도 상처가 되었다.

"네 부모님이 돌아가신 것은 우리도 모두 유감스럽게 생각했단다."

파비 할아범이 말했다. 그의 주변에 있던 트롤들이 고개를 끄덕였다.

"감사합니다. 부모님 없이 너무 힘들었어요. 여동생이 있다는 사실을 알게 되어 다시 희망이 생겼죠. 지금은 안나를 찾는 것 외엔 아무 생각도 나지 않아요. 저를 도와주실 수 있나요?"

"엘사, 너의 괴로움은 알겠다. 하지만 내 말을 들어라."

파비 할아범의 이야기에 트롤들이 모두 조용해졌다.

"넌 안나를 찾으면 안 돼."

엘사가 두 손을 뿌리쳤다.

"왜죠?"

"너희 둘을 갈라놓은 그 저주는 나조차도 완전히 이해할 수 없는 마법이야. 만약 네가 안나를 기억한다면, 그 마법도 사라지기 시작했을 거다. 하지만 너희 둘을 잡고 있는 그 저주가 끊어지기 전까지는, 네가 나서면 안 돼."

저주? 엘사가 원했던 것은 여동생을 보는 것뿐이었다.

"이해가 안 가요. 우리가 어떻게 저주를 받은 거죠? 제가 안나를 찾는 걸 정말로 도와주시지 않을 건가요? 안나는 제게 남은 유일한 가족이잖아요."

파비 할아범이 깊은 한숨을 내쉬었다.

"내가 하지 않는 것이 아니야. 못하는 거지. 그저 조금만 더 견디면 돼."

"견디라고요? 우린 몇 년 동안이나 떨어져 있었는데! 안나는 제게 남은 전부예요. 왜 마법을 써서 우리를 떨어뜨린 거죠?"

"얘야, 넌 너무나 많은 일들을 겪어왔지. 나도 알고 있어. 마지막으로 기억나는 모습이 뭐지?"

"제가 환영 속에서 본 마지막 모습은 안나의 기억을 지우려는 당신을 멈추게 하려고 제가 손을 뻗는 거였어요. 전 저의 마법이 안나를 죽였을까봐 두려웠어요. 그런데 안나가 살아 있다는 부모님의 편지를 발견했죠. 하지만…… 안나가 어디에 있는지, 우리가 왜 헤어졌는지 알아내기도 전에 도망쳐야만 했어요."

그가 다시 손을 내밀었다.

"어쩌면 그 나머지는 내가 채울 수 있겠구나."

그가 자신의 이마에 손을 댔다. 그러고는 이마에서 뗀 손을 허공을 향해 털었다. 푸르스름한 흰색 빛이 그의 손가락을 따라가다가 하늘로 퍼져나가더니 엘사와 트롤들이 볼 수 있도록 과거의 이미지를 만들어냈다. 엘사는 그 이미지가 무엇인지 곧바로 알아보았다. 엘사가 실수로 여동생을 쓰러뜨렸던 그 밤의 부모님과 안나, 그리고 자신의 모습이었다.

지금보다 훨씬 어렸던 자신이 안나의 기억을 지우려는 파비 할아범을 막기 위해 손을 뻗었다. 파비 할아범과 엘사의 어머니가 엘사를 막으려고 했지만 이미 늦어버렸다. 엘사의 손이 트롤의 손에 닿자 푸른빛의 폭발이 일어났다. 엘사의 기억은 거기에서 끝났지만 파비 할아범이 만들어내는 환영은 계속되었다.

엘사는 어린 자신과 파비 할아범이 뒤로 날아가는 모습을 보았다. 트롤들은 숨을 곳을 찾아 달아나고 아버지가 어머니와 안나를 감싸 안는 모습도. 자욱한 먼지가 걷히고 나자 어린 엘사는 의식을 잃은 채로 바닥에 쓰러져 있었다. 어머니는 안나를 조심스럽게 내려놓고 엘사에게로 달려갔다.

"내 딸에게 무슨 일이 생긴 거요?"

아버지도 달려왔다.

"나의 마법이 엘사의 마법과 연결되었어. 어떤 식으로든 마법이 변했을 거요."

파비 할아범이 숨을 헐떡이며 말했다.

"그게 무슨 뜻이오?"

아버지가 물었다. 엘사가 두려워했던 대로, 그들이 이야기하는 동안 안나의 몸이 발끝에서부터 서서히 얼어붙기 시작했다. 잠시 후, 얼음이 안나의 온몸을 뒤덮었다. 바로 그때 파비 할아범이 뒤를 돌아보았다.

"폐하, 엘사를 안으시오!"

그가 왕에게 소리쳤다.

"높은 지대로 뛰어가시오! 어서!"

아버지는 엘사를 두 팔로 안고 계곡 입구로 난 돌계단을 뛰어 올라갔다. 안나의 작은 몸이 서서히 얼음으로 변해가는 모습을 본 어머니가 안나에게 달려갔지만 막을 방법이 없었다. 파비 할아범도 마찬가지였다. 그 장면을 보는 엘사의 심장이 마구 뛰었다. 아수라장이 따로 없었다. 트롤들마저도 소리치며 두려워했다. 그런데 안나와 엘사의 몸이 멀어지자 안나의 몸을 덮고 있던 얼음이 녹는 것이 아닌가. 어머니는 안도의 눈물을 흘리며 안나를 들어 올려 꼭 끌어안았다.

"방금 안나에게 무슨 일이 생겼던 거죠?"

어머니가 소리쳤다.

파비 할아범은 안나 곁에 무릎을 꿇고 앉아 안나의 머리에 두 손을 얹었다. 안나를 바라보던 그의 시선이 엘사를 안고 있는 왕에게로 옮겨졌다. 모두가 지켜보는 가운데 파비 할아범은 왕에게로 다가가 자신의 손을 엘사의 머리 위에도 얹었다. 그가 왕비에게로 다시 내려가는 동안 계곡은 고요했다.

"파비 할아범, 무슨 일이죠?"

트롤 하나가 물었다.

"유감스럽게도 그들은 저주를 받았다."

파비 할아범이 낮은 목소리로 말했다.

“저주를 받았다고요? 어째서죠?”

“엘사와 나의 마법이 충돌하면서 생겨난 거요. 우리는 동시에 서로 다른 것을 마법으로 만들어내려고 했지. 나는 마법에 대한 안나의 기억을 지우려고 했고, 엘사는 그걸 지키려고 했고. 두 마법이 섞이는 바람에 완전히 다른 게 생긴 거요. 바로 저주.”

그는 왕과 왕비를 번갈아 보며 말을 이었다.

“엘사는 자신의 마법을 잊어버렸소.”

“그래도 엘사가 기억해내겠죠?”

어머니가 물었다.

“결국에는 그렇겠지. 지금은 동생 때문에 두려움을 느끼고 마법의 능력이 갇혀버렸지만. 이 이상한 저주가 사라질 때까지 엘사는 마법을 사용하는 법을 기억하지 못할 거요.”

“그게 언제가 되겠소?”

아버지가 물었다. 파비 할아범의 표정이 침통했다.

“엘사에게 동생이 그 어느 때보다도 절실하게 필요해질 때.”

“하지만 저 아이들은 지금도 서로가 필요한걸요.”

어머니가 말했다. 간절함이 고스란히 드러나는 목소리였다.

“우리가 원하는 것을 언제나 갖지는 못해요. 저주는 우리에게 그걸 가르쳐주지. 예측할 수가 없는 것이 마법인데, 특히 한

가지 이상의 마법이 서로 힘을 쓸 때 더 그렇지요. 저주는 자매에게 각각 다르게 영향을 준 걸로 보이는군. 안나가 엘사 가까이에 있으면 얼음이 안나의 심장까지 퍼질 거요. 그리고 결국 안나를 죽이겠지. 그리고 엘사는 몸은 괜찮을지 몰라도 여동생의 사랑이 없이 오래 버티지 못할 거요. 안나가 엘사의 가장 큰 기쁨이니까."

엘사는 파비 할아범의 기억을 고통스럽게 지켜보았다. 모두 자신의 실수였다. 만약 엘사가 파비 할아범의 주문을 멈추려고 하지 않았더라면, 안나가 다치지 않았을 테니까. 엘사와 안나가 떨어져 있어야 했던 이유가 바로 이것이었다. 엘사가 안나 가까이에 있으면 안나를 죽일 수도 있다는 것.

"주술을 되돌릴 수는 없소?"

아버지가 쉰 목소리로 물었다. 파비 할아범이 하늘을 올려다보았다가 다시 고개를 떨구며 입을 열었다.

"가능할 것 같지 않은데."

어머니의 울음이 더 격렬해졌다.

"하지만 희망은 있지. 엘사의 마법처럼 감정에 묶인 마법은 시간이 지나면 사라지거든. 이 저주는 영원히 지속되지는 않을 거요. 적당한 때가 되면, 그리고 그 어느 때보다도 두 자매가 서로를 필요로 하게 되면, 두 사람의 저주는 풀어질 거요."

어머니가 충혈된 눈으로 고개를 들었다.

"언젠가는 안나와 엘사가 함께 있어도 안전할 거라는 말인가요?"

파비 할아범은 그들을 비추고 있는 북극광을 올려다보았다.

"그렇지. 당신이 원하는 답이 아니란 걸 알지만, 당신의 딸들이 가진 서로에 대한 사랑은 어떤 저주도 이겨낼 거요. 하지만 지금은 떨어져 있어야 해. 이 마법이 얼마나 오래 지속될지 아무도 모르니까 말이오."

풀밭에 가득 모여 있던 트롤들이 서로 숙덕거렸다. 어머니와 아버지는 이 새로운 현실을 받아들이려고 애를 쓰고 있었다.

"아이들에게 어떻게 설명하죠? 너무나 가슴 아파할 텐데."

어머니가 말했다.

"이 아이들은 언제나 함께였소. 서로 헤어지려고 하지 않을 겁니다."

아버지가 파비 할아범에게 말하고는 어머니를 쳐다보며 덧붙였다.

"아이들을 궁전의 서로 다른 건물에서 지내게 하면 어떨까?"

"아니. 안전하지 않을 거예요. 아이들은 서로가 가까이 있으면 어떤 일이 생기는지 이해하지 못할 테니까요. 눈 깜짝할 사이에 사고가 생길 수 있어요."

"맞는 말이군. 게다가 소문이라도 나게 되면, 적들이 이용하려고 할 수도 있고."

아버지가 말했다.

"그럼, 어떻게 하죠?"

파비 할아범은 아버지와 어머니를 슬프게 바라보았다.

"서로 다른 건물로는 충분하지 않을 것 같소. 그리고 왕의 말이 맞아요. 안나와 엘사의 약점을 세상이 알아서는 안 돼. 둘은 이 왕국의 후계자들이니까 말이오. 너무 위험해."

"떨어져 있는 걸 견디지 못할 거예요. 우리 아이들은 내가 알아요."

파비 할아범은 잠시 생각에 잠겼다.

"어쩌면 내가 도울 수 있을 것 같은데."

그가 어머니를 쳐다보았다.

"마법은 불가능한 것을 가능하게 하지. 저주가 사라질 때까지 당신들을 제외한 모든 사람들로부터 아이의 존재를 감출 주문을 걸어주겠소. 그렇게 되면 두 딸 모두를 위험으로부터 안전하게 지킬 수 있겠지. 게다가 이 아이들의 기억들도 지운다면 두 아이들의 마음까지 보호할 수 있소."

어머니가 깜짝 놀랐다.

"저주가 사라질 때까지만."

파비 할아범이 어머니를 안심시켰다.

"그렇게 한다면, 깨어났을 때 어느 아이도 서로를 기억하지 못할 거요."

어머니는 서로 가까이에 있던 두 딸을 차례로 바라보았다.

"정말 잔인하네요. 그러나 다른 방법이 없겠죠."

파비 할아범이 애처롭게 어머니를 바라보았다.

"불공평하지."

어머니가 꼿꼿하게 일어섰다. 아버지를 바라보는 어머니의 아랫입술이 파르르 떨리고, 두 눈에는 눈물이 가득 고였다.

"저주가 사라질 때까지 서로의 존재에 대해 잊고 있는 편이 나아요. 둘 중 하나가 안전하게 지낼 곳을 찾아야겠어요. 이 방법뿐이니까."

아버지도 어머니만큼이나 망연자실한 얼굴이었다.

"누굴 남기지?"

트롤들도 눈물을 흘렸다. 마침내 어머니가 입을 열었다.

"엘사를 남겨요. 다음 왕위 계승자니까. 그리고 스스로 조절하기엔 엘사의 능력이 너무 강하니까."

어머니가 단호하게 말하자 아버지도 눈물을 흘렸다.

"다른 방법이 없다는 걸 당신도 알잖아요, 아그나르. 엘사가 마법의 능력을 기억해내면, 우리가 설명해주어야 하잖아요."

아버지가 고개를 끄덕였다.

"당신 말이 맞아. 그럼 안나는 어디로 보내지?"

"있어요. 그 친구라면 내 생명도 맡길 수 있어요. 하지만 내 딸을 키워달라는 건 무리한 요구일 텐데."

"사랑으로 하는 일에 무리한 요구란 없지."

파비 할아범이 말했다.

"그리고 당신의 괴로움을 줄이려면, 당신이 쉽게 볼 수 있는 곳에 안나를 두는 게 좋아요."

파비 할아범이 어머니를 보았다.

"당신들은 안나의 진짜 권리를 기억할 유일한 사람들이오. 원할 때마다 안나를 볼 수는 있다고 해도 안나가 자신의 진짜 신분을 알게 해서는 안 돼."

아버지와 어머니는 계곡 양쪽에서 서로를 바라보았다. 두 사람 모두 눈물을 흘리고 있었다. 아버지가 파비 할아범에게 고개를 돌렸다.

아버지가 머뭇거렸다. 입 밖으로 꺼내기에 너무나 어려운 말이었으니까.

"엘사가 여동생이 있다는 것을 잊도록, 안나가 지난 기억을 지우도록, 그리고…… 우리 백성들의 기억에서 안나의 존재를 걷어내도록 도와주시오."

그 모습을 보는 동안, 엘사는 부모님의 결정을 이해하는 동시에 자신의 고통과 똑같은 부모님의 고통도 느꼈다. 엘사가 끼어들지만 않았더라면…….

파비 할아범은 두 눈을 감은 채 다시 별들을 향해 두 손을 높이 들었다. 안나와 엘사의 분리된 삶이 마치 구름처럼 그들을 스쳐 지나갔다. 그는 이미지들을 하나로 모으고 한 손으로 안나의 이마를 눌렀다. 그러고는 계단을 올라가 엘사에게도 같은 과정을 반복했다. 밝은 흰빛이 번쩍하며 지진이 난 것처럼 계곡에 파문을 일으키더니 왕국 저 멀리까지 이어지다가 사라졌다.

"다 됐소. 이제 선물을 주지. 당신들의 미래."

파비 할아범이 말했다. 파비 할아범이 다시 두 손을 하늘로 높이 들더니 어머니와 아버지에게 새로운 이미지들을 보여주었다. 하나는 마을 안마당에서 여러 명의 아이들과 행복하게 놀고 있는 안나의 모습이었다. 서재에서 아버지와 공부를 하는 엘사의 모습도 있었다. 두 아이들 모두 미소를 짓고 있었다. 잘 자라고 있었다. 그저 함께 있지 않을 뿐이었다. 어머니와 아버지는 슬픔 가운데서도 애써 미소를 지었다.

"적절한 때가 되면, 서로를 기억하고 다시 함께하게 될 거요."

파비 할아범이 약속했다.

그 모습을 마지막으로 파비 할아범이 손을 가져다 대자 공중에 띄워져 있던 기억들이 다시 그의 손으로 휘말려 들어갔고, 그는 그 손을 다시 자신의 이마에 가져다 댔다.

“왜 안나를 찾으면 안 되는지 이제 이해하겠니?”

그가 부드럽게 물었다.

“하지만 전 안나를 기억하잖아요. 그럼 저주가 풀렸다는 뜻 아닌가요?”

파비 할아범이 고개를 저었다.

“풀리기 시작했지. 하지만 저주가 완전히 풀렸다면 너뿐만이 아니라 왕국 전체가 네 동생을 기억했어야 해.”

엘사의 가슴이 내려앉았다. 파비 할아범의 말이 맞았다. 안나가 누구인지 아는 건 아직까지 엘사뿐이었다. 올라프를 제외하면. 하지만 올라프는 아무래도 신뢰할 수 없는 존재였다. 엘사는 다시 눈물이 나오려는 것을 참았다.

“안나가 아직 저를 기억하지 못한다는 걸 어떻게 아세요? 만약 안나도 지금 저를 찾고 있다면요?”

파비 할아범이 엘사의 두 손을 꼭 잡았다.

“그렇다면 내가 알겠지. 너도 알 거고. 엘사, 침착해야 해. 난 계곡 너머까지 볼 수 있어. 두려움이 생기면 네 마법이 어떻게 되는지도 알고 있지. 왕국이 끝없는 겨울에 갇혀 있잖니.”

“일부러 그런 게 아니었어요. 어떻게 해결해야 할지 모르겠어요."

"해결될 거야. 너의 마법을 통제하는 데에 집중해야 해. 그러면 나머지는 해결될 거다. 마법이 풀리고 있으니까. 난 느낄 수 있지! 넌 네 과거를 기억해내고 있잖니. 곧 안나도 그럴 거야. 하지만 안나가 기억해낼 때까지, 넌 안나와의 거리를 유지해야 해. 네 동생의 목숨이 달려 있으니까."

엘사는 계곡에서 나가는 길을 바라보았다. 바위들 너머로 휘몰아치는 눈보라가 보였다.

안나를 찾으면 모든 것이 바뀔 거라는 엘사의 생각은 틀렸다. 지난 며칠 내내 가족을 찾기 위해 싸웠는데. 이제 그럴 수도 없게 되었다. 안나에게 너무 가까이 다가가면, 얼음이 안나를 집어삼킬 테니.

그 모든 시간을 견딘 후에도 엘사는 혼자 있어야 하는 운명이었다.

Chapter 21

안나

"눈. 왜 눈이어야 했지?"

크리스토프와 스벤이 썰매에 안나와 올라프를 태우고 산을 오르는 동안 안나가 몸을 떨며 물었다.

"공주님이 피오르드를 백사장과 따스한 햇볕으로 덮어주는 열대 마법을 부릴 수는 없었나?"

"난 태양이 좋아!"

올라프가 끼어들었다. 썰매가 울퉁불퉁한 길 위를 덜컹거릴 때마다 올라프의 전용 눈구름이 썰매의 앞좌석에 부딪혔다.

"아니, 내가 태양을 좋아하는 것 같다고. 궁전 안에만 있으면 태양이 어떤지 잘 모르거든."

"그다지 좋아할 것 같지 않은데."

크리스토프는 앞에 놓인 길을 보며 눈을 잔뜩 찡그렸다.

아렌델을 떠난 이후 눈이 더욱 심하게 내리더니 지금은 억수같이 쏟아지고 있었다. 안나는 크리스토프와 스벤이 길을 보면서 가는 것 같지 않았다. 밤이 깊었고 썰매 끝에 매달아둔 작은 랜턴은 그다지 밝지 않았으니까. 어디든 쉴 만한 곳을 찾아야 했지만 몇 시간째 집이나 마을이 나타나지 않았다. 갑자기 눈이 벽처럼 쌓인 채로 길이 막혀버렸다. 대신 길 같지 않은 언덕의 경사면이 나타났다.

"공주님이 이쪽으로 가신 게 맞아?"

얼음으로 뒤덮인 미지의 지형으로 스벤을 이끌며 크리스토프가 올라프에게 물었다.

"응. 아니."

올라프는 한쪽 손으로 머리를 긁적거렸다.

"다시 말하지만, 나는 전부 창문을 통해 봤거든. 고함 소리가 났고, 얼음이 얼었고, 그래서 밖을 내다봤다가 엘사가…… 아마 엘사였을 거야. 엘사 말고는 눈을 만들 수 있는 사람이 없잖아? 얼어붙은 피오르드 위를 달려가는 걸 봤어. 그런 다음 숲으로 사라졌고! 그러곤 엘사를 놓쳤어."

올라프가 인상을 찡그렸다.

크리스토프가 안나를 쳐다보았다.

"우리가 왜 말하는 눈사람의 말을 들었을까? 이 깊은 눈밭에서 바람은 휘몰아치고 쉬어갈 곳도 없는데, 지금 눈사람의 추측만 듣고 이 산을 오르는 중이잖아."

"선택의 여지가 없었잖아. 괜찮을 거야! 올라프가 공주님을 찾게 도와줄 거라고. 그 누구보다 올라프가 공주님을 잘 아니까, 그렇지?"

안나가 말하자 올라프가 대답했다.

"그럼!"

썰매가 급하게 방향을 틀어 다시 산을 오르기 시작했다.

"난 엘사에 대해 많이 알아. 3년 전에 엘사가 나를 만들고 나서부터 엘사의 방을 떠나본 적이 없거든."

올라프의 눈이 반짝거렸다. 그러다 덧붙였다.

"잠깐! 내가 틀렸네. 가끔 엘사와 함께 비밀 통로를 따라 종탑이나 다락방으로 가기도 했으니까. 한번은 대연회장으로 가서 엘사가 만들어준, 엄청 큰 눈 언덕에서 함께 미끄럼을 탄 적도 있어. 하지만 그건 한밤중이었어."

안나는 머리카락과 뒷목이 쭈뼛 서는 것을 느꼈다. 갑자기 아주 어렸을 때 굉장히 넓은 방 안에서 금발의 소녀와 함께 눈 언덕에서 미끄러져 내려오던, 그리고 함께 눈사람을 잡고 있던 기억이 떠올랐던 것이다. 안나는 다시 올라프를 쳐다보았다.

"그게 전부였어?"

"전부라니?"

올라프가 물었다.

"내게 보여줘."

안나가 말했다. 냉기가 안나를 사로잡고 있는 것 같았다.

"뭘?"

올라프가 묻는 순간 썰매가 바위에 부딪히며 공중으로 날아올랐다. 썰매가 다시 바닥으로 처박히면서 올라프의 눈구름이 안나와 크리스토프의 얼굴을 세게 때렸다. 안나는 두 눈을 문질렀다.

크리스토프의 표정이 조금 걱정하는 표정으로 바뀌었다.

"너 추위에 너무 오래 노출된 거 같다."

"그런 것 같아. 헛것이 보이기 시작했어."

안나가 올라프를 다시 쳐다보았다.

"너처럼. 아무래도 그건 너였던 것 같은데. 우리 둘이 아주 큰 방 안에서 함께 눈 언덕을 미끄러지고 있었어."

"맞아!"

올라프가 말했다. 안나의 숨이 빨라지기 시작했다.

"언제?"

안나의 부모님은 안나가 갓난아기였을 때 입양했다고 말해 주었다. 하지만 만약 그 말이 사실이 아니라면? 토말리와 요한과의 가장 오래된 기억은 받침대에 올라가 어머니 옆에서 빵을 굽고, 집 밖에서 프레야가 도착하기를 기다리던 일들이었다. 그 기억들 속의 안나는 여섯 살이나 일곱 살 정도의 어린아이였다. 사실 아무도 갓난아기 때를 기억하지는 못하지만 조금 전 환영 속의 아이는 바로 안나의 모습이었다. 네 살이나 다섯 살 이상으로는 보이지 않았다. 안나가 완전히 기억하지 못하는 이 갑작스러운 기억들은 무엇이었을까? 친부모님과의 기억들이었을까?

때때로 친부모님은 어떤 사람들일지, 왜 안나를 포기했는지 궁금하기도 했지만 안나는 절대 토말리와 요한에게 물어보지 않았다. 상처를 주고 싶지 않았으니까. 부모님을 만나기 이전의 유일한 기억은 트롤이 자신에게 입을 맞추던 일이었다고 안나는 늘 말했었다. 웃긴 이야기였지만, 사실 안나는 정말로 트롤의 입맞춤을 기억하고 있었다. 트롤이 안나의 이마에 입을 맞추는 동안 잠들었던 것 같은, 꿈처럼 느껴지는 어렴풋한 기억. 꿈속에서 이 장면을 너무나 많이 본 안나는 진심으로 이 일을 믿고 있었다. 그저 다른 사람들에게 이야기를 하지 않았을 뿐.

안나가 다시 물었다.

"너랑 내가 방 안에서 정말로 썰매를…… 탔어?"

올라프의 표정이 어두워졌다.

"아닐걸. 내가 그랬어?"

"난 모르지."

"나도 몰라."

크리스토프가 다시 고삐를 세게 잡아당겼다.

"둘이 그만 좀 떠들 수 없어? 눈 때문에 앞을 보기가 점점 더 어려워지고 있어. 길에 돌도 너무 많고. 몸도 녹이고 생각도 정리할 수 있는 따뜻한 곳을 찾아야 된다고. 어디로 가고 있는지도 모르는 눈사람하고 계속 헛수고나 하고 있을 게 아니라."

"하지만……."

안나가 말했다. 크리스토프는 안나의 말을 무시했다.

"잠깐만."

그가 일어나 점점 더 짙어지는 어둠을 향해 랜턴을 들었다.

"계곡 가까이 온 것 같아."

"무슨 계곡?"

"눈이 없는 계곡."

"왕국 전체가 눈으로 뒤덮였는데 어떻게 계곡에 눈이 없을 수가 있어?"

올라프가 물었다.

"어떻게 눈사람이 말을 할 수 있지?"

크리스토프가 반박했다.

멀리서 늑대의 울음소리가 들려왔다.

'엘사 공주님을 찾아야 해.'

그 생각이 안나를 지배하고 있었다. 안나는 두 눈을 감고, 그 이상한 생각들을 떨쳐버리려고 했다. 어쩌면 크리스토프의 말이 맞을 것이다. 안나에겐 잠이 필요했다.

"몸이 좋지 않아."

안나가 말하고는 썰매에 머리를 기댔다.

"안나?"

크리스토프가 안나를 흔들었다.

"잠들면 안 돼. 내 말 들려? 쉴 곳을 찾을게. 올라프, 내가 머물 곳을 찾을 때까지 안나에게 계속 말을 걸어."

"알겠어. 그런데 무슨 말?"

"공주님이 왜 이렇게 얼음으로 미쳐버렸는지 같은?"

크리스토프가 고삐를 다시 세게 당기자 스벤이 계속해서 산을 올랐다. 안나가 그를 노려보았다.

"공주님은 미친 게 아니야. 공주님은……."

환영이 또다시 안나의 머리를 스치고 지나갔다.

'엘사, 마법 해봐! 마법 해봐!'

어린 목소리가 들렸다. 그러고는 잠옷을 입고 의자에 앉아 손뼉을 치는 자신의 모습이 보였다. 방금 어린 안나가 엘사라는 이름을 말했던 건가? 그럴 리가! 호흡이 가빠지기 시작했다.

'내가 왜 이러지?'

"더 빨리, 스벤!"

크리스토프는 한 손으로 안나를 안고 소리쳤다.

"안나? 내 옆에 있어, 알겠지? 조금만 견뎌."

"노력하고 있어."

안나가 작은 소리로 대답했지만, 머리가 불이 난 듯 뜨거웠고 너무나도 피곤했다.

"안나에게 말을 걸어, 올라프! 엘사에 대해 말해볼래?"

"엘사는 꽃을 엄청 좋아했어. 한스가 매주 보라색 헤더를 엘사에게 보냈지. 한스는 엘사를 방에서 나오게 할 수 있는 사람들 중 한 명이었어."

"멋지네."

안나가 꿈을 꾸듯 말했다. 크리스토프가 다시 안나를 흔들었다.

"올라프! 계속해!"

"엘사는 장갑을 무척 좋아했어!"

썰매가 너무 높게 튕겨 오르는 바람에 올라프의 머리가 잠시 몸에서 빠져버렸다.

“항상 파란색 장갑을 끼고 있었어. 한여름에도. 그래서 난…… 엘사가 먼지를 무지무지 싫어한다고 생각했었지. 아! 그리고 엘사는 왕과 왕비가 남기고 간 지도들이랑 책들을 읽는 것도 좋아했어. 난 그분들을 만나본 적이 없지만.”

올라프가 슬퍼하며 말했다.

“엘사가 그랬는데, 그때부터 방에서 나오지 않았대. 올해까지. 올해는 여왕이 될 준비를 해야 했으니까. 그래서 방에서 자주 나가야 했었어.”

“너무 슬프다.”

안나가 말했다. 안나의 목소리가 멀게 느껴졌다.

“공주님은 세상으로부터 스스로를 차단하고 있었던 거잖아. 가끔 나도 하몽에서 그런 느낌이었어. 왕국의 다른 곳들과 분리된 것 같은. 난 더 많이 보고 싶었는데.”

“그렇게 될 거야. 하지만 깨어 있어야 돼. 헛간이다!”

크리스토프가 소리쳤다.

“정말 다행이야. 멈춰, 스벤!”

안나는 폭설 사이로 헛간을 보았다. 그러고는 주변이 깜깜해졌다.

따뜻한 느낌과 함께 건초 냄새가 났다. 가까이에서 불이 타닥거리는 소리도 들렸다. 안나는 눈꺼풀을 파르르 떨며 두 눈을 떴다.

"일어났구나!"

크리스토프가 말했다.

"안나, 네 시간 동안이나 정신을 잃었어. 올라프, 안나가 깨어났어! 난 네가 …… 아니다. 스프 좀 먹어."

"스프?"

안나가 비틀거리며 말했다. 안나는 양털 담요를 덮은 채로 넓은 헛간에 있었다. 마구간 안에는 건초를 잘근거리는 말들과 닭장 속의 닭들도 보였다. 바로 옆에서는 소 한 마리가 음매 하고 울었다. 모두 추위를 피해 헛간 안에 모여 있었다.

"그래, 스프를 먹어야 해."

크리스토프가 머그잔을 내밀었다.

"이번엔 헛간에서 머물러도 되는지 주인 가족에게 물어봤더니 괜찮다고 했어. 좋지? 아렌델 소식을 알려줬더니 굉장히 좋아하더라고. 별말을 해준 건 아니고. 아이들이 말하는 눈사람을 보고 행복해하더라."

올라프가 깔깔댔다.

"내 전용 눈구름을 좋아했어. 그런데 눈은 지긋지긋하댔어."

"얼음으로 먹고사는 나도 눈이 지겹다."

크리스토프가 말했다.

안나는 천천히 일어났다. 머리가 여전히 지끈거렸다. 안나는 신음 소리를 뱉었다. 크리스토프가 머그잔을 안나의 입술에 가져다 댔다.

"어서. 조금이라도 먹어."

한 모금 넘기자 스프가 몸을 녹여주는 것이 느껴졌다. 언제나 툴툴거리는 크리스토프도 마음만 먹으면 얼마든지 자상해질 수 있었다.

"고마워."

크리스토프의 얼굴이 붉어졌다. 스벤이 콧방귀를 뀌자, 크리스토프가 먼 곳을 바라보며 말했다.

"괜찮아. 난 그저 너를 안전하게 집으로 데려다주려고. 지금 우리는 집으로 가고 있어."

안나의 눈이 휘둥그레졌다.

"안 돼! 엘사 공주님을 찾아야 해!"

크리스토프가 뒤로 물러나 앉아 한숨을 내쉬었다.

"이 날씨 때문에 네 몸이 얼마나 망가지고 있는지를 좀 봐."

"날씨 때문이 아니야."

안나가 주장했다. 하지만 자신이 경험하고 있는 이 느낌을 설명할 수가 없었다. 미친 소리처럼 들리겠지만 엘사를 찾을 때까지 계속 가야 한다고 무언가가 안나에게 말하고 있었다. 안나에게 무슨 일이 일어나고 있는 것인지 어쩌면 엘사는 알지도 몰랐다. 결국, 안나는 마법을 알고 있었던 것이다.

"누군가는 공주님께 여름을 돌려달라고 설득해야 해. 올라프의 말은 들을 거야. 듣지 않는다면, 우리 이야기라도 듣게 만들 거야."

"더 추워지고 있어."

스프가 담긴 머그잔을 크리스토프가 내려놓자마자 스벤이 곧바로 핥아먹기 시작했다.

"올라프가 어디로 가고 있는지 전혀 감이 없는데 이렇게 무작정 돌아다닐 수는 없잖아. 공주님이 노스마운틴을 향해 갔다는 애매모호한 말 하나만 가지고는 불가능한 일이야. 현실을 받아들이자. 엘사 공주님이 어디에 계신지는 아무도 몰라."

"살아 있는 바위의 계곡!"

올라프가 불쑥 내뱉었다.

크리스토프의 두 눈이 휘둥그레졌다.

"뭐라고 했어?"

"들어본 적이 없는 이름인데."

안나가 말했다.

"나도 들어본 적 없어. 아, 들어본 적은 있구나. 엘사가 어머니에게서 받은 편지를 그 남자가 읽는 걸 들었거든. 살아 있는 바위의 계곡, 뭐 그런 거. 어딘지는 전혀 모르지만."

올라프가 말했다.

"살아 있는 바위의 계곡이 어디인지 알아."

크리스토프가 말했다.

"그럼 나를 데려다줄 거야?"

"내가 그래야 되나?"

안나가 두 손을 꼭 쥐었다.

"제발?"

안나가 그의 대답을 기다리는 동안 모닥불이 타닥거리며 튀어 올랐다. 올라프는 몸을 가까이 기울였다. 스벤은 코를 힝힝거렸다. 안나의 손을 바라보는 크리스토프에게로 모두의 눈동자가 향했다. 마침내 그가 고개를 들었다. 그의 갈색 눈동자가 불꽃에 반사되어 이글거렸다. 크리스토프의 얼굴에 주근깨가 있다는 것을 안나는 처음 알았다.

"좋아. 아침에 떠난다. 하지만 단단히 무장하는 게 좋을 거야."

크리스토프가 말하자 안나가 미소를 지었다. 이번만은 말대꾸를 하지 않았다.

Chapter 22
엘사

엘사는 계곡을 떠나 노스마운틴으로 향한 지가 얼마나 되었는지 기억나지도 않았다. 안나와 함께 지낼 수 없다면, 더 이상 시간은 아무런 의미도 없었으니까. 파비 할아범의 말이 계속 머릿속에 맴돌았다. 인내하라니. 그보다 더 인내할 수는 없는 시간들을 보내왔는데! 서로를 잃은 채로 충분한 시간을 보냈는데 대체 언제 저주가 풀린다는 말인가? 엘사는 안나를 기억해냈고, 안나가 필요했다. 왜 안나는 엘사를 기억해내지 못하는 걸까? 만약 안나가 끝까지 기억을 하지 못한다면 어떻게 되는 걸까?

엘사는 저주가 풀릴 때까지 산꼭대기에 머물 생각이었다.

저주가 풀리지 않는다면 영원히 그곳에서 지낼 것이다. 엘사의 백성들에게 필요한 것은 슬픔으로 가득한 여왕이 아닌, 강력한 지도자니까. 엘사가 없는 편이 백성들에게는 나을 수도 있었다.

엘사의 썰매가 그녀의 얼음 궁전으로 향하는 계단 앞에 멈춰섰다. 썰매에서 내린 엘사는 더 이상 자신의 왕국을 보고 경이로워하지 않았다. 그녀는 고통에 빠져 있었으니까. 그래서 성문으로 이어진 눈에서 나는 발소리를 듣지 못했다. 궁전 안에 들어와서야 엘사는 자신이 혼자가 아니라는 것을 알게 되었다.

엘사는 너무 놀랐다.

"어떻게 찾았어요?"

"어디를 봐야 할지 알면 어렵지 않죠."

한스는 엘사가 도망치지 않도록 두 손을 들었다.

"저 혼자 왔어요."

그는 두꺼운 감청색 코트와 장갑에 목도리를 두르고 있었다. 벨트에 달린 칼집에는 칼과 석궁이 매달려 있었다. 부츠는 눈으로 덮여 있고, 두 뺨과 코는 밝은 분홍빛으로 얼어 있었다.

"어떻게……."

엘사의 목소리가 잦아들었다. 한스가 한 걸음 다가왔다.

"피오르드를 얼리면서 그렇게 도망쳐버렸을 때, 난 당신이 사라지려고 한다는 걸 알았어요. 그래서 생각했죠. 엘사가 달아날 수 있는 가장 먼 곳이 어딜까? 그러고는 고개를 들고 봤어요. 노스마운틴을."

아마도 한스는 엘사가 생각했던 것보다 엘사를 더 잘 알고 있었는지도 몰랐다. 그의 눈가가 걱정으로 주름졌다.

"괜찮아요?"

'아니요. 동생이 있어요. 살아 있어요. 그 애를 너무나 찾고 싶지만, 저주가 우릴 떼어놓았죠.'

엘사는 그렇게 대답하고 싶었지만 아무 말도 하지 않았다. 한스가 감탄하며 주변을 돌아보았다.

"당신이 만들었어요?"

"네."

이건 엘사가 상상하던 작은 이글루가 아니었다. 엘사 가문의 궁전 건축양식에 따라 지은, 모든 벽과 아치에 눈송이 디자인과 복잡한 패턴이 담긴 건물이었다. 모든 기둥이 궁전 전체를 비춰주는 푸른빛으로 반짝거렸다.

"이 궁전은 정말 놀랍네요. 당신도 놀랍고. 당신에 대한 모든 것이 뭔가 다르게 느껴져요."

"한스……."

"당신 머리 좀 봐요. 보통은 그렇게 풀지 않잖아요. 당신의 드레스도 마음에 들어요. 이곳은 당신과 어울려요."

한스는 눈을 깜빡이며 엘사 뒤에 있는 방을 쳐다보았다.

"혼자 지내요?"

엘사는 천천히 숨을 내쉬었다.

"난 늘 혼자죠."

"당신은 혼자가 아니에요, 엘사. 내가 있잖아요. 언제나 그랬듯이."

한스의 목소리에 엘사 내면의 무언가가 무너지고 말았다. 엘사의 두 눈에 눈물이 가득 고였다.

"내 능력을 그렇게 보여줘서 미안해요. 당신을 겁주려던 건 아니었어요. 난 그 누구도 해치고 싶지 않아요."

"알아요."

한스가 엘사의 손을 잡았다.

"공작이 나를 재촉하는데다 대관식은 시작되려 하고. 바로 그 순간에 그걸 알아버려서……."

엘사가 이야기를 멈췄다.

"뭘 알아버렸다는 거죠?"

한스가 재촉하듯 물었다. 엘사는 뒤로 물러났다.

"아무것도 아니에요."

"나를 밀쳐내면 당신을 도울 수가 없어요."

한스가 말했다. 엘사는 아무 말도 하지 않았다.

"난 당신의 능력이 굉장하다고 생각해요."

엘사가 그를 바라보았다.

"그래요?"

"정말 멋진 재능을 타고난 거예요. 당신의 능력으로 아렌델을 위해 할 수 있는 일들을 생각해봐요. 백성들은 당신의 마법을 이해하지 못해서 놀랐을 뿐이에요. 이 겨울을 끝낼 방법과 당신의 능력으로 이 왕국을 보호하는 법을 보여주면, 백성들도 협조할 거예요. 두고 봐요."

"협조를 하다니요?"

엘사가 물었다. 엘사는 그 말이 어쩐지 마음에 들지 않았다. 한스는 당황했다.

"무슨 뜻인지 알잖아요. 당신을 뒤쫓아온 나를 백성들이 존중하듯 당신의 능력도 존중할 거라고요. 우리가 함께 왕국을 위해 할 수 있는 일들을 생각해봐요."

'함께'라니. 엘사는 움찔했다. 결국 이거였다. 왜 이전엔 깨닫지 못했을까? 한스는 엘사가 아니라 자신을 위해 온 것이었다.

"여전히 나와 결혼하고 싶어요?"

그가 무릎을 꿇었다.

"네. 이런 마법의 능력이 있다 해도 난 당신과 결혼하고 싶어요. 돌아가서 당신의 왕관을 받아요. 그러면 우린 함께 아렌델을 다스릴 수 있어요. 이제 다시는 혼자일 필요 없어요. 약속할게요."

역시 한스는 왕좌를 탐냈던 것이다. 엘사를 원했던 것이 아니라, 권력을 원했던 것이었다.

"미안하지만, 난 당신과 결혼할 수 없어요. 당신과 함께 돌아가지도 않을 거고."

엘사가 계단을 올라가기 시작했다.

"헛걸음하게 해서 미안합니다."

"뭐라고요?"

한스는 실망하는 표정이었다.

"당신은 돌아와야 해요! 거절은 괴물만이 하는 거라고요!"

그가 깜짝 놀라 말을 끊었다.

"내 말은……."

"제발 가요."

엘사가 그를 막았다. 괴물. 결국 한스도 공작과 똑같은 눈으로 엘사를 보고 있었던 것이다.

"나와 함께 돌아가요. 겨울을 멈추게만 한다면…… 여름을 되돌려놔요. 제발이요, 네?"

"모르겠어요? 난 못한다고요. 방법을 몰라요. 그래서 여기 있는 거예요. 내가 아무도 해칠 수 없는 이곳에. 미안해요."

한스의 표정이 차분해졌다.

"알겠어요. 만약 당신이 할 수 없다면, 안나가 할 수 있겠죠."

궁전 주변에 휘몰아치는 바람 소리밖에 들리지 않았다. 엘사는 놀라서 휘청거렸다.

"뭐라고 했어요?"

한스는 주머니에서 양피지 한 장을 꺼내 높이 들었다.

"아마 안나가 여름을 되돌릴 수 있을 거라고 말했어요. 당신도 그래서 여기 올라온 거잖아요, 안 그래요? 당신은 여동생을 찾고 있죠. 왕비의 편지에서 나도 다 읽었어요."

엘사가 얼어붙었다.

"그 편지를 어디서 찾았어요?"

"궁전을 빠져나가느라 정신없던 순간에 당신이 떨어뜨렸죠."

한스가 그 편지를 다시 읽으며 말했다.

"아마 당신은 이 편지를 대관식 날에 발견했겠죠. 어째서 얼음을 녹이는 마법의 능력은 없을까? 당신을 비난하지는 못하겠어요. 오랫동안 숨겨왔던 동생이 있다는 걸 알게 된다면, 나 역시 살짝 제정신이 아닐 테니까."

"그 편지에 대해 누구에게 이야기했어요?"

"아무한테도, 아직까지는. 난 당신이 돌아와서, 나와 결혼하고, 모든 것이 순조롭게 해결되기를 바랐어요. 그런데 당신이 그렇게 하지 않겠다면, 내겐 다른 계획이 있지."

엘사가 당황했다.

"그러지 말아요."

"우리 왕국에서 왕위 계승 서열 열세 번째인 내겐 아무런 기회도 없었지. 어디서든 결혼으로 왕위를 얻어야 한다는 걸 알았죠. 그래서 위즐튼 공작이 당신과 아렌델에 대해 말했을 때, 관심이 생겼던 거고. 하지만 난 당신을 얻을 수 없었죠. 당신은 언제나 스스로를 차단했으니까. 그리고 이젠 스스로 파멸의 길로 들어섰어. 내가 사람들에게 당신이 돌아오지도, 여름을 되돌려놓지도 않을 거라고 전하면 모두들 당신을 정말 괴물이라고 생각하겠지."

"아니야!"

엘사가 한스를 향해 급히 계단을 내려가자, 한스가 석궁을 꺼내 엘사에게 겨누었다. 놀란 엘사가 급하게 멈춰섰다.

엘사는 자신의 눈앞에 서 있는 남자를 알아보지 못했다. 지난 1년 동안 엘사에게 사랑을 구하며 매주 꽃을 보내고 인내심 있게 기다려왔던 그 사람이 아니었으므로.

사실 한스가 괴물이었던 것이다.

"고맙게도 아렌델에는 왕위를 이어받을 다른 후계자가 없지. 내가 사람들에게 이 편지를 보여주고 안나를 찾는다면, 사람들은 내게 잃었던 공주를 구해준 빚을 지게 되는 거고. 난 매력적이니까, 당신과는 다르게 안나는 아마 곧장 나와 결혼하고 싶을 테지. 그러면 당신을 죽이고 여름을 되돌리는 일만 남게 되는 거야."

"당신은 내 상대가 못 돼."

엘사가 말했다. 한스를 겨누는 엘사의 손가락에서 익숙한 얼얼함이 느껴졌다.

"그럴지도. 하지만 아렌델을 멸망에서 구할 영웅은 바로 나야."

한스는 성문으로 뛰어가 문을 열었다.

"경비병! 경비병! 내가 공주를 찾았다! 공주에게 무기가 있다!"

그가 엘사를 향해 이를 드러내며 웃었다. 한스는 엘사를 속여왔던 것이다. 들끓는 분노와 함께 엘사가 두 손을 들자 엘사의 손가락 위에 밝은 푸른빛이 감돌았다.

"이걸 피할 수는 없을걸!"

"이미 피했는데."

한스가 천장을 향해 석궁을 쏘았다. 화살이 거대한 눈 결정 모양의 샹들리에에 맞았다. 엘사는 자신의 머리 위로 쏟아지는 샹들리에를 경악 속에서 바라보았다. 빠져나오려고 했지만 시간이 부족했다. 비처럼 쏟아져 내린 얼음 조각들에 맞아 엘사가 바닥으로 쓰러졌다. 엘사가 다시 일어섰을 때 그 앞에는 아렌델의 경비병들이 서 있었다. 왕좌를 보호하기 위해 일생을 바쳐왔던 사람들이 이제는 공주를 향해 칼을 겨누고 있었다. 몸집이 더 큰 두 남자가 붉은 코트를 입고 경비병들 뒤에서 뛰어 들어왔다. 엘사는 그들이 누구인지 단번에 알아봤다. 위즐튼 공작의 부하들이었다.

"공주를 잡았다!"

하나가 소리쳤다.

"다치고 싶지 않으면 조용히 따라오시오."

감히 엘사를 위협하다니. 이 왕국에서 그들에겐 아무런 권한이 없었다. 엘사의 손가락이 빛나기 시작하자, 두 부하들이 동시에 석궁을 들었다.

"나는 너희들과 가지 않는다. 뒤로 물러서!"

자신을 향해 화살들이 날아오는 소리를 들은 엘사는 두 손을 들어 얼음으로 방어벽을 만들었다. 얼음벽은 화살을 맞고 금이 가기 시작했다. 엘사는 궁전 밖으로 나갈 길을 찾기 위해 얼음벽을 돌아 나갔다. 한스가 달아나지 못하게 붙잡아야 했지만, 엘사는 공작의 부하들에게 계속 쫓기고 있었다. 엘사는 쉬지 않고 얼음을 쏘면서 자신의 주위을 얼음 장벽으로 막았다.

"뒤로 돌아가!"

바닥에서 솟아오르는 얼음 단검들을 피해가며 공작의 부하 하나가 소리쳤다. 그들은 서로 다른 방향에서 엘사를 포위했다. 엘사는 자신을 보호하기 위해 두 손을 계속 뻗었다.

"다치게 하고 싶지 않다! 물러서!"

"쏴!"

부하 한 명이 다른 부하에게 자신의 석궁을 던졌다. 엘사는 고드름처럼 얼어붙을 때까지 계속 눈을 쏘아서 한 명을 벽에 붙잡아두었다. 그리고 또 다른 공작의 심복에게도 눈을 쏘아 얼음벽에 가둬버렸다. 그러면서도 엘사의 머릿속에는 한스의 배신, 그리고 한스의 표적이 된 줄도 모르는 여동생에 대한 생각이 가득했다.

엘사의 경비병들이 다시 방 안으로 달려왔다.

"엘사 공주님!"

한 명이 소리쳤다.

"저들이 두려워하는 괴물이 되지 마세요!"

'괴물'이라는 단어에 엘사가 두 팔을 떨어뜨렸다. 엘사가 주저하는 틈에 공작의 부하 하나가 다시 석궁을 쏘았다.

화가 난 엘사가 두 팔을 휘저었다. 그러자 엘사 주위에 있던 얼음벽들 위로 새로운 벽들이 만들어졌다. 엘사가 거대한 보호

막을 머릿속에 그리자 바닥이 흔들리기 시작했다. 엘사의 손가락 끝에서 날아간 얼음이 사이클론처럼 회오리를 일으키더니 몇 층 높이의 눈 괴수를 만들어냈다. 괴수는 눈에서 푸른빛을 번쩍거리며 사납게 으르렁댔다.

"꺼져!"

엘사에게는 괴물의 고함이 그렇게 들렸다. 주변 벽들이 무너지면서 우르릉거리는 소리였을 수도 있었다. 경비병들은 그 눈 괴수와 싸우기 위해 칼을 높이 들었다.

엘사는 그 틈을 이용해 달아났다. 궁전 문을 밀어젖히고 눈이 내리는 밖으로 나가보니 더 많은 경비병들이 기다리고 있었다. 거대한 눈 괴수를 본 경비병들의 눈에 공포가 가득했다. 모두가 석궁을 들고 엘사의 심장을 겨누었다.

"제발."

엘사의 목소리는 바람에 묻혀 거의 들리지 않았다.

"설명할 기회를 줘요."

그들은 듣지 않았다.

"발사!"

석궁의 화살들이 엘사를 향해 날아오는 순간 궁전에서 나온 눈 괴수가 뒤로 구르며 왼쪽 다리가 떨어져나갔다. 균형을 잃은 괴수는 계단 위에서 부서지며 계단을 뚫고 협곡 아래로 곧장 떨어졌다. 남아 있던 계단들도 흔들리며 무너져 내리기 시작했다. 엘사는 무너지는 계단에서 벗어나기 위해 계단들이 협곡 아래로 떨어지기 직전 멀리 뛰었다. 협곡 반대편에 세게 부딪히며 떨어진 엘사 주변으로 얼음이 쏟아졌다. 그러고는 주변이 암흑으로 변했다.

Chapter 23

안나

다음 날 아침에는 해가 뜨지 않았다. 무서운 속도로 끊임없이 몰아치는 눈보라 때문에 아렌델 왕국이 어둠에 잠겨버린 것이다. 나쁜 기상 조건 때문에 살아 있는 바위의 계곡까지 평소보다 훨씬 긴 시간이 걸렸다.

“이해가 안 되네. 몇 시간이나 이동했는데. 지금쯤이면 도착하고도 남았어야 하는데.”

크리스토프는 썰매를 멈췄다.

“길을 잃은 거야?”

안나가 물었다. 그렇다 해도 안나는 크리스토프를 원망할 생각은 없었다. 코앞을 분간할 수도 없을 만큼 심하게 눈이 쏟아지고 있었으니까.

"조용!"

크리스토프는 걸려 있던 랜턴을 들고 어둠을 향해 흔들었다. 크리스토프가 먼 곳을 뚫어지게 보는 동안 스벤은 불안한 듯 발로 눈을 긁어댔다. 안나는 크리스토프와 동시에 그것을 보았다. 그들을 보고 있던 여러 쌍의 누런 눈동자들. 늑대들이었다.

으르렁대는 소리가 멀리서부터 또렷하게 들려오더니 나무들 사이에서 늑대 떼가 모습을 드러냈다. 늑대들의 송곳니가 얼마나 뾰족해 보이던지 안나는 보고도 믿기지 않았다. 크리스토프는 랜턴을 다시 고리에 걸고 고삐를 부여잡았다.

"스벤! 가!"

썰매가 휘청거리며 스벤이 최고 속도로 달려 나갔다.

"와, 저것 봐! 멍멍이들이야! 귀엽지 않아?"

올라프가 말했다.

"개가 아니야, 올라프! 우리 어떡해?"

크리스토프는 썰매를 향해 질주하는 늑대 무리들 때문에 정신이 없었다. 그는 좌석 뒤로 손을 뻗어 막대기를 집어 들고는 랜턴에 대고 불을 붙였다. 막대기에 곧바로 불이 옮겨 붙었다.

"늑대 몇 마리쯤은 처리할 수 있어."

"도와줄게!"

"안 돼!"

"왜 안 돼?"

"네 판단을 믿을 수 없으니까."

"뭐라고?"

"넌 논리적으로 생각하지 않잖아! 대체 누가 병이 났는데도 밖으로 나가야 한다고 고집을 피우지?"

그가 늑대 한 마리를 발로 걷어차자 늑대가 나동그라졌다. 안나는 다가오는 줄도 몰랐던 늑대를. 안나는 무기로 쓸 만한 것을 찾으려고 썰매를 뒤졌다. 올라프가 크리스토프의 류트를 안나에게 건넸다.

"나 병 안 났거든!"

"너 계속 기절하고 혼자 중얼거리던데."

"뭔가가 계속 보이니까 그렇지!"

안나가 류트를 휘둘렀다. 류트에 맞은 늑대가 달아났다.

"어떤 게 보이는데?"

안나는 크리스토프를 쳐다보았다.

"미친 소리처럼 들리는 거 아는데, 어렸을 때 공주님과 함께 있던 내 모습이 계속 보여."

크리스토프는 늑대들이 접근하지 못하도록 횃불을 옆으로

들고 있었다.

"있잖아, 완전히 미친 소리는 아닌 거 같아. 트롤에게 입맞춤을 받은 건 확실하거든."

안나가 말했다.

"농담 아니었어? 진짜 파비 할아범을 안다고?"

크리스토프의 두 눈이 휘둥그레졌다.

"파비 할아범이 누군데?"

안나가 물었다. 크리스토프는 썰매에 오르려는 늑대를 불로 그슬리고 있었다. 또 다른 늑대가 크리스토프의 코트에 매달렸다. 안나의 질문에 대답하기도 전에 크리스토프는 썰매 밖으로 굴러떨어지고 말았다.

"크리스토프!"

안나가 소리치며 떨어지려는 횃불을 붙잡았다. 스벤에게 멈추라는 신호를 보낼 시간도 없었다. 만약 스벤이 멈추었다면, 모두가 끝장났을 것이다.

"여기!"

안나는 크리스토프가 외치는 소리를 들었다. 그는 밧줄을 잡고 썰매 뒤에서 끌려오고 있었다. 늑대들이 그와의 거리를 좁히고 있었다. 안나는 아무거나 집어서 불을 붙였다.

"우와!"

크리스토프의 침낭에 불이 옮겨 붙자 올라프가 외쳤다. 안나는 불붙은 침낭을 썰매 뒤로 던졌다. 늑대들은 물러났다가 다시 뒤쫓아왔다.

안나가 크리스토프를 도우려고 서둘러 썰매 뒤로 가보니, 그는 이미 썰매 안으로 몸을 밀어 넣고 있었다.

"너 나를 불로 태울 뻔했어!"

"얘들아?"

안나는 올라프의 목소리를 들었지만 신경 쓰지 않았다. 안나는 크리스토프의 몸을 마저 끌어당겼다.

"안 태웠잖아!"

"얘들아?"

올라프가 다시 말했다.

"우리 길 끝까지 왔어!"

크리스토프와 안나는 당황했다. 늑대들의 소리에 자극을 받은 스벤이 500미터 앞에 있는 협곡을 향해 쏜살같이 달리고 있었던 것이다. 안나와 크리스토프는 서둘러 썰매의 앞쪽으로 몸을 옮겼다.

"점프 준비해, 스벤!"

안나가 소리쳤다. 크리스토프는 올라프를 들어 안나의 무릎 위로 던지고는 그 둘을 자신의 두 팔로 들었다.

"이봐!"

안나가 저항했다.

크리스토프가 올라프를 안은 안나를 앞으로 던져 스벤의 등에 태웠다. 그러고는 협곡으로 떨어지기 직전 썰매에 연결된 줄을 끊었다.

"스벤, 점프!"

스벤이 공중으로 뛰어올랐다. 안나는 공포에 질린 채로 크리스토프를 돌아보았다. 그는 이미 썰매와 함께 공중에 떠 있었다. 스벤이 협곡의 반대편에 착지하는 동시에 급하게 멈춰 서는 바람에 안나와 올라프는 튕겨나갈 뻔했다. 안나는 재빨리 뛰어내려 절벽 끝으로 달려갔다. 크리스토프는 썰매가 협곡으로 곤두박질치는 순간 썰매에서 뛰어내렸다. 안나는 절벽 끝에 매달린 크리스토프를 공포 속에서 지켜보았다.

"꽉 잡아!"

안나가 소리쳤다.

'제발 크리스토프가 무사하게 해주세요.'

안나가 마음속으로 빌었다.

갑자기 밧줄이 연결된 곡괭이가 안나의 머리 위로 날아가더니 크리스토프 앞에 떨어졌다.

"잡아요!"

누군가 소리쳤다. 안나가 고개를 들었다. 빨간 머리에 감청색 코트를 입은 남자가 밧줄의 끝을 잡고 있었다.

"함께 끌어올려요!"

그가 안나에게 말했다. 안나는 밧줄을 잡고는 그를 도와 크리스토프를 끌어올렸다. 크리스토프는 거칠게 숨을 쉬며 바닥에 대자로 누웠다. 안나는 크리스토프가 숨을 돌리도록 시간을 주었다. 지금은 그가 값을 모두 지불한 새 썰매가 재가 되어버렸다는 말을 하기에 좋은 시간은 아닌 듯했다.

안나는 자신들을 구해준 사람을 올려다보았다. 그는 연갈색 말 옆에 서 있었다.

"감사합니다. 구해주지 않았다면……."

그가 안나의 말을 가로막았다.

"당연하죠. 이 눈보라에 여기서 뭘 하고 있는 겁니까? 늑대도 날씨도 모두 위험한데."

"그러니까요."

크리스토프가 헐떡거리며 말했다.

안나는 악수를 청하려고 손을 내밀었다.

"저는 안나예요. 구해주신 애는 크리스토프라고 하고요."

"정확히 '구해'준 건 아니고."

크리스토프가 웅얼거렸다. 그 남자는 적갈색 눈동자를 여러 번 깜빡거리고 나서 물었다.

"안나라고 했어요?"

"네, 우린 하몽이 심하게 얼어붙는 걸 보고 무슨 일인지 알아보려고 아렌델로 내려갔거든요."

안나는 쉬지 않고 떠들어댔다.

"그런데 우리 썰매가 늑대들에게 공격당하는 바람에 협곡에서 점프를 해야 했는데, 크리스토프가 저를 스벤에게, 아, 스벤은 저 애의 순록이에요. 태워버리고는 자기도 뛰었죠. 하지만 썰매는 건너오지 못했어요. 크리스토프도 건너지 못할 뻔했죠. 그런데 당신이 와준 거예요."

안나가 환하게 웃었다. 아직도 그 남자는 너무나 당황스러운 듯 보였다.

"그래도 이제 우린 모두 안전하네요. 전 안나라고 해요. 제가 이미 말했나요?"

그는 안나의 손을 꼭 잡으며 미소를 지었다.

"말했어요, 그래도 괜찮아요."

그는 아주 멋진 미소를 가진 사람이었다.

"만나서 반가워요, 안나. 나는 서던아일스에서 온 한스라고 합니다."

안나가 그의 손을 세게 잡았다.

"한스라고요? 한스 왕자님?"

그가 웃었다.

"네, 아마 그럴 거예요. 그리고 당신은 안나, 맞죠?"

"어…… 네!"

그는 재미있는 사람이었다. 안나는 얼토당토않게 모든 상황에 웃음이 났다. 협곡 반대편에 늑대들이 있고, 크리스토프는 무사하고, 어쩌다 보니 엘사 공주의 한스 왕자까지 만나게 되었다. 운명이 분명했다!

"한스 왕자님!"

공중으로 흩어진 크리스토프의 물건들을 줍고 있던 올라프가 숲에서 뛰어나왔다.

"당신이네요! 정말로 당신이에요!"

놀란 한스가 눈 위로 넘어졌다.

"아, 괜찮아요. 엘사 공주님이 만드신 애예요. 이름은 올라프고요. 우리가 엘사 공주님을 찾도록 도와주고 있어요."

안나가 말했다.

"우린 지금 엘사를 찾고 있어요!"

올라프가 거들었다.

"그래?"

안나와 올라프가 고개를 끄덕이자 한스가 놀라는 것처럼 보였다. 크리스토프가 일어나 앉자 안나가 한스의 손을 놓았다.

"좋아. 이제 누가 누구인지 다 알았으니, 늑대가 다시 오기 전에 어서 움직이자. 도와주셔서 고맙습니다, 한스 '왕자'님."

크리스토프의 빈정대는 말투에 안나의 얼굴이 붉어졌다. 안나도 빈정댄 적이 있지만 한스는 왕자였다.

"죄송해요. 이 며칠이 정말 길었거든요. 엘사 공주님도 찾지 못했고. 엘사 공주님의 흔적이라도 보셨나요?"

한스의 얼굴이 어두워졌다.

"아뇨, 못 봤습니다. 당신은?"

안나가 고개를 저었다.

"아뇨. 우린 공주님이 살아 있는 바위의 계곡에 계실지도 모른다고 믿고 있지만, 이렇게 많은 눈이 내리니, 찾을 수 없을 것 같아요."

"그래요? 난 공주가 노스마운틴으로 갔을 거라 생각했는데. 그래서 이쪽으로 온 거고요. 하지만 아무 흔적도 보지 못했죠. 거기까지 오르지는 못했을 거라 생각하지만, 어쨌든."

"왜 그렇게 말하는 거죠?"

크리스토프가 물었다. 한스가 그를 노려보았다.

"엘사는 공주예요. 정말 공주가 맨손으로 노스마운틴에 올랐을 거라고 생각합니까?"

안나는 망설였다. 아무래도 이해되지 않는 이야기였다. 평생 단 하루도 하몽을 떠나본 적이 없었던 안나도 올라프와 함께 여기까지 올라왔으니까. 마법을 사용하는 엘사 역시 산을 오를 수 있지 않았을까?

"불가능한 건 아니죠."

크리스토프가 안나의 생각을 읽은 것 같았다. 그는 안나와 한스 사이에 섰다.

"눈을 만드실 수 있으니, 추운 곳도 좋아하실 테고."

'그럼 이제 크리스토프도 엘사 편인가?'

안나는 궁금했다. 어젯밤에 공주님이 얼음으로 미쳤다고 했었는데…….

"올라프? 말하는 눈사람이라고 했죠?"

한스는 당황한 듯 올라프에게 살짝 손을 흔들었다.

"한스 왕자님! 마침내 왕자님을 만나다니 너무 좋아요! 왕자님이 보낸 꽃들이 난 너무너무 좋았어요!"

한스는 혼란스러워 보였다.

"왕자님께서 매주 공주님께 보라색 헤더를 보냈었다고 올라프가 말해주던데요. 공주님이 방을 나서도록 설득할 수 있는 유일한 사람들 중 하나가 왕자님이었다고도 했고요."

안나가 말하자 한스의 얼굴이 붉게 달아올랐다.

"엘사가 제일 좋아하는 꽃이거든요. 그 꽃이 언제나 엘사를 기운 나게 하는 것 같더군요. 엘사 공주는 사람들을 믿지 않았어요. 나도 그녀가 불행했다는 건 알았지만, 아렌델을 영원한 겨울에 빠뜨릴 거라고는 생각지도 못했어요."

"분명히 사고였을 거예요. 공주님이 자신의 왕국에 일부러 그런 일을 하시지는 않을 테니까."

"공주를 만난 적이 있나요?"

한스가 물었다. 안나와 크리스토프는 고개를 저었다.

"난 엘사를 잘 알았어요. 혼란스러워했고, 가끔은 굉장히 화를 내기도 했고. 대관식 때문에 힘들어했지요."

"맞아요. 엘사는 머리 모양을 좋아하지 않았어요. 머리를 올리라는 말에 엘사가 이렇게 말했거든요. '올라프, 머리를 내려버릴까?' 그래서 내가 말해줬어요. '난 머리가 없잖아.'"

올라프는 잔가지가 달린 자신의 머리를 가리키며 맞장구를 쳤다.

"엘사는 왕관이 불편했던 거지. 여왕이 될 준비가 되지 않았다고 계속 내게 말했거든요. 난 엘사가 대관식을 앞두고 초조해서 그러는 거라고 생각했지만 엘사는 완강했죠. 왕국 전체를 책임지고 싶지 않다고 했어요. 난 엘사가 좋은 통치자가 될 거라고, 내가 곁에 있어주겠다고, 그녀를 안심시키려고 했지만…….”

“공주님을 도와주려고 애를 쓰셨군요.”

“난 엘사가 그렇게 화난 모습을 보는 게 싫었어요. 대관식 날 아침에도 난 엘사를 진정시키려고 애를 썼지만 그녀는 내게도, 다른 궁전 참모들에게도 화를 냈죠. 위즐튼 공작에게도 마찬가지였고. 우리 모두에게 계속 물러나라고 했어요. 그때가 바로…….”

한스가 두 눈을 질끈 감았다.

“우린 그 복도에서 겨우 살아 나왔어요.”

“공주님이 당신을 해치려고 했어요?”

안나는 충격을 받았다. 공주가 사랑하는 사람을 정말로 해치려고 했을까?

“얼음은 위험할 수 있으니까. 내가 잘 알지. 얼음 배달이 직업이라. 아름답지만 동시에 강력하고, 언제나 통제될 수 없는 마법을 가지고 있거든.”

크리스토프가 말했다.

“정확해요. 게다가 내가 말했듯이 엘사는 화가 나 있었거든요. 엘사가 우리를 향해 얼음을 쏘았죠. 우리 심장을 찌르려고. 공작은 거의 맞을 뻔했어요.”

“그 사람이 공주님을 도발했다면 당연한 거죠.”

크리스토프가 킥킥거렸다.

"공작이 거의 죽을 뻔했다니까. 미안하지만, 우리가 안다고 생각했던 공주는 이제 없어요. 그날 내가 본 건, 괴물이었어요."

한스가 날카롭게 말했다.

엘사가 자신의 백성들을 버릴 리가 없었다. 그렇지 않은가? 안나는 날카로운 고통을 느끼며 머리를 붙잡았다. 또 다른 환영을 보기 시작했다. 하지만 이번엔 잊어버린 기억이 아니었다. 기억이 아닌, 고통이 느껴졌다.

'도와줘! 안나! 도와줘!'

안나는 누군가 외치는 소리를 들었다.

"엘사?"

안나가 작게 속삭이고는 바닥에 쓰러졌다. 크리스토프가 안나에게 다가갔지만, 한스가 먼저 안나를 붙잡았다. 안나는 두 눈을 깜빡거렸지만 한스의 얼굴이 흐릿해져갔다.

"공주님이 위험해요. 느껴져요."

안나가 말했다. 크리스토프는 한스의 손에서 안나를 끌어당겼다.

"집으로 가자. 당장."

그는 한스를 바라보며 말했다.

"어제부터 병이 났는데 계속 고집을 피워서. 너무 고집이 세요. 실내에서 좀 쉬어야 해요."

빠르게 생겼던 통증은 그만큼 빠르게 가라앉았다. 안나는 크리스토프를 뿌리쳤다.

"그냥 두통일 뿐이야. 계속 갈 수 있다고. 그 계곡으로 가야 해. 이유는 모르겠지만, 엘사 공주님이 위험에 처한 게 느껴진단 말이야."

"위험."

올라프가 겁에 질렸다.

"계곡?"

한스가 물었다.

"올라프는 공주님이 노스마운틴에 있다고 하더니, 이젠 살아 있는 바위의 계곡에 있다고 하네요. 공주님이 그곳에 대해 이야기한 적이 있어요?"

크리스토프가 한스를 노려보며 물었다. 한스는 잠시 생각했다.

"아니, 없어요. 하지만 엘사가 그곳에 있고 위험에 처했다면 우리가 찾아야죠. 지금 내겐 내 말, 시트론밖에 없지만 돈도 있고 거래할 물건들도 좀 있어요. 당신들에게도 말을 구해줄 수 있으니 함께 그 계곡을 찾아봅시다."

"그리고 우리와 함께 돌아와 백성들을 돕자고 설득해야죠."

안나가 덧붙였다. 안나는 심호흡을 하고는 몸을 가눠보려고 했다. 통증은 사라졌지만, 엘사의 목소리는 기억에 남아 있었다. 그녀에게 무슨 일이 일어나고 있는 것일까?

"맞아요. 엘사가 왕위를 원하지 않는다면, 왕위에서 물러나면 되죠. 하지만 여름은 반드시 되돌려놔야 해요."

한스가 맞장구를 쳤다.

"아이고! 이 상태로 계곡에 갈 수는 없어. 너 어딘가 이상해지고 있다고. 일단 쉬어야 해."

크리스토프가 안나의 팔을 잡았다. 안나가 이를 악물었다.

"누군가는 이 겨울을 멈춰야만 하는데, 그게…… 나인 것 같아."

"넌 공주님도 모르잖아. 한스 왕자 말이 맞으면 어쩌려고? 공주님이 그 정도로 화가 났다면, 너도 해칠 수 있어."

"아니야."

안나가 우겼다. 넓은 평지 위로 바람이 강하게 회오리를 일으키고 있었다. 안나는 몸이 흔들리는 것이 느껴졌다.

"크리스토프, 지금은 집에 갈 수 없어. 아렌델은 도움이 필요해. 뭔가 해야만 한다고."

"같은 생각입니다."

한스가 말했다.

"누가 물어봤어요?"

크리스토프가 말하자 스벤도 콧방귀를 뀌었다. 크리스토프는 안나를 쳐다보았다.

"미친 짓이야! 방금 전에 만난 이 남자랑 함께 갈 수는 없어!"

"난 너하고도 갔잖아, 안 그래?"

안나가 상기시켜주었다. 크리스토프는 아무 말도 없었다.

"실례지만, 숙녀에게 소리를 지르면 안 된다고 생각합니다만. 안나는 현명하고 아는 것도 많아 보이는데. 지금 왕국을 구하려고 애쓰는 중이잖아요."

"감사합니다."

안나가 말했다.

한스는 고민하지도, 주저하지도 않았다. 엘사가 자기에게 돌아오지 않을까 걱정은 됐지만 어쩌면 안나와 함께라면 엘사를 설득할 수 있을지도 모를 일이었다.

"안나, 분위기 파악 좀 해! 장비들은 모두 날아갔고, 내 썰매는 가루가 되어버렸고, 날씨 때문에 사람들은 전부 이상해지고 있다고."

크리스토프는 이제 불안해졌다.

"엘사 공주님이 어디 있는지 확실하게 알지 못하는 상황에서 계속 가는 건 말이 안 돼! 넌 지금 눈사람의 직감만 따라가고 있는 거야!"

"엘사가 어디 있는지 알아! 누군가 편지를 소리 내서 읽었을 때, '살아 있는 바위의 계곡'이라고 말하는 걸 들었다니까."

올라프가 다시 말했다.

"내가 그 편지를 읽는 걸 들었어?"

한스가 천천히 말했다.

"당신이었구나!"

올라프가 행복하게 말했다.

"진작 알았어야 했는데. 당신은 엘사에게 참 좋은 사람이에요."

"안나, 이러지 마."

크리스토프가 다시 말했다. 이 일이 얼마나 중요한지 왜 그는 보지 못하는 걸까? 안나는 집으로 돌아가서 실패했다고 부모님께 말할 수는 없었다. 하몽은 이 끝없는 겨울을 견뎌낼 수 없을 테니까.

하지만 바로 그것이 문제였다. 하몽은 크리스토프의 마을이 아니라 안나의 마을이었다. 크리스토프는 그저 얼음을 배달하며 지나치는 사람일 뿐이었다. 안나처럼 마을 사람들을 걱정하지 않는. 그가 걱정하는 존재는 오직 스벤뿐이었다.

"난 갈 거야. 남은 여정을 한스 왕자님과 가도 아무 문제 없어. 넌 어떡할 거야? 우리하고 같이 갈 거야?"

안나는 단호하게 말했다. 크리스토프는 단념했다.

"이봐, 그 계곡을 잘 아는 나조차도, 아프지 않은 나조차도 이 날씨엔 찾을 수 없어. 우린 모두 돌아가야 해."

"그래도 갈 거야. 한스 왕자님도. 우리 모두 갈 수 있어."

"아니. 셋이서 가. 나는 내 썰매에 남아 있는 것들을 좀 수습해야겠어. 가자, 스벤."

그는 뒤돌아서 성큼성큼 걸어가 버렸다. 스벤은 안나를 바라보다가 크리스토프를 향해 애처롭게 낑낑댔다.

"괜찮아, 스벤. 크리스토프를 잘 돌봐줘. 난 괜찮을 거야."

안나가 말했다.

그러고는 스벤이 크리스토프를 따라 숲으로 사라지는 모습을 지켜보았다.

"보고 싶을 거야."

올라프가 슬프게 말했다.

'나도.'

안나가 생각했다.

한스가 고개를 저었다.

"당신을 여기 두고 가다니 믿을 수가 없군."

"난 괜찮을 거예요."

"전혀 의심치 않습니다. 당신은 타고난 리더 같으니까요."

한스가 너무나 강렬하게 쳐다보는 바람에 안나의 얼굴이 붉어졌다. 그가 멀리 연기를 가리켰다.

"저쪽에 산장이 있는 게 분명해요. 오늘 밤을 피할 곳을 찾아봅시다."

그는 손을 내밀어 안나가 말에 오르도록 도와주었다. 안나가 말에 오른 후 한스는 올라프를 안나 앞에 앉혔다. 그러고는 맨 뒤에 올라탔다.

"우린 좋은 팀이 될 거예요, 안나. 그런 느낌이 드네요."

"저도요."

옅은 미소를 지으며 안나가 말했다. 안나는 팀이라는 말이 마음에 들었다.

Chapter 24

엘사

눈을 뜨기 전부터 머리가 욱신거렸다. 왜 머리가 아팠을까?

그러고는 기억이 났다. 한스가 그의 사악한 본성을 드러냈고, 엘사는 한스가 안나를 찾기 전에 도망치려고 필사적으로 노력했고, 얼음 샹들리에가 떨어져 엘사를 찌를 뻔했고, 엘사의 궁전 밖에 사람들이 매복했던 것을. 엘사를 아렌델 궁전으로 데려와 감옥에 가두려는 그들의 계획을 미리 알았더라면.

엘사가 몸을 일으키자 엘사의 몸에 덮여 있던 담요가 흘러내리며 사슬이 드러났다. 엘사는 수갑을 차고 있었다. 엘사가 두 손을 쓰지 못하게, 더 정확하게는 마법을 쓰지 못하게 하려는 것이었다. 사슬은 엘사가 몇 걸음도 옮길 수 없도록 바닥에 있는 커다란 바위에 고정되어 있었다. 엘사는 사슬이 풀어지기를 기대하며 잡아당겨보았지만 아무 소용이 없었다.

또다시 엘사는 자신의 궁전 안에 갇힌 신세가 되고 말았다.

사슬은 엘사가 창문까지 걸어갈 수 있는 정도의 길이였다. 창밖으로 내다본 아렌델은 눈으로 덮인 정도가 아니라 파묻혀 있었다. 겹겹이 쌓인 눈이 지붕보다 훨씬 높아서 집들이 보이지도 않았다. 굉음에 엘사는 무엇이 무너졌는지 궁금했다. 집일까? 조각상일까? 아니면 배? 엘사는 항구에 얼어붙은 배들을 볼 수 있었지만, 아무것도 바꿀 수가 없었다. 엘사가 당황할수록 눈보라가 더 거세지는 것 같았다. 손가락 끝이 얼얼해지는 것을 느끼자마자 감옥 안에 고드름이 잡초처럼 자라나고 벽들은 고통으로 삐걱거렸다.

사람들은 모두 어디로 갔을까? 어떻게 추위를 견디고 있을까? 엘사는 대관식 날 궁전 안뜰에서 자신에게 겁먹었던 어머니와 아기를 떠올렸다. 그들은 무사할까? 안나는?

엘사는 걱정에 사로잡힌 채, 두 눈을 감았다.

"내가 무슨 짓을 한 거지?"

그녀가 낮게 읊조렸다.

'어머니, 아버지, 이 저주가 풀리게 도와주세요. 왕국은 오래 버티지 못해요. 자신이 누구였는지 안나가 기억하게 도와

주세요!'

엘사가 짐작했던 대로, 아무 대답이 없었다.

엘사는 자신의 힘으로 이 문제를 해결해야만 했다. 엘사에게는 도망치는 수밖에 없었다. 안나에게 직접 가지 않고도 말을 전할 수만 있다면 안나의 기억을 되살릴 수 있을 텐데. 진실의 증거인 그 편지만 가지고 있었다면. 엘사가 자신의 수갑에 집중하자 수갑이 빛나기 시작했다.

'끊어져.'

하지만 도리어 수갑이 얼어붙기 시작하더니 거의 움직이지도 못하게 되어버렸다.

"엘사 공주님?"

엘사가 고개를 들었다. 피터센 경이 쇠창살이 쳐진 감옥 창문을 통해 엘사를 들여다보고 있었다.

"피터센 경!"

엘사가 소리쳤다. 수갑에 뭉치던 얼음이 곧바로 멈췄다. 엘사는 문을 향해 달려갔지만, 사슬 때문에 뒤로 끌려가고 말았다.

"괜찮으세요?"

쇠창살을 꽉 잡고 그가 물었다. 올라프를 제외하면, 엘사가 가족처럼 믿었던 유일한 사람이었다. 엘사의 아버지도 평생 그를 신뢰했었다. 아마 엘사도 그를 신뢰해도 될 것이다.

"아니요. 찾아야 하는 사람이 있어요. 반드시. 피터센 경, 부모님께서 저 말고 다른 아이에 대해 이야기한 적이 있나요? 여자아이? 저보다 어리고, 빨간 머리를 가진? 이름은 안나예요."

아주 짧은 순간 엘사는 피터센 경의 갈색 눈동자가 흔들리는 것을 보았다.

"아…… 익숙하게 들리는 이름이네요."

"그래요!"

엘사는 사슬을 더 세게 잡아당기며, 피터센 경에게 조금이라도 다가가려고 애를 썼다.

"기억나세요?"

"죄송합니다. 누구에 대해 말씀하시는 건지 모르겠어요. 공주님은 이 왕국의 유일한 후계자이신데요."

"아니에요. 피터센 경, 제발! 난 이 아이를 찾아야 해요. 저보다 몇 살 어릴 거예요. 한스 왕자가 찾기 전에 내가 먼저 그 애를 찾아야 한다고요."

"한스 왕자님이요?"

피터센 경이 어리둥절한 듯 말했다.

"그래요. 그를 믿어서는 안 돼요! 그는 진심으로 우리 왕국이 잘되기를 바라는 자가 아니에요. 내 말을 신뢰하기 어렵다는 건 알지만, 제 말을 믿으셔야 해요."

"이런 날씨에는 아무도 찾을 수 없어요. 장작도 떨어져가고, 식량도 부족해요. 백성들은 얼어가고 있고요! 좌절하고 있어요. 한스 왕자님이 공주님을 뒤따라갔지만, 아직 돌아오지 못했거든요."

"한스는 어디 있어요?"

엘사의 수갑이 다시 빛나기 시작했다.

"아무도 모릅니다. 왕자님을 찾으러 갈 수가 없으니까요. 공주님을 모시고 온 사람들만이 다시 돌아온 유일한 사람들이거든요. 유감스럽게도 공작이 저보다 그 사람들을 먼저 만나는 바람에 공주님을 이 감옥에 가두었죠."

엘사는 그의 눈에 스치는 분노를 보았다.

"그 사람들은 공주님의 얼음 궁전에서 있었던 일 때문에 겁을 먹었더군요. 전 공주님이 여기 계시다는 걸 방금 알았어요. 공작은 아무 권리도 없는 이곳에서 권력을 휘두른 대가를 치러야 할 겁니다."

"그럼 저를 풀어주시겠어요?"

엘사가 물었다. 수갑은 더 밝게 빛나고 있었다.

"사방을 뒤졌지만, 이곳 열쇠를 찾지 못했어요."

"찾으실 거예요. 언제나 저를 도와주셨잖아요."

"저는 항상 공주님이 훌륭한 지도자가 되실 거라고 생각했어요. 우린 지금 공주님의 통치가 필요합니다. 여름을 되돌려 놓으실 거죠? 더 오래 버티지는 못해요."

엘사의 두 팔이 옆으로 툭 떨어졌다.

"전 방법을 몰라요."

"공주님은 폐하의 따님이십니다."

피터센 경이 단호하게 말했다. 그는 엘사의 두 눈을 바라보았다.

"공주님은 내면 깊숙한 곳에서 이 눈보라를 멈출 방법을 찾아낼 수 있을 겁니다. 우린 지금까지 인내해왔지만, 이제 그 어느 때보다도 공주님이 필요해요."

'인내하라.'

머릿속에서 파비 할아범의 목소리가 들려왔다.

폭풍은 점점 더 거세졌다. 인내의 시간은 지나갔다. 엘사는 안나의 기억들을 살려내 저주를 끝내야 했다. 그것만이 아렌델을 구할 유일한 방법이었다. 엘사와 안나가 함께해야 하는 방법.

"알아요. 저도 이 겨울을 너무나도 멈추고 싶어요. 하지만 혼자서는 할 수 없어요. 그래서 저를 도울 사람을 찾아야 한다는 거예요."

"공주님, 우리는……."

"꼼짝 마!"

통로가 소란스러워지더니 누군가 소리쳤다. 그러더니 피터센 경이 끌려나갔다. 엘사의 시야에는 아무것도 보이지 않다가 갑자기 누군가의 머리끝이 보였다. 흰 가발이 바람에 펄럭거렸다.

"나를 올려라!"

누군가 외치는 소리가 들렸다. 그의 얼굴이 창살 사이로 나타났다. 위즐튼 공작이었다.

"엘사 공주, 당신은 아렌델에 위협이 되는 존재야. 아무 데도 못 가."

Chapter 25

안나

한스는 그들이 찾은 산장의 부부에게서 새로운 장비들을 구하고 안나를 위해 말도 빌렸다. 여정을 계속하려면 그곳에서 밤을 지내야 한다고 그 부부가 고집했다. 모두들 여름의 눈보라를 경험해서인지 그 부부는 올라프를 보고도 전혀 겁먹지 않았다. 부부는 그들에게 아침까지 서두르지 말라고 당부했다.

"이 산길들은 겉보기와는 달리, 날씨가 아주 좋을 때도 위험하거든요."

남자가 말했다.

"그러니 이 날씨엔 거의 불가능할 거예요."

"우박까지 내리고 있어요."

아내도 거들었다.

"제발, 한스 왕자님, 아렌델로 돌아가요."

"어쩌면 저 사람들 말이 맞을지도 몰라요. 폭풍이 점점 더 심해지고 있어요. 곧 아렌델로 돌아가는 것조차 불가능해질 거예요."

산장 창문을 내다보며 한스가 말했다. 보이는 거라곤 흰색뿐이었으니까.

"계속 가야 해요."

안나가 고집을 피웠다.

"엘사 공주님을 찾는 것이 이 겨울을 멈출 유일한 방법이란 걸, 당신도 잘 알잖아요."

'내가 만든 쿠키를 아버지께 드리고 싶단 말이야!'

머릿속에서 어린아이의 목소리가 들렸다.

'올리나가 올 때까지 기다려.'

또 다른 목소리가 말했다.

"엘사가 원하지 않는다면요?"

부부가 마지막 장작을 벽난로에 넣는 동안 한스가 물었다. 그러고는 덧붙였다.

"이런 말은 듣고 싶지 않겠지만, 엘사는 자기 자신만 생각했어요. 아마 왕국의 죄수로 남고 싶을지도 모릅니다."

죄수. 안나의 머리에 통증이 일어나더니, 눈이 내리는 가운데 금발의 여인이 벽에 달린 사슬에 묶여 있는 모습이 보였다. 그녀는 고통스러워하고 있었다.

'엘사?'

"왜 그래요?"

"아무것도 아니에요."

안나는 자신에게 보이는 것을 한스에게 말하지 않았다.

"살짝 두통이 와서요."

"당신 친구 말이 맞았네요. 이 날씨는 당신에게 너무 위험해요."

한스가 살짝 짜증스럽게 말했다.

"이동이 아예 불가능해지기 전에 아렌델로 돌아가야 합니다. 이 폭풍이 지나갈 때까지 궁전에서 나와 함께 쉬어요."

"이 폭풍은 지나가지 않을 거예요."

안나가 그에게 말해주었다.

'폭풍을 멈추도록 내가 엘사 공주님을 도와주기 전에는.'

안나는 숨을 멈췄다. 왜 그런 생각을 하게 되었을까? 또 다른 환영이 나타나더니, 이번에는 얼음으로 가득한 방 안에서 썰매를 타는 어린 자신을 보았다. 안나는 왜 자신이 회상하지도 못하는 순간들의 기억들을 보는 것일까?

한스가 인상을 찡그렸다.

"당신 말이 맞을 거예요. 내 생각에 엘사는 아렌델이 고통받기를 원하는 것 같으니까."

"아니죠. 공주님은 겁을 먹은 것 같아요. 직접 공주님과 이야기할 수만 있다면, 상황이 더 나빠지기 전에 분명히 함께 해결할 수 있을 거예요. 그러니까 빨리 공주님을 찾아야 한다는 거예요."

안나가 말했다. 그녀의 상태는 점점 나빠졌다.

"당신이 다치는 걸 보고 싶지 않아요."

"엘사는 절대 안나를 해치지 않아요. 그 무엇보다도 안나를 사랑하니까."

올라프가 끼어들었다.

안나와 한스가 눈사람을 쳐다보았다. 돌풍으로 문이 열리면서 올라프의 머리가 떨어져버렸다. 부부는 재빨리 문을 닫고 빗장을 채웠다.

"저기, 내 엉덩이 좀 주워줄래요?"

올라프의 머리가 한스에게 말했다. 안나는 혼자만의 생각에 빠져 있었다. 올라프, 새로운 기억들, 목소리들. 그 모든 것들이 마치 손이 닿지 않는 등 뒤의 작은 가려움처럼 느껴졌다.

안나는 왜 늘 눈에 대한 꿈을 꾸었을까? 안나는 왜 눈사람 쿠키를 만들었을까? 안나는 왜 그렇게 아렌델에 매료되었을까? 아마도 안나와 엘사에게는 안나가 이해하지 못하는 연결고리가 있는 듯했다. 안나는 공주를 찾아 그 이유를 알아내야만 했다.

갑자기 문을 두드리는 소리가 들렸다. 모두 서로를 바라보았다. 한스는 자신의 칼집에 손을 뻗었다.

"문 열어요."

그가 남편에게 지시했다. 초록색 제복을 입은 경비병이 문 안으로 쓰러졌다.

"세상에!"

아내는 소리를 지르며 안나와 함께 그에게 달려갔다. 남편은 바람이 휘몰아쳐 들어오는 문을 다시 닫기 위해 안간힘을 썼다. 그 경비병이 한스를 보고는 눈이 휘둥그레졌다.

"한스 왕자님! 왕자님을 찾느라 사방을 헤맸어요."

쉰 목소리에, 풍상을 입어 벌게진 얼굴이었다.

"그 격투 끝에 왕자님이 보이지 않아서, 우리는 왕자님을 잃었다고 생각했어요. 계속 찾으려고 했었지만, 제 말이 이 날씨를 견디기 힘들어했죠. 그러다가 이 산장을 보고는……."

남편이 옷을 여러 겹 껴입기 시작했다.

"당신 말을 헛간에 데려다놓을게요."

그가 말했다. 그러고는 부츠를 신고 문을 열었다.

"무슨 격투요?"

안나가 물었다. 한스는 안나의 말을 무시하고는 그 경비병을 부축해서 벽난로로 데려갔다.

"무슨 일이지? 아렌델은 모두 무사한가?"

아내가 경비병에게 담요를 둘러주었다. 그는 몸을 덜덜 떨며 담요를 감사하게 받았다. 그는 주변에 있던 사람들을 보더니, 다시 한스를 쳐다보았다.

"따로 이야기할 수 있을까요?"

"그럼요."

와이프가 대답하고는 안나를 팔로 감쌌다.

"이리오렴. 네게 줄 더 따뜻한 옷이 있는지 찾아보자."

하지만 안나는 가고 싶지 않았다. 지금은 비밀을 나눌 때가 아니었다.

"모두 괜찮나요? 우리에게 감추는 게 뭐죠?"

한스가 머뭇거렸다.

"노스마운틴에 눈사태가 있었어요. 이렇게 위태로운 상황에서 우리가 계곡으로 계속 갈 수 있을지 모르겠어요."

경비병이 한스를 쳐다보았다. 한스는 매력적인 사람이었지만, 안나가 확실하게 신뢰할 수 없는 무언가가 있었다.

안나는 따지고 싶었지만, 갑자기 뼈들이 아파왔다. 궁전이 안나를 부르고 있었다. 엘사는 오래전에 노스마운틴을 떠났던 것이다. 안나는 이 말을 한스에게 해주지 않을 생각이었다.

"아렌델로 돌아가요. 궁전에서 폭풍이 끝나기를 기다리면 되니까. 아렌델에 도착하면, 잃어버린 단서를 찾을 거예요."

안나가 말했다.

"야호! 엘사가 너를 만나면 정말 기뻐할 거야. 엘사는 오래오래 너를 기다렸거든."

올라프가 말하자 한스가 그를 쳐다보았다. 이어 한스는 안나를 보며 말했다.

"전에 내가 했던 말은 진심이었어요. 당신은 훌륭한 지도자가 될 거라는 말."

"잘 모르겠네요."

"정말이에요. 아렌델로 가면 당신이 직접 볼 수 있을 거예요."

Chapter 26

크리스토프

"결정된 거야! 결심했다고, 스벤."

썰매 잔해를 찾아 터덜터덜 협곡을 내려가며 크리스토프가 자신의 친구에게 말했다.

"순록이 있는데 사람이 왜 필요해?"

스벤이 짜증스러운 듯 끙 소리를 냈다. 순록은 나무들이 줄지어 선 어둠 속에 또 다른 늑대의 낌새가 있는지 확인하느라 정신이 없었다. 다행히 떠오르는 달빛과 밝은 눈 덕분에 크리스토프와 스벤은 꽤 멀리까지 볼 수 있었다.

결국 그는 숨고 싶은 공주를 찾기 위해 말만 번지르르한 왕자 그리고 눈사람과 함께 안나가 떠나도록 내버려두었다. 자신과 스벤까지 죽을 수는 없었으니까.

물론 그도 여름을 되돌리고 싶었다. 얼음이 이렇게 많아졌으니 얼음을 팔아 돈을 벌기도 어려워졌으니까. 하지만 이 날씨는 크리스토프에게 익숙했다. 그는 대부분의 시간을, 눈을 뒤집어쓰고, 양털 옷을 입고, 땀 냄새가 나는 두꺼운 부츠를 신고서 이 산 위에서 보냈기 때문이다. 무슨 냄새가 나는지는 상관없었다. 그에게 나는 냄새를 맡을 사람도 주변에 없었으니까. 그러니까 끝없는 겨울이 온다 해도 그는 감당할 수 있었다.

하지만 안나는……. 분명히 한기가 안나에게 스며들고 있었다. 저체온증이나 동상이라고 여겼었지만, 사실 그 정도가 아니라는 것을 크리스토프는 알고 있었다. 엘사 공주를 찾는 시간이 더 길어질수록 안나와 엘사 공주가 더 가까워지는 것 같았다. 마법처럼.

사람들이 마음껏 마법을 비웃어도 상관없었다. 크리스토프는 마법이 진짜라는 것을 알고 있었으니까.

그는 평생 마법과 함께 살았기 때문이다. 안나에게는 말하지 않았다. 안나가 그렇게 짜증나게 구는데 왜 이야기해주겠는가? 안나는 쉬지 않고 말했다. 크리스토프와 스벤뿐만이 아니라, 만나는 모든 사람에게 말이다! 거기다 안나는 충동적이어서 처음부터 크리스토프를 끌고 아렌델로 갔었다. 이 거침없는 친구는 엘사를 어떻게 찾을지, 어떻게 이 미친 상황을 끝내게 할지도 모르면서 무작정 자신이 이 끝없는 겨울을 끝낼 수 있다고 생각하고 있었다.

협곡 바닥이 가까워지자 썰매 잔해가 보였다. 너무나 심하게 망가져서 쳐다보기 두려울 정도였다. 그는 대신 스벤에게 집중했다.

"모든 사람들이 너를 이용하고 배신하려고만 해. 네가 맞았어. 사람들은 다 나빠! 너만 빼고."

그가 다시 스벤의 목소리로 말하고는 스벤의 주둥이를 문질렀다.

"아이고, 고마워, 친구. 건질 만한 게 있는지 보자."

썰매를 본 크리스토프는 한숨을 내쉬었다. 자신이 사랑했던 썰매는 산산조각 나 있었다. 그의 류트도 엉망이 되었다. 잔해 사이에 없는 걸 보니 얼음도끼는 어디론가 날아간 게 분명했다. 약간의 식량은 야생 짐승들이 이미 싹쓸이해갔다. 건질 것이 별로 없었지만 크리스토프는 하나하나 꼼꼼히 확인하고는 스벤 위에 올라탔다.

"이제 어쩌지, 스벤? 계곡을 찾는 수밖에. 이 날씨에서 너도 벗어나게 해줘야 하니까, 친구."

그는 주변을 둘러보았다.

"거의 다 왔어. 반드시 찾을 거야."

스벤은 꿈쩍도 하지 않았다. 그러고는 크게 코를 힝힝거렸다.

"그래. 안나도 무사할 거야. 아마 산장에 도착했겠지. 멀리서 연기를 봤거든. 우리는 합류하지 않을 거야. 가자. 걱정은 그만."

크리스토프가 스벤에게 말했다.

스벤이 싸늘한 시선으로 크리스토프를 바라보았다.

"더는 안나를 돕기 싫은 거야?"

크리스토프가 스벤의 목소리로 말했다.

"당연히 돕기 싫지!"

크리스토프가 스벤의 고삐를 잡아당기며 협곡을 오르기 시작했다.

"솔직히 말하면, 다시는 누군가를 돕고 싶지 않아졌어."

협곡을 오르는 동안 성난 눈보라가 휘몰아치면서 더 이상 길이 보이지 않았다. 집으로 돌아가는 것이 현명한 판단이었다. 하지만 그건 크리스토프도 안나가 향하는 곳과 같은 장소로 가고 있다는 의미였다. 스벤이 다시 힝힝거렸다.

"그래, 안나가 어디로 가는지 나도 알아."

스벤이 그를 쳐다보았다.

"그래, 같이 가자고 할 때는 싫다고 하다가 이제 와서 내가 떡하니 나타나면 얼간이처럼 보이겠지."

스벤이 더 크게 콧방귀를 뀌었다.

"그가 전혀 낯선 사람도 아니었잖아. 엘사 공주님의 왕자였다고."

크리스토프가 눈을 굴렸다.

"알았어, 그래. 내가 얼간이였어."

크리스토프가 죄책감을 느끼는 동안 스벤이 주변을 껑충껑충 뛰어다녔다.

"그래서 이제 어쩌라고? 안나를 찾아? 아니면 계곡으로 가서 사과해?"

스벤이 그를 바라보았다.

"그래. 이 날씨에 안나를 다시 찾을 수는 없지. 계곡으로 가서 안나가 오면 사과할게, 됐지? 맞아. 내가 망쳤어."

크리스토프는 계곡으로 가는 내내 자신을 꾸짖었다. 이 날씨에 안나를 완전히 낯선 사람에게 맡기다니. 안나가 크리스토프를 필요로 하는 순간 그는 안나를 내팽개친 것이다. 크리스토프가 여자를 만나지 못할 거라고 불다가 생각할 만도 했다.

눈발이 더 굵어지고 더 축축해졌지만 적어도 고요한 여정이었다. 안나가 없으니 크리스토프에게 잔소리할 사람도, 자신이 좋아하는 음식에 대해 쉴 새 없이 떠들 사람도, 그에게 위험천만하게 불을 붙일 사람도 없었다.

하지만 사실 그는 동반자가 그리웠는지도 모른다. 올라프까지도.

살아 있는 바위의 계곡까지는 몇 시간이나 걸리는 거리였지만, 크리스토프는 굳은살이 박인 자신의 손바닥을 들여다보듯 길을 훤히 알고 있었다. 계곡 근처에 도착하자, 크리스토프는 스벤의 등에서 내려 계곡에 도착할 때까지 바위 길을 함께 걸어갔다.

계곡에 들어서자마자 눈이 그쳤다. 공기도 따뜻했다. 신선한 이슬 냄새가 나는 땅은 이끼에 덮여 있었다. 크리스토프가 안개를 헤치고 아래로 내려가자 바위들이 구르기 시작했다. 스벤은 혀를 내밀고는 잔뜩 기대한 듯 발을 굴렀다. 크리스토프가 가까이 오라는 듯 자신의 무릎을 톡톡 두드렸다. 여러 개의 바위들이 그를 향해 굴러오기 시작했다. 바위들이 크리스토프 앞에서 멈추고는 몸을 펴기 시작했다.

"크리스토프가 집에 왔다!"

맨 앞 한가운데 있던 여자 트롤인 불다가 소리쳤다. 크리스토프의 양어머니가 그와 포옹하기 위해 두 팔을 활짝 폈다. 크리스토프가 몇 걸음 다가가자 불다가 두 팔로 그의 다리를 감싸 안았다. 불다의 목에 두른 빨간 보석들이 크리스토프가 떠날 때보다 더 커진 것 같았다. 보석 여러 개가 빛이 나자 그녀의 초록 이끼 드레스가 거의 오렌지색처럼 보였다.

수십 명의 다른 트롤들도 바위의 모습으로 잠자던 몸을 펼치고 환호했다. 그들은 크리스토프를 보기 위해 다른 트롤들 위로 서로 기어올랐다.

"야호! 크리스토프가 돌아왔어!"

그들이 소리쳤다.

트롤들은 크리스토프가 어릴 때부터 그의 가족이었다. 크리스토프처럼 자유로운 영혼에게 고아원은 맞지 않았다. 기회가 있을 때마다 그는 몰래 고아원을 빠져나와 아렌델의 얼음 장수들을 따라 높은 산을 오르며 그들이 일하는 것을 구경했었다. 그러던 어느 날 스벤을 발견했고, 둘은 떨어질 수 없는 사이가 되었다. 그 후, 크리스토프는 고아원으로 돌아가고 싶지 않았다. 스벤과 얼음이 그의 새로운 삶이 되어주었기 때문이었다.

게다가 돈도 벌게 되었다. 어느 여름 밤, 크리스토프가 스벤과 함께 일을 하던 중 새로운 종류의 얼음을 보게 되었다. 풀로 덮인 산등성이 위에서 우지직거리며 빛을 내던 얼음이었다. 너무나 궁금했던 크리스토프와 스벤은 산으로 연결된 낯선 길을 따라 올라갔다. 그 길은 살아 있는 바위의 계곡으로 곧장 연결되었다. 불다는 크리스토프와 스벤을 발견하고는 그 자리에서 둘을 입양했다. 생각해보니 그는 한여름에 그렇게 얼음이 나타났던 이유를 불다에게 물어본 적이 없었다.

"어디 좀 보자!"

자신의 눈높이로 몸을 굽히라고 크리스토프에게 손짓하며 불다가 말했다. 크리스토프는 무릎을 꿇었다.

"배고프니? 방금 자갈 수프를 끓였는데. 한 그릇 가져다줄게."

"아니요."

크리스토프가 재빨리 대답했다. 그는 자갈 수프를 싫어했다. 도저히 삼킬 수가 없으니까.

"방금 먹고 왔어요. 모두들 다시 만나니 정말 좋네요. 혹시 손님이 오지 않았어요?"

그는 안나를 찾아 두리번거렸다.

"너밖에 없는데! 왜, 누구 기다리는 사람이라도 있니?"

여자가 오지 않았느냐고 불다에게 묻는다면, 이야기가 끝나지 않을 것이 뻔했다.

"아뇨, 그런데…… 파비 할아범은 어디 계세요?"

"낮잠 주무셔."

크리스토프의 어린 사촌들 중 하나가 말했다.

"그런데 이것 봐! 내가 버섯을 키웠어!"

그 애는 자신의 이끼 낀 등 위에서 자라고 있는 버섯을 보여주었다.

"난 불꽃 수정을 받았어."

다른 아이가 빛나는 붉은 돌을 들고 말했다.

"난 신장 결석을 떼어냈지."

크리스토프의 삼촌 하나가 자갈 하나를 증거로 들고 말했다.

"엄마 음식이 먹고 싶은 게 아니라면, 집에는 어쩐 일이니?"

불다가 물었다. 불다를 속일 수는 없었다.

"그냥 보고 싶어서요. 그게 다예요."

크리스토프가 둘러댔다. 불다가 그를 자세히 뜯어보더니, 다른 트롤들에게 말했다.

"여자 문제네!"

모두들 환호성을 질렀다.

"아니, 아니, 아니에요! 완전 잘못 짚으셨다고요!"

얼굴까지 벌게지면서 크리스토프가 말했다. 스벤이 크게 콧방귀를 뀌고 발을 구르며 시끄럽게 소리를 내자 여러 트롤들이 스벤 주변으로 몰려들었다.

"여자 때문이야!"

불다가 외치자 다른 트롤들도 또다시 맞장구를 쳤다.

"왜들 이래! 여자보다 더 큰 문제들이 있단 말이에요. 왕국 전체가 지금……."

"눈으로 뒤덮였다고? 우리도 알아. 하지만 우린 네 이야기

가 듣고 싶어!"

"눈 이야기를 어떻게 아세요?"

불다는 크리스토프의 질문은 들은 체도 하지 않았다.

"좋아하는 여자를 왜 집에 데려오지 않았어? 네 심술 때문에 여자가 겁을 먹었니?"

"아니에요. 제 문제가 아니에요. 전……."

"우리 크리스토프만큼 섬세하고 자상한 남자는 만나지 못할 거라고 그 여자한테 전해!"

"저랑 그 여자 문제가 아니라고요! 이 보호막 안에서는 볼 수 없지만 지금 이 계곡 바깥쪽에만 눈이 덮인 게 아니에요. 왕국 전체가 그렇단 말이에요! 한여름인데!"

가족들은 눈만 깜빡거렸다.

"멈추는 법을 알고 계시면, 말해주세요!"

어린 사촌들 중 하나가 불다의 옷을 잡아당겼다.

"파비 할아범이 그녀가 여기 왔었다고 아무에게도 말하지 말라고 했죠?"

불다의 얼굴이 일그러졌다.

"왜요? 비밀이라고 하지 않았어요?"

"안나? 안나가 여기 왔었어요? 왕자와 함께? 언제 떠났어요?"

크리스토프가 다급하게 물었다. 커다란 바위가 앞으로 굴러

왔다. 파비 할아범이 바위 잠에서 깨어난 것이다. 그는 손을 뻗어 크리스토프의 손을 잡았다.

"크리스토프, 네가 왔구나! 그것도 시간에 딱 맞춰서."

그의 목소리는 진지했다.

"안나는 지금 어디 있어요? 괜찮나요? 나한테 화가 났죠?"

크리스토프가 소심하게 묻고는 불다를 쳐다보았다.

"안나를 보내지 말았어야 했어요, 됐죠? 한여름에 눈보라를 맞고 있다고요. 정상이 아니에요."

눈이 별것 아닌 것처럼 행동했지만 크리스토프와 같은 얼음 전문가의 눈에도 모두들 살아남기 어려울 만큼 날씨가 추워지고 있는 것이 보였다. 크리스토프가 마지막으로 피오르드를 보았을 때, 배들이 기울어지고 부서지고 있었다. 머지않아 건물들도 똑같은 모습이겠지. 어디도 안전하지 않을 것이다.

"그래서 안나는 지금 어디 있어요? 안나에게 무슨 말을 하셨어요?"

파비 할아범이 눈썹을 찡그렸다.

"안나? 엘사 공주겠지. 나를 보러 왔던 건 엘사였어."

"안나가 아니고요?"

"아니. 엘사 공주. 공주를 도와주려고 했단다. 저주에 관해서, 내가 할 수 있는 방법으로."

"저주라고요?"

크리스토프가 다시 물었다. 이해하기 힘든 이야기였다.

"공주는 심각한 위험에 빠져 있어. 공주를 찾아야 한다, 크리스토프."

"노력해봤죠! 하지만 공주님이 어디 있는지는 아무도 모르는걸요. 공주님을 안다는 눈사람도 만났지만 말이에요. 그런데 안나와 한스 왕자, 엘사의 왕자님 말이에요, 두 사람이 이쪽으로 간다고 했거든요. 여기 오면 있을 줄 알았는데."

"안나는 오지 않아. 아렌델로 돌아가는 중이거든."

"안나를 아세요?"

"안나의 심장을 지켜줘야 해. 지금은 안나에게 아주 위태로운 순간이야."

"알아요. 안나의 몸 상태가 계속 나빠져서 저도 걱정이에요. 하지만 안나는 엘사 공주님을 찾겠다고 계속 고집을 부려서요."

"크리스토프, 내 말 잘 듣거라. 안나가 엘사를 찾기 위해 그렇게 애를 쓰는 이유가 있어. 두 사람은 네가 생각하는 것보다 훨씬 더 강하게 연결되어 있단다."

"저도 그렇게 느꼈어요. 우리가 아렌델로 출발했을 때부터 안나가 뭔가를 느끼기 시작했거든요. 이상한 두통을 겪으면서요. 그리고 엘사 공주님의 눈사람도 안나를 알고 있었고. 말이 되는 게 하나도 없었어요."

"그래? 좋은 신호네. 너무나 오랫동안 잊었던 과거를 안나가 떠올리기 시작한 거야."

"과거요?"

크리스토프가 물었다. 그의 새로운 기억이 깨어나고 있었다. 마치 겨울잠처럼. 안나와 엘사가 서로 어떻게 연결되어 있는지를 정확하게 알았던 것이.

"잠깐만……."

파비 할아범이 그의 손을 다독였다.

"그래. 안나와 엘사는 자매지간이야."

"안나가 공주라고요?"

"자매를 서로 떨어뜨려놓았던 저주가 풀리고 있어! 엘사는 이미 안나를 기억해냈지만, 안나의 길은 그렇게 단순하지가 않았지. 사랑만이 모든 저주를 풀 수 있어. 하지만 안나가 자신의 기억들을 되찾을 때까지, 안나와 엘사는 가까이 있어서는 안 돼. 두 사람이 서로 얼굴을 마주하기 전에 안나가 반드시 엘사를 기억해내야 해."

크리스토프는 심장이 정말로 멈추는 것 같았다. 안나는 엘사를 찾을 때까지 멈추지 않을 테니까.

"왜요?"

“저주 때문에 그런 거야. 두 사람의 관계를 기억해내기 전에 안나가 엘사에게 다가가면 엘사의 마법으로 안나는 얼음이 되어버릴 거다.”

“뭐라고요?”

“서로에 대한 사랑이 너무나 강해서 이 저주가 이미 풀리기 시작했어. 엘사는 자신의 과거를 기억하고 있지만 안나는 아직 기억을 못하지. 마법이 풀릴 때까지 안나는 멀리 떨어져 있어야 해. 엘사는 이것을 알고 있어. 그래서 스스로 멀리 떨어져 있는 거야. 하지만 이 사실을 알고 있는 누군가가 지금 안나를 위험 속으로 끌어당기고 있구나. 크리스토프, 안나는 아렌델로 가고 있는데, 그곳엔 엘사도 있어.”

크리스토프는 사색이 되었다.

“그 말은…… 안나를 멈추게 해야 해!”

스벤이 거칠게 코를 힝힝거리며 날뛰기 시작했다.

“스벤!”

크리스토프가 소리치며 계곡의 숨겨진 출구를 향해 계단을 두 개씩 달려 오르기 시작했다. 스벤 역시 전속력으로 달렸다.

그는 파비 할아범과 불다, 그리고 다른 가족들에게 작별인사를 하는 것도 잊어버렸다. 오직 단 한 가지, 그에게 중요한 것은 무슨 수를 써서라도 안나를 구하는 것이었다.

Chapter 27

안나

안나와 한스, 그리고 경비병이 아렌델로 돌아왔을 때 왕국은 거의 형체를 알아볼 수 없는 상태였다. 고작 이틀 만에 눈이 궁전의 이층 높이까지 쌓였다. 궁전 안뜰에 피워두었던 불은 오래전에 꺼져버렸고, 왕가의 조각상이 있던 분수도 완전히 눈에 묻혀버렸다. 꽁꽁 얼어버린 성문에 닿기 위해 그들은 바람과도 싸워야만 했다. 경비병이 곡괭이로 문을 들어 올리고 나서야 그들은 성안으로 들어갈 수 있었다.

한 무리의 사람들이 몸을 녹이려고 벽난로 앞에 모여 있었지만 여전히 몸을 떨고 있었다. 장작불은 거의 꺼져가는 중이었다. 한스와 경비병이 모여 있던 경비병들에게 급히 다가가 이야기를 하는 동안, 궁전 사람들이 서둘러 그들에게 담요와 따뜻한 옷들을 가져다주었다. 안나는 몸을 움직일 수 없었다. 궁전 안으로 들어오면서 머릿속에 있던 이상한 기억들이 한꺼번에 밀려들었기 때문이다.

앞치마를 두른 여인이 안나의 팔을 잡았다.

"아가씨, 괜찮아요?"

그 여인과의 기억이 떠오르면서 안나는 숨이 막혔다. 그들은 넓은 주방에서 쿠키를 굽고 있었다. 거기엔 또 다른 사람도 있었다. 소녀였다. 안나가 스토브에 손가락을 데이고, 그 소녀가 냄비에 있던 물을 얼려서 손가락을 식혀주었던 일이 기억났다.

'엘사?'

안나가 가슴을 부여잡으며 가쁜 숨을 몰아쉬었다.

"안나! 안나! 괜찮아요?"

한스가 달려왔다.

"네. 그냥…… 너무 이상해서. 전……."

이 갑작스러운 기억들이 꿈은 아닌 것 같았다. 어쩌다가 잊고 지낸 삶의 기억들 같았다. 무슨 일이 일어나고 있는 것인지 너무나도 알아내고 싶었지만, 여기 있는 사람들은 안나에게 완전히 낯선 사람들이었다. 크리스토프가 함께 있었다면 얼마나 좋았을까.

"한스 왕자는 어디 있지?"

누군가가 소리쳤다.

"왕자가 정말 왔어?"

사람들을 헤치고 위즐튼 공작이 나타났다. 그는 모자에 여러 겹의 목도리까지 둘둘 말고 있었다.

"왕자! 세상에, 무사하군요. 격투 후에 당신이 사라졌다고 해서 얼마나 걱정을 했는지 모르오."

"격투가 어디서 있었어요?"

안나가 물었다. 그녀의 이가 맞부딪히며 딱딱거렸다. 안나는 너무나 추웠다. 한스는 대답해주지 않았다.

"전 괜찮아요. 눈 속에서 길을 잃었어요."

공작이 안나를 보고는 흠칫 놀랐다.

"너!"

"다시 만났네요. 안녕하세요."

"둘이 서로 아는 사이예요?"

한스가 혼란스러워하며 물었다.

"글쎄요, 그런 건 아니고."

안나가 대답하는 사이, 올라프가 앞으로 나오자 공작이 비명을 질렀다.

"안녕! 나는 올라프. 따뜻하게 안아주는 걸 좋아해요. 내가 안나를 집으로 데려왔어요! 내가 엘사에게 말해줄 거예요! 엘사도 여기 있나요?"

'집으로?'

안나가 생각했다.

"어느 누구도 엘사 공주를 만날 수 없다! 공주는 계속 감옥에 갇혀 있을 것이다!"

"공주님이 여기 있어요?"

안나가 물었다. 하지만 몸에 힘이 빠지는 것이 느껴졌다. 너무나 피곤했다. 초록색 유니폼을 입은 여인이 사람들을 밀치며 앞으로 나왔다.

"한스 왕자님! 뭐든 하셔야 해요! 공작이 공주님을 가뒀고, 이제 피터센 경도 없애려고 해요!"

"피터센 경을 그의 집무실에서 풀어주세요."

제복을 입은 남자가 소리쳤다. 그러자 다른 사람들도 소리치기 시작했다. 하지만 그들의 목소리는 안나의 마음에서 쏟아져 나오는 기억들에 파묻혀버렸다. 머리에 모자를 쓰고 초록색 유니폼을 입은 또 다른 여인이 안나의 어깨에 손을 얹었다.

"괜찮아요?"

"게르다?"

안나가 속삭였다. 그 이름이 갑자기 떠올랐던 것이다. 그 여인이 놀라 눈을 깜빡거렸다.

"어머나, 맞아요. 어떻게 내 이름을……."

가는 머리칼에 우둥퉁한 남자가 안나 곁으로 다가왔다. 안나가 휘청거리며 그를 가리켰다.

"그리고 당신은 카이."

"어머나, 맞아요, 아가씨."

카이는 어리둥절해하며 게르다를 쳐다보았다.

"따뜻한 옷이나 차를 좀 가져다드릴까요? 올리나가 음식을 만들어야 하는데 재료가 별로 없어요, 유감스럽게도."

"올리나."

궁전의 요리사와 주방에 있던 어린 시절의 자신을 떠올리며, 안나가 말했다.

안나는 도망칠 곳을 찾아 뒷걸음질치기 시작했다. 그사이 사람들은 피터센 경을 풀어주라고 외치고 있었다.

"아가씨?"

카이가 다가왔지만, 안나는 열려 있던 문으로 달려 나갔다.

안나는 이리저리 헤매다 초상화 진열실처럼 보이는 곳으로 들어갔다. 경사진 천장에 푸른 패널과 나무 기둥이 있는 넓은 방이었다. 가구도 거의 없이 벤치와 테이블만 몇 개 있을 뿐, 온통 그림들이었다. 안나는 전투 중인 여자 기사의 초상화를 올려다보았다. 무슨 이유에서인지 안나는 그림의 주인공이 조안이라고 확신했다. 사실, 모든 초상화들이 익숙하게 느껴졌다. 안나는 고통스러워하며 얼음장 같은 두 손으로 배를 움켜잡았다. 안나는 서 있는 것조차 너무나 힘들었다.

안나는 뒤에서 문이 열리는 소리를 듣지 못했다.

"안나!"

한스가 쓰러지려는 안나를 붙잡았다. 그는 벤치에 안나를 눕히고 안나의 머리를 벨벳 쿠션으로 받쳐주었다. 안나는 숨도 쉴 수 없었다.

"내가 왜 이러는 거죠?"

당황한 안나가 말했다.

"몸이 얼어가고 있어요! 잠깐만요!"

한스는 벽난로에 불을 붙이기 위해 자리를 떴다.

안나는 계속해서 이야기했다.

"무언가가 계속 보이고, 목소리들이 들리고……. 전에 만난 적이 없는 사람들의 이름까지 알아요! 올라프는 나를 기억하지만 나는 올라프를 기억하지 못하고…… 기억나는 것 같기도 하지만요."

안나는 눈물이 가득한 눈으로 한스를 쳐다보았다.

"내가 미쳐가나 봐요."

"괜찮아요. 미쳐가는 거 아니니까."

"아니라고요?"

안나가 물었다. 안나의 이가 딱딱 부딪혔다.

"아니죠. 내 생각에 당신은 이전 삶이 기억난 것 같아요. 당신이 입양되기 전의 삶 말이에요."

그가 안나를 뚫어지게 쳐다보았다.

"이해하기 어렵겠지만, 이 궁전이 당신의 집이에요."

"뭐라고요?"

안나의 귀에서 윙 소리가 들렸다.

'엘사 공주님을 찾아야 해.'

한스는 계속 이야기를 이어갔다.

"당신은 이 왕국의 후계자예요. 엘사가 마법으로 당신을 공격하고, 거의 죽일 뻔했었기 때문에 당신의 부모님이 당신을 포기했었던 거고."

"아니, 나는…… 아니…… 엘사가 그럴 리가…… 엘사는 그러지 않았는데……."

안나는 자신이 느끼고 있는 것을 표현할 단어들이 떠오르지 않았다. 내면의 무언가가 깨지기 시작했다. 한스는 말도 안 되는 이야기를 하고 있었지만, 그가 사실을 이야기하고 있다는 것을 안나도 알고 있었다.

'마법 해봐! 마법 해봐!'

안나의 귀에 어린아이가 깔깔대며 말하는 소리가 들려왔다. 그 아이는 안나였다.

"사실이에요. 여기 증거가 있어요."

그는 안나 곁에 무릎을 꿇고 앉아 재킷 주머니에서 양피지를 꺼내들었다.

"왕비님께서 엘사에게 모든 것을 설명해놓은 편지예요."

안나의 심장이 미친 듯 뛰었다. 안나는 그 편지를 향해 손을 뻗었다. 하지만 한스는 손을 피했다.

"엘사는 이 왕국에 위협이 되는 존재이고, 반드시 죗값을 치르겠지만, 당신 가문은 그대로 남아 있어요. 당신이 다음 왕위 계승자니까! 모르겠어요?"

한스가 과하게 웃었다.

"엘사가 없으면, 여름도 다시 돌아올 거고요! 그러면 당신과 내가 함께 아렌델을 다스리는 거예요!"

안나는 몸이 바들바들 떨리고, 너무나 많은 감정들이 소용돌이쳤다. 한스는 대체 무슨 말을 하는 것일까?

"당신은 엘사를 사랑하는 줄 알았는데…… 아닌가요?"

한스가 실망스러운 표정으로 벌떡 일어섰다.

"후계자로서 엘사는 괜찮은 사람이었죠, 당연히. 하지만 대관식 날에 일어났던 일들로 인해 그녀를 구할 방법은 없어졌어요. 하지만 당신은…… 오래전에 잃어버렸던 아렌델의 공주예요. 자신들이 사랑했던 왕비의 편지를 보고 당신이 누구인지 알게 된다면 백성들도 당신을 아주 좋아하게 될 거예요. 모르겠어요? 엘사보다 내가 당신을 먼저 찾은 건 운명이었다고요."

"엘사가 나를 찾고 있었다고요? 엘사도 이 편지를 봤나요?"

몸을 일으킨 안나가 비틀거리며 한스에게 다가갔다.

"여동생이 있다는 걸…… 알고 있었다고요?"

안나의 심장이 더 빠르게 뛰었다.

"그래요. 내가 더 일찍 말하지 않았던 이유는 당신을 보호하기 위해서였어요."

창틀이 덜거덕거리며 창밖에서 바람이 휘몰아치는 소리가 들렸다. 온통 얼음으로 뒤덮인 유리 너머로, 흰색밖에는 아무것도 보이지 않았다.

안나와 엘사가 자매였다? 그것이 사실이라면 안나는 왜 아렌델의 공주였던 시간을 기억하지 못하는 걸까? 안나는 두 눈을 꼭 감았지만 아무것도 떠오르지 않았다. 안나는 한스에게 화풀이를 했다.

"그러니까 당신은 엘사 공주님이 나를 죽이려고 했다는 걸 알면서도 나를 공주님에게 곧장 데려가려고 했었던 거네요?"

한스가 놀라 눈을 깜빡거렸다.

"나는…… 왕비의 편지에는 그 일이 사고였다고 적혀 있었어요. 하지만……."

그는 안나에게 말하지 않는 무언가가 있었다.

"내가 직접 그 편지를 읽게 해줘요, 그럼."

한스는 그 편지를 다시 주머니에 넣었다.

"당신은 지금 화가 났어요. 먼저 마음을 가라앉히는 게 어때요? 이 편지는 내가 잘 보관하고 있을 테니."

안나는 분노가 치밀어 올랐다.

"그러니까 당신은 엘사와 문제를 해결하는 대신, 나를 감언이설로 꾀어왔던 거네요? 모두들 말하는 격투는 대체 뭐죠? 그리고 엘사는 어디에 있어요? 내가 직접 엘사를 만나서 과거는 과거일 뿐이라는 걸 직접 볼 수 있게 하는 게 어때요? 그러면 이 폭풍을 멈출지도 모르잖아요."

한스의 표정은 단호했다.

"엘사에게도 기회가 있었죠. 실은, 그녀에게 이야기해주려고 계속 노력했어요, 노스마운틴에 있는 그녀의 얼음 궁전에서. 하지만 엘사는 아렌델 전체를 끝장내려고만 했어요. 엘사는 당신에 대해서도 모두 알고 있어요. 하지만 당신을 돕는 대신 버렸죠. 아렌델처럼."

"엘사가 그랬을 리 없어요."

안나가 반박했다. 한스가 여전히 꽁꽁 얼어붙은 채 덜거덕거리는 창문을 가리켰다.

"그랬어요. 밖을 봐요! 더 이상 버틸 수 없어요. 이제 사람들은 내가 구해주기만을 기대하고 있다고요."

"사람들을 어떻게 구할 건데요?"

안나가 비웃었다. 한스는 아무 말도 하지 않았다.

"잠깐. 엘사를 죽이려는 거예요?"

한스는 여전히 침묵했다.

"그…… 그러면 안 돼! 당신에게 엘사의 운명을 결정할 자격은 없어!"

한스는 꿈쩍도 하지 않았다.

"이 왕국을 구할 사람은 나야. 그리고 사람들은 그 일로 내게 감사할 거고. 내가 이 왕국을 구할 때 당신이 내 곁에 없을 거라는 점이 유감일 뿐이군."

"당신은 엘사의 상대가 되지 않아."

"아니, 엘사의 상대가 되지 않는 건 너야. 네가 좀 나을 거라고 생각했었는데, 내가 완전히 잘못 봤네. 왕비의 비밀은 그녀와 함께 소멸될 거야."

그가 편지를 장작 위로 가져갔다. 안나가 놀라서 비틀거리며 앞으로 걸어갔다.

"안 돼!"

"멈춰!"

한스와 안나가 뒤를 돌아보았다. 피터센 경이 양옆에 경비병들을 데리고, 열린 문 앞에 서 있었다.

"왕자를 끌고 가!"

피터센 경이 명령했다.

"나는…… 피터센 경……. 이해를 못하시는군요. 진실을 알게 되면, 이것이 유일한 방법이라는 걸 알게 될 겁니다."

"필요한 이야기는 다 들었소. 나머지는 엘사 공주님께서 말씀해주셨고."

그가 부드럽게 미소를 지었다.

"다시 인사할게요, 안나."

안나가 그에게 다가갔다. 그 역시 익숙해 보이는 사람이었다. 안나가 입을 여는 순간 창문이 덜컹거리는 소리가 더 커졌다. 안나가 창문 쪽으로 고개를 돌리는 순간 갑자기 창문이 산산조각 나버렸다. 유리 조각들이 방 안으로 날아 들어왔고 피터센 경이 조각에 머리를 맞아 바닥으로 쓰러졌다. 한스는 머리는 보호했지만 창문 틀 조각에 맞았다. 경비병들이 피터센 경을 일으키려고 달려왔을 때 거센 바람이 방 안으로 휘몰아치며 벽에 걸려 있던 초상화들을 떨어뜨리고 사방으로 눈을 날려 보냈다. 바로 그때 안나가 그것을 보았다.

한스의 손에 들려 있던 편지가 떨어진 것이다. 안나는 그 편지가 날아가 버리기 전에 움켜쥐고 지하 감옥으로 가는 길을 찾기 위해 방을 나갔다.

Chapter 28
크리스토프

크리스토프는 궁전 바로 위에서 몰아치는 폭풍을 멀리서 지켜보며 스벤의 등에 앉아 있었다. 소용돌이치는 흰 연기가 마치 폭발 직전의 사이클론처럼 피어오르며, 우르릉대는 매서운 바람을 주변에 일으키고 자작나무들을 날려버리고 있었다. 크리스토프와 스벤은 그 폭풍이 자신들에게도 닥쳐올 것에 대비했다. 이것은 마법으로 인한 폭풍이었다. 그리고 저주로 인한.

아렌델에 빨리 도착해야 했다.

"가자, 친구!"

크리스토프가 스벤의 옆구리를 찼다. 크리스토프와 스벤은 바람을 뚫고 산비탈을 내려갔다. 눈보라 때문에 모자가 반쯤

벗겨져 내려가고 앞을 분간할 수도 없었다. 마침내 산 밑에 도착했을 때 스벤은 빙판으로 덮인, 피오르드를 미끄러져 내려갔다. 바로 가까이에서 보니 눈과 얼음이 뒤섞인 폭풍은 더욱 위협적이었다. 크리스토프와 스벤은 단단히 마음을 먹고, 곧장 폭풍 속으로 달려 들어갔다.

오직 중요한 것은 안나에게 가는 것이었으니까. 밝은 미소와 쾌활한 열정과 커다란 눈망울을 가진 안나. 그리고 모든 순간에 재잘거려야 하는 안나. 크리스토프를 늑대들에게서 구해주고 대신 썰매를 날리게 했던 거침없는 성격과 강한 의지의 안나. 자신의 마을을 구하기 위해, 그리고 공주를 돕기 위해 기꺼이 위험을 감수하던 안나. 크리스토프는 이제야 자신이 안나에게 빠졌다는 것을 깨달았다.

"어서, 친구! 더 빨리!"

전속력으로 피오르드를 가로지르며 크리스토프가 스벤을 재촉했다. 크리스토프와 스벤은 얼음 속에 잠겨 있는 커다란 배의 뱃머리를 지나치고 있었다. 쏟아지는 눈 사이로, 돛대가 부러진 여러 척의 배들이 마치 유령처럼 모습을 드러냈다.

굉음에 고개를 들어본 크리스토프는 거대한 선박이 그들 위로 무너져 내리는 것을 보았다. 크리스토프는 몸을 숙인 채로 머리 위로 떨어지는 잔해들을 피해 전속력으로 그곳을 통과하도록 스벤을 이끌었다. 둘은 배가 바닥으로 쓰러지기 직전 그 배를 피했지만 그 충격으로 주변의 얼음이 부서졌다. 스벤은 발 아래 갈라지는 얼음을 피해 달렸다. 스벤은 높이 뛰어올라 크리스토프를 다른 얼음판 위로 날려 보내고 자신은 물속으로 빠져 버렸다.

"스벤!"

크리스토프가 자신의 가장 친한 친구를 미친 듯이 찾았다.

빙해 사이로 몸을 내민 스벤이 가까이 떠다니던 얼음 조각 위로 기어 올라갔다. 크리스토프가 안도의 숨을 내쉬었다.

"잘했어. 거기 그대로 있어!"

그는 맹렬한 바람 속에서 사방을 두리번거리며 자신의 위치를 확인했다. 멀리서 궁전을 발견한 크리스토프는 안나가 무사하기를 바라며 거센 바람 속에서 궁전으로 향했다.

Chapter 29

엘사

"피터센 경! 카이? 게르다? 누가 나를 좀 내보내줘! 제발!"

엘사가 소리쳤다.

하지만 아무도 대답이 없었다. 작은 감옥 창문 너머로 엘사는 복도의 횃불이 깜박거리는 것을 보았다. 벽 사이로 휘몰아치는 바람에 불꽃이 거의 꺼져갈 지경이었다. 엘사의 사슬까지도 얼어붙기 시작하여 더 이상 움직이기가 힘들었다.

엘사는 갇히고 말았다. 엘사는 벤치에 앉아 자신의 두 손에 매인 쇠고랑을 노려보았다. 엘사는 자신의 왕국 전체가 얼어붙은 툰드라로 변해가는 것을 그저 바라볼 수만은 없었다. 누군가 안나를 찾아 그녀의 과거에 대해 알려주어야 했다. 어쩌면,

정말 어쩌면, 안나가 자신의 진짜 모습을 기억해낼 수도 있고. 그러면 이 저주가 풀릴 것이다. 그러면 이 날씨는 어떻게 되는 것일까?

안나가 자신에 대해 알게 된다 해도 이 겨울을 멈추게 할 수는 없다고 파비 할아범이 말했었다. 엘사가 만들어낸 겨울이므로 오직 엘사만이 끝낼 수 있다고.

엘사는 머리를 벽에 대고 얼음이 갈라지는 소리를 들었다. 엘사는 왜 자신의 주문을 되돌리는 법을 모르는 것일까?

'두려움이 생기면 네 마법이 어떻게 되는지도 나는 알고 있지. 네 마법을 통제하는 데에 집중해야 해.'

엘사의 귀에 파비 할아범의 목소리가 들렸다.

두려움이 의미하는 것이 무엇이었을까? 엘사는 자신의 마법을 두려워하지 않았다. 엘사가 두려워했던 것은 자신의 인생에서 여동생을 잃는 것이었다. 안나를 포기한다면, 이 폭풍이 멈출까?

엘사는 확신도, 물어볼 사람도 없었다. 엘사는 어머니와 아버지를 잃었고, 자신의 사람들을 멀어지게 했고, 자신의 족쇄를 끊을 방법을 찾기 위해 올라프를 떠났다. 엘사를 도와줄 사람은 아무도 남아 있지 않았다. 엘사는 고개를 떨구고 눈물을 흘렸다.

"엘사 공주님!"

누군가 엘사를 부르고 있었다. 소녀의 목소리였다. 하지만 엘사는 누구의 목소리인지 알아듣지 못했다.

"엘사 공주님, 어디 계세요?"

"나 여기 있어요!"

엘사가 소리쳤다. 게르다나 올리나의 목소리는 아니었지만, 누구든 상관없었다. 누군가 엘사를 데리러 오고 있었다.

"내 목소리를 따라와요!"

"찾았어요!"

그 소녀가 철창 사이로 얼굴을 내밀고 감옥 안을 들여다보았다.

엘사는 눈앞의 광경을 믿을 수 없었다. 자신의 눈앞에 있는 소녀는 빨간 머리에 푸른 눈동자를 가지고 있었다. 두 사람의 시선이 서로 마주치자 엘사의 수갑이 빛나기 시작했다. 이상하게도 수갑이 얼어붙지 않았다. 얼음이 녹아내렸다.

"안나?"

엘사가 속삭였다.

"응."

안나가 철창을 꽉 움켜쥐었다.

"내가 안나야……. 안녕."

안나는 엘사의 환상이 아니었다. 유령도 아니었다. 안나는 정말 그곳에, 감옥 문 너머에 있었다. 엘사의 여동생이 여기 있었다. 저주가 풀린 것이다! 엘사는 눈물이 터져 나왔다.

“내가 누구인지 아니?”

안나가 잠시 침묵했다.

“응.”

엘사는 쉴 새 없이 눈물을 흘렸다.

“네가 기억해냈고, 나를 찾아주었구나.”

“나는…… 이곳이…….”

안나가 말끝을 흐렸다. 안나는 양피지 조각을 들고 있었다.

“왕비님의 편지가 있어.”

엘사의 수갑이 밝게 빛났다.

“편지가 있어? 어떻게? 아무려면 어때. 네가 돌아왔다는 게 중요하지! 넌……진짜야.”

“언니도.”

안나가 속삭였다. 두 사람이 끝없이 서로를 바라보는 사이, 밖에서 맹렬하게 몰아치는 폭풍 소리만이 들려올 뿐이었다. 그러다 누군가가 키득거리는 소리가 들려왔다.

“나도 진짜야!”

안나가 무언가를 들어 창살 앞으로 내밀었다. 눈사람의 얼굴이었다. 이를 드러내고 웃는 얼굴.

"올라프! 너 무사했구나!"

엘사가 소리쳤다.

"그럼! 하지만 네 방을 나왔어. 그러면 안 되는데."

"괜찮아."

엘사는 울다가 웃음을 터뜨리고 말았다.

"그리고 내가 안나를 찾았어! 우리가 크리스토프랑 스벤이랑 같이 너를 찾으러 갔었는데, 중간에 크리스토프랑 스벤이 가버려서 한스 왕자하고 왔지."

"한스?"

엘사의 얼굴에서 미소가 사라졌다.

"한스 어디 있어? 안나, 한스의 말을 들어서는 안 돼!"

안나가 입을 열려던 순간, 누군가가 안나와 올라프를 끌어내렸다.

"안나!"

엘사가 소리쳤다.

"이거 놔!"

안나가 외쳤다.

"안 보여! 안 보여! 나 다시 붙여놔!"

올라프가 소리쳤다. 열쇠를 돌리는 소리가 들리더니 감옥

문이 열렸다. 올라프의 머리가 몸통에서 떨어진 채로 방 안으로 굴러 들어왔다. 그 뒤로 한스가 안나를 인질로 붙잡고 걸어 들어왔다. 그의 오른쪽 눈 위에 방금 생긴 듯한 상처가 있었다.

"이거 뭔가 신선한데? 두 자매의 재회라."

"안나를 놔줘! 당신은 우리를 해치지 못해. 안나는 모두 기억하고 있어!"

엘사의 수갑이 옅은 푸른빛으로 빛났다.

"이제 기억하시나? 어디 좀 보자."

한스가 미소 지으며 안나를 앞으로 밀었다. 안나가 엘사에게 부딪힌 후, 거칠게 숨을 쉬며 뒤로 쓰러졌다. 얼음이 안나의 두 발을 뒤덮더니 천천히 다리 위로 올라가기 시작했다. 저주는 풀린 것이 아니었다.

한스는 얼음이 안나의 몸으로 번지고 머리가 완전히 흰색으로 변하는 모습을 아무런 동요 없이 지켜보았다. 안나는 몸속에서부터 얼어가고 있었다. 엘사가 사슬을 세게 잡아당겼지만 소용없었다.

"안나!"

당황한 올라프의 머리가 안나를 향해 굴러갔다.

"당신이 안나를 죽일 거야!"

엘사가 절규했다. 한스는 미동도 하지 않았다. 안나가 바닥에서 고통으로 몸부림치는 동안 그가 엘사를 바라보았다.

"넌 파멸을 자초했어. 그런데 안나도 너를 따라갈 만큼 멍청하더라고. 이제 너희 둘은 빠져주시고, 나 혼자 아렌델을 통치해야겠어."

"안 돼!"

엘사가 고통스러워하며 소리쳤다. 그녀의 수갑이 다시 빛나기 시작했다. 그들과 수갑, 그리고 벽들 사이로 눈송이들이 퍼져나갔다. 방이 얼음으로 뒤덮이자 한스가 놀라 쳐다보았다. 엘사가 사슬을 한 번, 두 번, 그리고 세 번 잡아당기자 천장에서 고드름들이 만들어지고 그들 위로 떨어져 내렸다. 얼음이 안나에게 떨어지기 시작하자 올라프가 안나 위로 기어 올라갔다. 한스는 손으로 머리를 감쌌다.

엘사는 감옥의 창문에 집중했다. 그러고는 마법으로 구멍을 뚫으라고 명령했다. 마침내 돌멩이들이 날아와 엘사의 사슬과 함께 벽면의 반을 부쉈다. 엘사의 두 손에 채워져 있던 수갑도 두 동강 나면서 엘사가 속박에서 풀려났다. 엘사는 벽에 생긴 틈으로 기어나가 안나를 돌아보았다. 엘사가 폭풍 속으로 달아나버리자 안나의 몸을 덮고 있던 얼음이 녹아내리기 시작했다.

Chapter 30
안나

커다란 굉음 그리고 함성과 함께 사람들이 뛰는 소리가 들려왔다.

"공주가 탈출했다!"

누군가가 아주 멀리서 외쳤다.

조금 전, 안나는 몸속에서부터 얼어붙기 시작하는 것을 느꼈었다. 하지만 엘사가 떠나자마자 메스꺼움은 사라지고 다시 몸이 따뜻해지기 시작했다.

'마법 해봐!'

머릿속에서 작은 목소리가 다시 들려오는 순간 두통이 느껴졌다. 안나는 그 기억을 지워보려고 애를 썼다.

'기억하는 거야?'

엘사가 물었었다. 그 질문에 너무 놀랐던 안나는 어떻게 대답해야 할지 몰랐다. 안나는 아직 새로운 기억들과 함께 한스가 알려준 이야기들을 이해하려고 애쓰는 중이었다. 자신이 아렌델의 잃어버린 공주였다는 것, 그리고 아그나르 왕과 이두나 왕비의 자녀였다는 것이 믿기지 않았다. 안나는 궁전에서 봤던 왕가의 초상화를 떠올렸다.

프레야가 갑자기 떠나던 모습, 어둠을 틈타 방문하던 일, 빵가게 밖에서 늘 기다리던 프레야의 마차. 모든 조각들이 맞춰지기 시작하면서 안나는 심장이 쿵쾅대는 소리를 들었다. 자신의 이모였던, 그리고 어머니의 가장 친한 친구였던 여인과 놀랍도록 닮은 왕비의 초상화. 순간 분명해졌다. 프레야가 이두나 왕비라는 것이.

눈사람이 당근 코로 안나를 쿡 찔렀다.

"안나? 괜찮아?"

안나가 힘겹게 일어나 앉으려고 했다. 그때 누군가의 목소리가 들려왔다.

"한스 왕자님!"

몇 발 떨어진 곳에서 경비병이 바닥에 있는 사람 위에 몸을 구부리고 있었다.

“공주.”

한스가 간신히 입을 열었다.

“이 폭풍이 더 심해지지 않게 공주를 막아보려고 했는데, 공주가 마법으로 나를 공격했다. 공주가 도망쳤어. 잡아야 해.”

“거짓말쟁이!”

안나가 말했다. 그러나 그녀의 목소리는 너무 작았다. 안나의 눈에 방의 모습이 천천히 들어오기 시작했다. 벽에 뚫린 커다란 구멍을 통해 눈보라가 쏟아져 들어왔다.

한스가 안나를 가리켰다.

“엘사가 안나도 공격했다. 안나의 몸 전체가 얼기 시작했어.”

엘사는 안나를 공격하지 않았다. 안나를 만나 행복해했다. 그런데 대체 왜 달아나버렸을까?

‘엘사, 일어나! 일어나! 일어나! 같이 눈사람 만들래?’

머릿속에서 목소리가 들려왔다.

오래전 자신의 목소리였다. 이제 기억들이 더 빠르게 떠오르고 있었다.

‘엘사를 찾아야 해.’

“제군들, 내가 공주를 쫓는 동안 안나를 돕도록.”

한스가 말했다.

“안 돼!”

경비병들이 다가오자 안나가 소리쳤다. 안나는 한스가 벽에 뚫린 구멍으로 사라지는 모습을 보았다. 그는 칼을 들고 공격할 준비가 되어 있었다.

"난 괜찮아요."

안나가 경비병들에게 말했다.

"한스 왕자를 막아야 해요! 왕자가 공주를 해칠 거예요!"

경비병들은 어리둥절한 듯 안나를 바라보았다.

"공주를 따라가!"

경비병 한 명이 외치며 구멍으로 빠져나갔다. 다른 경비병들도 뒤따랐다.

안나는 간신히 몸을 일으켰지만, 무언가에 세게 얻어맞은 느낌이었다. 안나는 천천히 뚫린 벽을 향해 몸을 옮겼다.

"우리가 먼저 엘사를 찾아야 해."

안나가 올라프에게 말했지만, 안나의 목소리가 이상했다.

"안나! 네 입술이 파래!"

올라프가 말했다.

"올라프, 내가 엘사를 찾도록 도와줘. 중요한 일이야!"

"좋아! 난 준비됐어. 가자!"

올라프가 안나보다 먼저 벽을 통과했다.

안나는 부서진 벽을 넘어 눈 속으로 나갔다. 바람이 세차게

불고 있었다. 바로 앞에서 걷고 있는 올라프도 보이지 않을 정도였다. 안나의 주위에서, 뭔가 삐걱거리며 떨어지는 소리도 들렸다. 갑작스러운 돌풍에 안나가 뒤로 밀려났다. 올라프의 몸이 세 덩어리로 흩어져 공중으로 날아가 버렸다.

"계속 가!"

몸이 분리되어 날리면서도 올라프가 소리쳤다. 안나는 두 팔로 얼굴을 감싸고 바람에 맞섰다. 너무 늦기 전에 엘사를 찾아야 했다.

Chapter 31

엘사

엘사는 바람에 날린 망토가 얼굴을 가리자 망토를 걷어냈다. 세찬 폭풍을 맞으면서도 궁전으로 돌아갈 마음은 생기지 않았다. 이제 엘사는 사람들과 안나의 적이니까.

저주가 아직도 안나의 삶을 지배하고 있었다. 엘사의 삶도 모두 망가졌다. 엘사는 자신의 광기에서 사람들도 여동생도 구할 수 없었다. 폭풍을 멈추는 법을 몰랐기 때문에. 이보다 두렵고 외로웠던 적이 없었다. 엘사는 자신의 앞에 쓰러지는, 얼어붙은 돛대를 가까스로 피하며, 어둠 속을 서성거렸다.

'이 돛대가 내게 곧장 쓰러졌어야 하는데. 안나가 없으면, 내겐 싸워서 지켜야 할 것도 없으니까.'

Chapter 32

안나

안나는 올라프를 놓쳤다. 자신이 어디로 가는지도 볼 수 없었다. 바로 앞에 배 한 척이 신기루처럼 나타났고, 엘사는 어디에도 보이지 않았다. 안나는 쿵 소리와 함께 배의 돛대가 얼음 바닥 위로 떨어져 산산조각 나는 광경을 두려움에 떨며 바라보았다.

안나는 세상이 끝나도록 내버려두지 않을 것이다. 지켜야 할 것들이 너무도 많았고, 기억해야 할 과거가 있었으며, 알아야 할 언니가 있었다. 아렌델에는 두 공주가 모두 필요했다. 어쩌면 두 사람이 함께 태양을 되찾을 수 있을지도 모르니까.

안나는 추위를 막아보려고 망토를 세게 잡아당겼지만 아무 소용이 없었다. 엘사와 함께 방에 있었던 때와 마찬가지로 한기가 뼛속까지 느껴졌다. 날씨 때문만이 아니었다. 다른 뭔가가 있었다. 작은 얼음 결정들이 손목과 손가락 끝에 매달리며 안나의 두 손이 창백하게 얼어붙기 시작했다.

저주.

안나와 엘사에게 일어나는 일들은 저주 때문이었을까? 안나는 저주를 받아 언니와 떨어지게 된 것이었을까? 친부모가 둘을 떼어놓았던 것도 저주 때문이었을까? 무슨 일이 있었는지 아마도 왕비의 편지에 적혀 있겠지.

편지!

안나가 드레스 주머니를 만져봤지만, 편지는 없었다. 폭발음과 함께 엘사가 달아났을 때, 주머니에서 떨어진 것이 분명했다. 이제 안나에게는 자신이 누구인지 증명해줄 것이 아무것도 없었다. 자신을 도와줄 사람은 오직 엘사뿐이었는데 엘사가 달아나버렸으니까. 안나보다 한스가 먼저 엘사를 찾게 된다면 어떻게 되는 것일까?

안나가 얼음 위에서 미끄러졌다. 이제 안나도 서서히 얼음이 되어갔다.

'제발. 엘사를 찾게 해주세요.'

안나가 충동적으로 뒤를 돌아보았다.

엘사가 두 손으로 얼굴을 감싼 채 몸을 움츠리고 있었다. 그리고 한스가 그런 엘사를 지켜보고 있었다. 엘사는 한스가 곁에서 있는 것을 알고 있을까? 아니면 엘사는 모두 포기한 것일까?

'안 돼, 엘사! 나……나 기억나.'

안나는 소리치고 싶었다.

안나가 기억하기 시작했다. 감정이 몰려왔다. 그 짧은 순간에 영혼까지 따스해질 만큼 너무나도 강한 감정이었다. 머릿속에 여러 장면들이 떠올랐다. 안나와 엘사가 침실에서 이야기를 나누던 일, 어머니와 함께 주방에서 빵을 굽던 일, 중앙 계단을 뛰어 내려가던 일. '마법 해봐!'라고 말하는 목소리를 들으며, 안나는 그것이 엘사에게 눈을 더 만들어달라고 조르는 자신의 어린 모습이었음을 깨달았다. 둘이서 함께 대연회장에서 스케이트를 타고, 눈 바닥에 누워 팔다리를 흔들며 천사 모양을 만들던 일. 둘이서 함께 만든 올라프! 엘사의 마법에 감탄하며 언제나 언니가 마법을 써주기를 바라곤 했던 안나.

'마법 해봐!'

또다시 엘사를 조르는 자신의 목소리를 들은 안나는 모든 것이 변해버린 그 순간도 보게 되었다. 안나가 맨 바닥으로 떨어지는 것을 막으려다가, 엘사가 그만 안나를 친 것이었다. 그것이 안나와 엘사가 서로 헤어지게 된 순간이었다.

안나는 모든 것을 기억해냈다. 안나가 고개를 들었다. 한스가 칼을 머리 위로 높이 치켜들고 엘사의 심장에 내리꽂으려 했다. 언니의 심장에. 안나가 모든 힘을 모아, 앞으로 달려들었다.

"안 돼!"

칼이 떨어지는 순간 안나가 엘사 앞을 막으며 소리쳤다. 안나가 그를 막기 위해 손을 들어 올리는 순간, 가슴에서 몸 끝으로 얼음이 퍼져나가는 것이 느껴졌다. 안나의 손가락에 닿자마자 한스의 칼이 얼어붙으며 산산조각 났다. 안나의 몸이 얼어붙으며 뿜어나온 파장으로 인해 한스는 뒤로 날아가 버렸다.

안나가 마지막으로 내쉰 숨이 공기 중으로 사라졌다.

Chapter 33

엘사

땅이 요동치자, 절망에 빠져 있던 엘사가 깜짝 놀랐다. 갑자기 눈과 폭풍이 멈췄다. 마치 시간이 정지한 것처럼 눈송이들도 공중에 그대로 멈춰버렸다. 엘사가 그 이유를 깨닫는 데에는 오래 걸리지 않았다.

"안나!"

엘사가 벌떡 일어서며 소리쳤다. 그녀의 여동생이 얼음으로 변해버린 것이다.

안나는 하늘을 향해 한 손을 뻗은 상태로, 마치 조각상처럼 굳어 있었다. 안나의 망토 역시, 안나가 엘사를 지키기 위해 엘사 곁으로 달려가던 순간의 모습 그대로 얼어 있었다. 엘사는

깨달았다. 안나가 자신을 해치려던 한스를 막았다는 것을. 엘사의 목숨을 구하기 위해 자신의 목숨을 내놓았다는 것을.

엘사가 얼어붙은 안나의 얼굴을 만지기 위해 조심스럽게 손을 뻗었다.

"아, 안나. 안 돼. 안 돼. 제발, 안 돼."

엘사는 안나의 싸늘한 뺨을 두 손으로 어루만졌다. 저주는 한 발 늦게 풀렸다. 어떻게 마법이 이렇게까지 잔인할 수가 있단 말인가.

엘사는 얼어붙은 안나를 끌어안고 모든 것을 포기한 듯 울었다. 올라프가 곁으로 걸어오는 소리도 듣지 못했다. 망연자실해하는 금발의 남자가 순록을 데리고 막 도착한 것도 몰랐다. 기이한 적막의 안개 사이로 엘사는 팔에 붕대를 감은 피터센 경, 게르다, 카이, 그리고 올리나가 궁전 발코니에서 이곳을 내려다보는 모습을 본 것 같았다. 하지만 다 무슨 소용이란 말인가?

아마도 왕국 전체가 이제 꿈같은 상태에서 깨어나 아렌델에 또 다른 공주가 있음을 기억할지도 모른다. 그들은 잃어버렸던 공주를 조금 전에 다시 잃었다는 것도 알게 되겠지.

'정말 미안해, 안나. 이 세상 그 무엇보다 너를 사랑하고, 언제나 사랑할 거야.'

엘사는 여동생에게 매달려 눈물을 흘렸다.

갑자기 숨소리가 나더니 안나가 엘사의 품으로 쓰러지는 것이 느껴졌다. 안나가 살아난 것이다! 안나의 몸이 완전히 녹았다. 안나의 흰 머리칼도 자취를 감췄다.

"안나!"

안나가 엘사를 꼭 잡았다.

"기억나. 모두 기억나."

안나가 말했다. 마침내 두 사람은 서로를 안았다. 마침내 엘사가 안나에게서 몸을 떼고는 이전과는 다른 눈으로 안나를 보았다.

"나를 위해 널 희생하다니."

엘사가 부드럽게 말했다.

"사랑해."

안나가 엘사의 손을 꼭 잡았다. 그러다 엘사의 시선이 다른 곳을 보는 것을 눈치챈 안나가 뒤를 돌아보았다.

"크리스토프!"

"안나 공주님이 계셨는데, 그게 너였다니, 믿을 수가 없어. 아니, 믿지. 그런데…… 네가 진짜 공주라니! 무릎을 꿇어야 하나? 어떻게 해야 되는 건지 모르겠네."

"바보같이 굴기는! 난 그냥 나야."

안나가 웃으며 크리스토프를 와락 껴안았다.

엘사는 믿을 수가 없었다. 안나가 누구였는지 크리스토프가 알고 있다는 것은 이제 아렌델 왕국의 모든 사람들도 알고 있다는 뜻이었다. 엘사의 두 눈에 눈물이 고였다.

"파비 할아범이 맞았어. 사랑만이 모든 저주를 풀 수 있다는 말."

크리스토프가 말했다.

"사랑이 저주를 풀 수 있다. 그거였어!"

엘사가 말했다. 오랫동안 엘사는 두려움 속에 자신을 가두어왔었다. 혼자라는 두려움, 절대 안나를 찾지 못할 거라는 두려움, 자신의 마법이 왕국을 파괴할 거라는 두려움. 엘사는 자신에게 마법의 능력이 있다는 것을 안 순간부터 두려움의 포로가 되었다. 파비 할아범이 말했던 그대로였다. 엘사는 자신의 마법을 통제하는 법을 배워야 했다. 마법을 저주가 아닌 재능으로 받아들여야만 산을 옮길 수 있는 것이었다.

엘사는 자신의 두 손을 바라보았다. 해답은 늘 그녀 앞에 있었던 것이다.

자신이 느끼는 감정이 무엇인지 엘사는 곰곰이 생각했다. 이전에 알지 못했던 가장 큰 사랑이 담긴 순수한 기쁨이었다. 엘사에게는 열렬히 사랑하는 여동생이 있었다. 동생, 부모님,

백성들에 대한 사랑에 집중하자 한때는 두려움이 가득했던 영혼이 잠잠해졌다. 엘사는 자신의 왕국을 보호해야 한다는 의무를 이제야 지킬 수 있게 되었다.

사랑을 생각하자 엘사의 손가락이 따끔거렸다. 하지만 이번에는 다른 느낌이었다. 엘사의 손가락이 따뜻해져오고 있었던 것이다.

엘사가 하늘을 향해 두 손을 들자 발아래 얼음에서 눈송이들이 올라오더니 물로 변하여 온천처럼 솟구쳤다. 저 멀리 수평선까지 모든 얼음이 공중으로 떠오르며 증발하고 있었다. 얼음이 녹은 피오르드에는 배들이 다시 자유롭게 항해하게 되었다. 엘사는 배가 얼음 위로 떠오르기 전까지 자신이 안나, 크리스토프, 올라프, 순록과 함께 뱃머리에 서 있었다는 것도 모르고 있었다.

엘사의 손가락에서 나오던 푸른빛은 바닷물을 건너 마을까지 계속 뻗어나갔다. 눈 속에 파묻혀 있던 집들이 다시 모습을 드러냈다. 꽃들이 다시 피어나고, 들판과 산들도 원래의 푸르름을 되찾았다. 세상이 겨울에서 다시 여름으로 바뀌자 사람들이 밖으로 나왔다.

마침내 모든 얼음이 녹은 후, 공중으로 떠올랐던 물이 빙글

빙글 소용돌이치더니 거대한 눈송이로 변했다. 엘사가 두 손을 마지막으로 흔들자 그 눈송이가 한 줄기 빛으로 폭발하고는 사라졌다. 태양도 드디어 푸른 하늘에 모습을 다시 드러냈다.

안나가 자랑스러운 듯 엘사를 바라보았다.

"해낼 줄 알았어."

"오늘이 내 생애에서 가장 멋진 날이야."

올라프도 같은 생각이었다. 남아 있는 겨울의 흔적이라곤 올라프의 전용 눈구름뿐이었다.

그때 신음소리가 들렸다. 자신의 턱을 움켜잡고 있던 한스였다. 엘사는 곧바로 그에게 다가갔다. 안나가 엘사를 말리려고 손을 뻗었다.

"언니 시간을 쓸 가치도 없어."

안나가 말했다. 한스가 안나를 보고 숨이 멎듯 놀랐다.

"안나?"

그가 벌떡 일어섰다.

"그 저주…… 얼음으로 변한 걸 봤는데!"

안나의 표정이 굳어졌다.

"당신은 얼음 같은 냉혈한이야!"

안나가 주먹으로 그의 턱을 날렸다. 한스가 뒤로 나동그라지더니 배 난간을 넘어가 물에 빠져버렸다.

멀리서 함성 소리가 들려왔다. 성을 향해 몸을 돌린 엘사는 발코니에서 카이와 게르다, 그리고 다른 사람들이 박수를 치는 것을 보았다.

"엘사 공주님!"

누가 자신을 부르고 있는지 보기 위해 엘사는 배 측면으로 달려갔다. 두 명의 경비병들과 피터센 경이 작은 보트를 타고 직접 노를 저으며 그들을 향해 다가오고 있었다. 보트가 배에 닿자 피터센 경이 배 위로 올라오고, 경비병들은 한스를 물에서 건지기 시작했다. 피터센 경이 안나와 엘사를 차례로 바라보고는 두 사람을 함께 안아주었다.

그의 두 눈이 마치 울고 있었던 것처럼 충혈되어 있었다.

"아렌델의 두 공주님을 함께 보다니, 우리 백성들이 대단히 기뻐할 겁니다! 사람들이 궁전으로 몰려오고 있어요. 왕국 전체가 지독한 한파에서 풀려났으니까요! 두 분 덕분에 여름이 돌아왔어요."

그가 눈물을 훔치며 안나의 팔을 잡았다.

"잃어버렸던 우리 공주님이 우리에게 돌아오셨네요. 마치 두 번의 인생을 산 것 같습니다. 공주님을 잊고 지낸 인생과, 공주님과 함께 있는 인생을요. 저주가 완전히 끊어졌어요."

"저주에 대해서 어떻게 아세요?"

엘사가 깜짝 놀라 물었다. 피터센 경이 재킷 주머니에서 양피지 조각을 꺼냈다.

"왕비님의 편지에서 읽었지요. 두 분이 모두 달아나신 후에 제가 감옥에서 발견했습니다."

그가 엘사에게 편지를 건네주었다.

"공주님께 꼭 돌려드리고 싶었습니다. 왕비님께서 남기신 지혜의 글이 잊혀서는 안 되니까요."

"고마워요."

엘사는 다시는 볼 수 없을 거라고 생각했던 그 편지를 바라보았다.

"읽을 기회조차 없었어요……."

"네가 왕국을 얼렸어?"

느닷없는 올라프의 질문에 모두들 웃었다.

"같이 읽을까?"

안나가 물었다.

모두들 두 자매를 위해 자리를 비켜주었다. 엘사와 안나는 갑판 위에 나란히 앉아 오래전 어머니가 쓴 편지를 읽었다.

사랑하는 엘사,

네가 이 편지를 읽고 있다면, 우리는 여기 없겠구나. 그렇지 않다면, 사랑하는 우리 딸, 오래전 우리 가족을 갈라놓았던 저주에 대해 너는 이미 알고 있겠지. 우린 늘 그날 밤의 진실을 네게 말해주고 싶었으니까. 하지만 파비 할아범, 우리가 지혜를 구하기 위해 찾아갔던 트롤들의 지도자가 말하기를, 언젠가 저주는 풀릴 것이고 너는 네 스스로 모든 것을 기억해낼 거라고 하더구나.

이 편지를 쓰고 있는 이 순간에도, 그날이 아직 오지는 않았어. 오랫동안 숨겨온 이 비밀을, 우리가 네게 전해줄 수 없는 일이 생길 경우에 대비해 이 편지를 여기 너의 새 비밀상자 속에 감춰둔다.

네게는 안나라는 여동생이 있어. 너와 마찬가지로 너무나 오랫동안 어둠 속에서 살아온 아이지. 우린 너와 네 동생을 너무나 사랑하지만 너희 둘을 갈라놓을 수밖에 없는 상황이었지. 듣기 힘든 이야기일 텐데 넌 얼음과 눈을 만들어낼 수 있는 마법의 재능을 가지고 태어났단다. 네가 어렸을 때, 네 마법이 실수로 안나를 공격했어. 안나를 살리기 위해 우리는 살아 있는 바위의 계곡으로 가서 트롤들의 지혜를 구했지. 그들의 지도자인 파비 할아범이 안나를 도와주었지. 그리고 파비 할아범은 안나의 안전을 위해 너의 마법에 대한 안나의 기억을 지우려고 했어. 그러자 화가 난 네가 마법으로 그를 막았어. 너의 마법이 파비 할아범의 마법과 부딪히면서 너와 안나에게 서로 다른 저주가 내려졌단다. 네게는 마법의 능력이 중단되었지. 파비 할아범의 말로는 네가 네 여동생을 절실히 필요로 하는 순간 마법이 다시 나타날 거라고 했어. 안나에게 내려진 저주는 네 근처에 있어서는 안 되는 것이었어. 그렇지 않으면 얼음으로 변해버리게 되는 저주였지. 그 저주가 풀릴 때까지 너와 안나는 서로 만나서는 안 되는 거였어.

질문하고 싶은 것들이 많겠지. 이 편지로 대답해주기엔 질문이 너무 많을까 걱정이 되지만, 두려움 때문에 서로가 떨어져 있게 된 것은 아니었다는 걸 알기를 바라. 다른 선택의 여지가 없었기 때문에 그렇게 결정했던 거였으니까. 우린 너와 네 여동생을 너무나 사랑해서 너희들이 다치는 걸 볼 수가 없었고, 파비 할아범은 그런 우리에게 너희 둘을 보호할 방법을 알려줬던 거야.

꼭 이해해주었으면 하는 것은 내가 저주라고 말할 때는 네 능력을 자칭하는 게 아니라는 점이야. 그건 재능이야. 그래서 지금까지 네 아버지와 나는 네가 통제하는 법을 배우도록 도와주고 싶었지.

그런데 왜 지금 이야기를 해주느냐고? 네게 희망을 주고 싶어서. 넌 이 세상에 혼자가 아니야! 넌 똑똑하고 아름다운 아이란다, 엘사. 그리고 넌 안나를 찾는 방법을 알아낼 수 있을 거야. 그리고 안나, 따뜻한 마음과 친절한 영혼을 가진 그 아이도 너에게 돌아오는 방법을 찾아낼 거야. 네 아버지와 나 말고, 너희 둘이 자매인 것을 아는 사람들은 안나를 돌봐주고 있는 부부뿐이란다. 아렌델의 다른 사람들은 사라진 공주를 기억하지 못해. 파비 할아범은 이별의 고통을 줄여주려고 너희들이 서로에 대해 가지고 있던 기억들도 숨겨주었단다. 저주가 사라지면, 너희들의 기억들은 다시 돌아올 거야.

어린 시절의 모습들을 너희들이 볼 수 있다면 얼마나 좋을까! 너무나도 친해서 늘 꼭 붙어 다니던 사이였는데. 아침마다 안나는 자기 침대에서 네 침대로 기어 들어가곤 했는데. 넌 정말 좋은 언니였단다. 그리고 다시 좋은 언니가 될 거야.

너희가 서로를 찾아갈 거라는 걸, 나는 확신한다. 너희들은, 언제나 그래왔듯, 어둠 속에서 서로에게 빛이 되어주는 존재들이니까.

엄마 아빠가.

엘사가 안나를 바라보았다. 두 사람 모두 눈에 눈물이 가득 고여 있었다. 둘은 서로 부둥켜안고 떨어지지 않았다.

Chapter 34

엘사

아렌델이 다시 일상으로 돌아가는 데에는 며칠이 걸렸다.

사람들은 잃었던 두 공주 모두를 따뜻하게 맞아들였다. 엘사는 의도치 않게 왕국에 일으켰던 일들을 사죄하며, 이를 바로잡기 위해 쉴 새 없이 일했다. 엘사의 첫 번째 공식 명령은 한스 왕자를 내쫓는 것이었다.

"이 악당을 자기 나라로 다시 돌려보낼 것입니다."

부두에서 선장이 엘사에게 말했다.

"나머지 열두 형제들이 이자의 행실에 대해 어떻게 생각하는지 보겠습니다."

"엘사, 우리 둘의 문제를 바로잡을 수 있게 해줘요."

그들이 한스를 배로 데려가자 그가 빌었다. 그는 변명하듯 미소를 지었다.

"이야기 좀 할 수 없을까요?"

"당신 형들이 당신 이야기를 들어줄지도 모르죠. 나의 친서를 읽은 후에."

엘사가 손에 들고 있던 편지를 선장에게 건넸다.

"이곳에서 있었던 모든 일을 알려주었습니다. 아마 당신을 감옥에 가두지 말아달라고 설득해야 할 거예요. 서던아일스에서 잘 지내시길, 한스 왕자."

선장이 한스를 배 위로 밀었다.

위즐튼 공작의 저항은 더 만만치 않았다.

"이것은 용납할 수 없어!"

공작이 부하들과 함께 배로 끌려오며 소리를 질렀다.

"나는 두려움에 희생당해왔다고! 엄청난 충격을 받아서! 아아! 목이 아파. 의사를 좀 만날 수 없을까?"

"당신 나라에서 만나요. 아렌델은 앞으로 영원히 위즐타운과 어떠한 무역도 하지 않습니다."

"위즐튼이야! 위즐튼!"

공작이 끌려가며 소리쳤다.

Chapter 35

안나

엘사가 다시 대관식을 준비하고 왕국에서 여러 가지 일들을 해결하는 동안 안나는 부모님을 만나기 위해 며칠 시간을 내서 자신의 마을로 돌아갔다. 안나와 동행한 크리스토프는 마을 사람들이 안나만큼 자신을 반겨주자 깜짝 놀랐다. 두 사람은 벽난로 앞에서 밤이 깊도록 그들의 여정과 두 공주들을 떼어놓았던 저주에 대해 이야기해주었다.

벽난로의 불이 꺼지자 사람들은 집으로 돌아갔고, 크리스토프와 스벤도 헛간으로 향했다. 안나는 자신의 양부모님과 거실에 앉아 자신이 이 집에 오게 되었던 이야기를 들었다. 안나가 트롤에게 입맞춤을 받았는지는 정확하게 알지 못했지만 안나의 여정에 트롤들의 역할이 있었던 것은 부모님도 알고 있었다.

"너를 내게 맡기는 것은 네 부모님께 가장 힘든 일이었어. 하지만 그분들은 사랑으로 그 일을 해내셨지. 너희들이 다시 만나는 순간까지 너를 안전하게 지키는 것이 우리의 임무였어."

어머니가 말했다.

"네 어머니는 그날이 결코 오지 않을 거라고 생각하기 시작했지. 하지만 나는 너희가 다시 만나게 될 거라는 희망을 항상 가지고 있었다. 그런데……."

아버지가 말했다.

"왕과 왕비께서 바다에서 돌아가셨죠."

안나가 말했다.

부모님에게 일어났던 일을 받아들이는 데에는 시간이 필요했다. 그분들과 함께해야 했던 그 많은 시간을 잃었다는 것을 인정하는 것은 고통스러웠지만 어머니라는 것을 모르는 상태로나마 자신의 삶 속에 그분이 계셨다는 것이 고마웠다.

프레야는 안나를 열렬히 사랑했고, 토말리와 요한도 마찬가지였다. 안나의 인생은 여러 면에서 축복받은 삶이었다.

"그러니까 그렇게 오랫동안 아무도 프레야가 왕비님인 것을 몰랐다는 거죠?"

안나가 부모님에게 물었다. 어머니가 웃었다.

"한번은, 왕비님이 여기 계시는 동안 라슨 씨가 가게에 왔는데 그는 그녀가 왕비님이라고 확신했었어. 그런데 네 아버지가 아니라고 둘러댔지."

"입 냄새가 지독한 먼 친척이라고 둘러댔어. 그랬더니 나가더라고!"

아버지가 안나에게 말했다.

세 사람이 깔깔댔다. 안나는 두 사람이 어디로 보나 자신의 부모님이라는 것을 알았다. 자신을 자유롭게 보내줄 만큼 충분히 사랑해주는 부모님들이 두 분씩이나 계시다니 얼마나 행운이란 말인가.

안나는 다시 돌아오겠다는 약속과 함께 마을을 떠나며 어머니와 아버지에게 자신을 만나러 궁전으로 오라고 말했다.

"무슨 일이 있어도 네 언니의 대관식은 놓치지 않을게."

어머니가 안나를 힘껏 안아준 뒤 크리스토프에게 보내주었다. 방한복 대신 청록색 셔츠와 검은색 조끼를 입은 크리스토프의 모습은 보기 좋았다. 그의 금발이 햇빛에 반짝거렸다.

집. 어릴 때부터 살았던 곳이 아닌 궁전을 그렇게 부르려니 어색했지만, 궁전은 예상했던 것보다는 더 익숙하게 느껴졌다. 사실, 안나에게는 어디든 엘사가 있는 곳이 바로 집이었다.

"자, 다 왔어!"

안나가 말했다.

"'이제' 제 안대를 벗겨주시겠습니까?"

크리스토프가 투덜거렸다. 그는 왕국으로 돌아오는 길에 마지막 반 시간 동안 앞을 볼 수가 없었다. 깜짝 선물을 망치고 싶지 않다며 안나가 크리스토프에게 안대를 하게 했기 때문이다. 이제 두 사람은 부둣가에 서 있었다.

안나가 안대를 풀었다.

"짜-잔! 부서진 썰매를 대신해서 새 썰매를 준비했어."

크리스토프의 입이 쩍 벌어졌다.

"진짜야?"

"그래! 최신 모델이야!"

그것은 그냥 썰매가 아니었다. 주문 제작한 최신식 썰매로 크리스토프가 평생 침을 묻혀가며 광을 낼 필요가 없도록 광택제가 칠해져 있었다. 스벤이 썰매로 다가갔다. 안나는 썰매에 커다란 리본을 달아놓고 좌석 위에 새 류트도 올려두었다. 심지어 썰매 뒤에는 얼음도끼와 밧줄, 그리고 크리스토프가 잃어버린 모든 물건들이 들어 있는 배낭도 달려 있었다.

"받을 수 없어."

크리스토프가 얼굴을 붉히며 말했다.

"받아야 해! 차기 여왕이신 엘사의 명령이야. 너를 아렌델의 공식 얼음 전문가와 배달가로 임명하셨거든."

안나는 스벤의 목에 걸린 반짝이는 은색 메달을 가리켰다.

크리스토프가 비웃었다.

"거짓말."

"정말이야!"

안나가 말했다. 엘사는 안나가 말하지 않아도 그녀가 크리스토프와 함께하기를 얼마나 원하는지 알고 있는 것 같았다.

"그리고 컵 홀더도 있어. 좋지?"

"좋냐고?"

크리스토프가 안나를 번쩍 들어 올렸다.

"너무 좋아! 너와 키스하고 싶을 만큼."

그가 재빨리 안나를 내려놓고 손으로 머리를 쓸어 넘겼다.

"내 말은, 할 수도 있다고. 아니, 하고 싶다고. 해도 돼? 내가? 그러니까, 우리가? 잠깐. 뭐라는 거지?"

안나가 다가가 크리스토프의 뺨에 입을 맞추었다.

"해도 돼."

크리스토프는 망설이지 않았다. 그는 안나를 품에 안고 안나가 늘 상상했던 그대로 안나에게 키스했다. 안나도 두 팔로 크리스토프의 목을 감싸 안고 그에게 곧바로 다시 키스했다.

Chapter 36

안나&엘사

폭풍이 지나고 나면 태양이 떠오른다.

아렌델은 진정으로 새로운 시작을 맞이했고, 사람들은 어서 빨리 왕국의 부활을 축하하고 싶었다. 엘사의 대관식뿐만 아니라 잃었던 공주를 보기 위해 궁전은 사람들로 넘쳐났다. 안나가 백성들에게 돌아왔으니까. 그렇게 많은 슬픔을 보낸 아렌델은 기쁨으로 충만했다. 왕국의 모든 깃대마다 자매의 실루엣이 그려진 새로운 깃발들이 휘날리고 있었다.

마침내 엘사가 주교 앞으로 나와 왕관을 받을 시간이 되었을 때 안나는 언제나 있어야 했던 자리, 바로 엘사의 옆자리에 있었다.

"아렌델의 엘사 여왕 폐하!"

주교가 선포했다. 엘사가 두 손에 보주와 홀을 들고 자랑스럽게 미소를 지었다. 그녀의 손가락이 따끔거리지도, 두려움이 느껴지지도 않았다. 엘사의 목표는 백성들을 섬기는 것이며 온 마음을 다해 그 일을 해낼 것이다.

대관식이 끝나고 대연회장에서는 대형 초콜릿 분수와 멋진 케이크와 함께 연회가 열렸다. 춤과 웃음과 유쾌함이 가득한 시간이었다. 궁전 자체가 마치 안도의 한숨을 내쉬는 것 같았다. 긴 세월 동안 궁전도 슬픔에 감싸여 있었지만 이제는 행복한 공간이 되었으니까.

사람들이 함께 즐기는 동안 엘사와 안나는 밖으로 빠져나와 새롭게 복원된 가족의 왕실 초상화를 찬찬히 들여다보았다. 왕과 왕비, 엘사와 안나가 각자의 자리를 지키고 있었다. 루덴버그 씨는 이미 궁전의 안뜰 분수에 네 가족이 모두 함께 있는 새로운 조각상을 완성하겠다고 발표했다.

"내가 모르는 사람들에 대해서도 이야기해줘."

안나가 엘사의 팔짱을 끼며 말했다. 안나는 엘사에게 이런 질문을 매일같이 했고, 엘사는 안나의 질문들에 대답해주는 것이 좋았다. 둘은 각자의 침대에 앉아 밤늦도록 무엇이든지, 생각나는 모든 것들에 대해 이야기를 나눴다.

"두 분은 너랑 나만큼이나 단것을 좋아하셨어. 특히 크룸카케를 좋아하셨지."

연회장으로 돌아오면서 엘사가 말했다.

안나가 빙그레 웃었다.

"그걸 굽던 게 기억나! 올리나가 굽기도 전에 언니가 항상 반죽을 반이나 먹었잖아."

"그건 너였지!"

엘사가 비난하듯 말하며 웃었다.

"아마 어머니였을걸."

안나가 말했다. 그녀도 웃고 있었다.

크리스토프와 올라프가 입구에서 미소를 지으며 자매를 바라보았다.

파티가 계속되면서 연회장이 점점 후끈거리고 사람들이 신선한 공기를 필요로 하자, 엘사가 모두를 밖으로 이끌었다.

"준비되었나요?"

엘사가 모두에게 물었다. 사람들은 환호성을 지르고 박수를 쳤다.

엘사는 마법이 더 이상 족쇄처럼 느껴지지 않았다. 어머니가 항상 말씀해주신 것처럼 진정한 재능이었고, 이제는 마법에서 두려움이 아닌 기쁨을 느꼈다.

엘사가 궁전 안뜰을 발로 두드렸다. 얼음판이 천천히 광장 전체로 퍼져나갔다. 엘사가 두 손을 하늘로 들어 고운 눈송이를 내리게 했다. 그렇게 더운 여름밤, 즉석으로 펼쳐진 스케이트 파티는 모두에게 완벽한 선물이 되었다.

안나가 엘사 곁으로 살며시 다가왔다.

"너무너무 재미있어! 언니와 여기 함께 있어서 정말 행복해."

안나가 미소를 지었다.

엘사가 안나의 팔을 꼭 잡았다.

"우리는 절대 헤어지지 않을 거야."

엘사가 약속했다. 그러고는 안나의 신발을 우아한 스케이트로 바꿔주었다.

"아, 엘사. 정말 아름다워. 하지만 난 스케이트를 탈 줄 모르는데."

안나가 말했다. 엘사는 안나의 두 팔을 잡고 얼음 위에서 빙글빙글 돌려주었다.

"해봐! 할 수 있어!"

두 사람은 안뜰의 분수 주변을 돌며 함께 웃었다.

"된다! 된다! 안 된다!"

"비켜요! 순록 지나갑니다!"

크리스토프가 스벤과 함께 지나가며 말했다.

"안녕, 애들아!"

올라프도 얼음 위로 합류했다.

"미끄러지고 돌고! 미끄러지고 돌고!"

올라프가 엘사의 망토를 잡고 광장 주변을 돌며 말했다.

엘사는 미소를 지었다. 사람들은 모두 행복했고 엘사는 만족스러웠다. 마침내 그녀 곁으로 돌아온 여동생에게 엘사는 아주 많은 사랑을 받고 있었다. 모든 것이 원래 있어야 했던 곳에 정확히 있었다.

겨울왕국,
또 하나의 이야기

초판 1쇄 발행 2019년 11월 25일
초판 3쇄 발행 2020년 1월 10일

지은이 젠 캘로니타
옮긴이 성세희

기획 및 라이센싱 카카오페이지
펴낸이 최지연
마케팅 김재선 장철용
제작투자 타인의취향
디자인 [★]규
교정 윤정숙

펴낸곳 라곰
출판등록 2018년 7월 11일 제2018-000068호
주소 서울시 마포구 토정로 37길 41 601호
전화 02-6949-6014
팩스 02-6919-9058
이메일 book@lagombook.co.kr
lagombooks lagombook_

ISBN 979-11-89686-10-9 03840

이 도서의 국립중앙도서관 출판예정도서목록(CIP)은 서지정보유통지원시스템 홈페이지(http://seoji.nl.go.kr)와 국가자료공동목록시스템(http://www.nl.go.kr/kolisnet)에서 이용하실 수 있습니다.(CIP제어번호:CIP 2019043368)

- 책값은 뒤표지에 있습니다.
- 잘못된 책은 구입하신 곳에서 바꾸어 드립니다.